KB014158

상처조차
아름다운
당신에게

* 이 도서의 국립중앙도서관 출판예정도서목록(CIP)은 서지정보유통지원시스템 홈페이지(http://seoji.nl.go.kr)와 국가자료공동목록시스템(http://www.nl.go.kr/kolisnet)에서 이용하실 수 있습니다.(CIP제어번호: CIP2020041441)

상처조차 아름다운 당신에게

정여울
지음

은행나무

자학은 깃털로 해요. 몽둥이가 아니라.

—영화 〈돈 워리〉 중에서

차례

프롤로그 | 당신의 슬픔은 지극히 정상입니다 · 8

1장 | 내 성장의 비밀
—비난에 대처하는 용기 · 12

2장 | 대면
—내 안의 '내면아이'와 만나는 시간 · 26

3장 | 트라우마와 대면한다는 것
—아프지만, 꼭 짚고 넘어가야 할 상처와 만나는 길 · 50

4장 | 건강한 사람들을 위한 심리학
—아프지 않은 사람에게도 여전히 필요한 심리학 · 68

5장 | 또 다른 나를 만나다
—트라우마에 짓밟힌 자아, 상처 입은 치유자가 되다 · 94

6장 | 잃어버린 통과의례의 아름다움
—프시케와 에로스, 모든 것을 걸어야만 쟁취할 수 있는 그 무엇 · 118

7장 | 페르소나를 넘어 그림자의 세계로
—그림자를 통합할 때 우리는 진정 '자기 자신'이 된다 · 138

8장 | 그림자를 극복한 순간, 마침내 자유로워지리라
—블리스, 개성화의 황금열쇠 · 156

9장 | 내향성과 외향성
—우리는 자기 안의 편향성을 극복할 수 있을까 · 176

10장 | 아니마와 아니무스
—자기 안의 결핍과 화해하는 개성화의 길 · 198

11장 | 내 안의 어두운 그림자와 만나는 시간
—트라우마가 폭발하는 순간, 우리 안의 진심과 만나는 순간 · 218

12장 | 신화가 사라진 시대, 내 안의 신화를 살아내기
—마음을 들여다보는 삶이 우리에게 가져다주는 선물 · 234

13장 | 중독, 끝없는 의존과 구속의 늪에 빠지다
—각종 유혹의 숲에서 길을 잃은 현대인들 · 250

14장 | 공포증(Phobia)
—예측불가능한 자극에 대한 과도한 두려움 · 264

15장 | 분노조절장애, 현대인을 위협하다
—삶을 파괴하는 부정적 에너지 · 278

에필로그 | 행복이 두려운 당신에게 · 296

프롤로그

당신의 슬픔은 지극히 정상입니다

심리학을 공부하기 전, 나는 악몽과 가위눌림에 오랫동안 시달렸다. 잠을 자고 나면 피로가 풀리기보다는 무언가에 한껏 시달린 느낌이 들었다. 혹시라도 다시 악몽에 사로잡힐까봐 잠드는 것이 두려울 때도 있었다. 남들은 '넌 별로 문제가 없는 아이 같다'라고 했지만, 내 마음속에는 지독한 우울과 두려움이 절대로 사라지지 않는 안개처럼 드리워 있었다. 나를 걱정하는 사람들은 이렇게 말하곤 했다. '너는 이 세상의 짐을 혼자 다 짊어진 것처럼 보인다.' 아주 어린 시절부터 그런 이야기를 많이 들어서, '난 원래 그런 사람인가보다'라고 체념하기도 했다. 사실 나도 내가 왜 그런지 몰랐다. 유아기의 무시무시한 상처가 있는 것도 아닌데 나는 늘 불안하고 두려웠다. 우울이 나에게 가장 어울리는 감정이라는 생각도 들었다. 우울이라는 감정의 갑옷이 나에게는 가장 편한 의상이었다. 항상 환하게 웃는 사람들을 보면 판타지영화를 보는 듯 비현실적인 느낌이 들었다.

애써 쾌활한 척하며 내 불안을 가려보기도 했지만, 보이지 않는 베일이 내 온몸을 꽁꽁 감싸고 있는 것 같았다.

심리학을 독학한 이유 중 하나는 타인의 평가('당신은 이곳이 문제군요', '당신은 여기가 아프군요'라는 식의 진단)에 휘둘리지 않고 내가 나 자신의 문제를 제대로 알고 싶었기 때문이다. 불안과 우울은 뿌연 안개처럼 내 마음을 가리고 있었고, 나는 내 마음의 실체를 정확히 바라볼 수 없었다. 그런데 심리학은 우선 '치유의 기쁨' 이전에 '앎의 즐거움'을 일깨워주었고 역사나 철학, 문학만큼이나 나의 지적 호기심을 강하게 불러일으켰다. 트라우마, 방어기제, 자기효능감, 의미치료 등 심리학의 개념을 하나하나 알아낼 때마다 벅찬 앎의 기쁨이 밀려왔다. 심리학 공부는 내 가슴속에서 매일 열리는 셀프 아카데미의 축제였다. 새로운 개념과 새로운 에피소드를 알아낼 때마다 '나는 비정상이구나'라는 자기혐오적 사고에서 조금씩 벗어날 수 있었다. 심리학 공부를 통해 나는 깨달았다. 내가 느끼는 불안과 우울은 지극히 정상적인 감정이고, 많은 사람들이 나처럼 매일 아픔을 경험하면서도 용감하게 자신의 상처를 극복하며 살아간다는 것을.

심리학의 개념을 알아낼 때마다 가슴속에 환하게 전구가 켜지는 듯 기뻤다. 그중 하나가 바로 '대면confrontation'이었다. 내 불안과 두려움, 슬픔과 어둠의 실체를 완전히 맨얼굴로 맞닥뜨리는 것. 그것은 어렵지만 반드시 필요한 내면의 분석 작업이었다. 그러면서 내 안의 불안과 우울이 '가족을 온전히 책임져야 한다는 부담'과 '언제 어디서나 탁월해야 한다는 부담'에서 비롯됨을 알게 되었다. 초등학생 때 왕따를 당한 경험이 내 평생을 지배하고 있었다는 것도, 미처 이루지 못한 과거의 우정과 사랑의 기억들이 현재의 인간관계를 망치고 있다는 것도 또렷이 알게 되었다. 트라우마와의 만남은 분명 뼈아픈 체험이었지만 통쾌한 해방이기도 했다. 대면은 아프지만 꼭 거쳐야 할 내면의 통과의례로서, 슬픔의 기원이 어디인가를 명확히 해주었다.

대면은 단지 그림자를 솔직히 인정하는 것에서 끝나지 않는다. 트라우마와 콤플렉스가 모여 있는 어두운 그림자의 지층을 뚫고 들어가면, 내 안의 더 깊고 커다란 전체성이 보이기 시작한다. 수없이 버림받은 기억들, 사랑받지 못했던 기억들을 돌아보며, 나는 그 끔찍한 상처의 반복 속에서도 결코 잃지 않은 내 안의 더 큰 내적 자산과 만나게 되었다. 내가 인간관계에서 거듭 상처를 받으면서도 그 관계를 끝까지 포기하지 못하는 사람이라는 것을 알게 된 것이다. 내가 한 번이라도 아꼈던 사람은 끝까지 포기하지 않는 것. 그 사람이 아무리 나에게 큰 잘못을 했을지라도, 어디선가 그 사람이 행복하게 살기를 기원하는 따스한 마음이 나에게는 더 중요한 것임을 알게 되었다. 나는 '대면'을 통해 비로소 깨달았다. 나는 무수히 상처받았지만 결코 '타인을 소중히 여기는 마음'을 포기할 줄 모르는 불굴의 전사임을. 아무리 강력한 트라우마조차도 결코 내 깊은 '사랑에 대한 사랑'을 멈출 만한 위력을 갖지 못한다는 것을.

이 책은 내가 지칠 때마다 커다란 힘이 되어주었던 심리학적 깨달음의 보물창고다. 융 심리학을 공부하면서 나는 내 안의 더 커다란 나와 만나는 훈련을 해왔다. 나는 이제 슬플 때마다 내 안의 더 큰 나의 목소리를 듣는다. 타인의 시선을 의식하다가 자칫 나의 길을 잃지 않기 위해. 나는 오늘도 스스로에게 당당히 주문한다. 어떤 상처에도 굴하지 않는 내 마음의 면역력을 기르기 위해 결코 나 자신을 얕보지 말라고. 욕심나는 길보다는 나 자신에게 부끄럽지 않은 길을 걸어보라고. 아무도 널 감시하지 않으니 걱정 말고 가장 나다운 길을 걸어가자고. 이 책이 부디, 당신의 더 나은 셀프the higher self와 만나는 아름다운 오솔길이 되기를 꿈꾼다. 당신이 더 깊은 내면의 자신과 함께하기로 했다면, 아무도 당신을 가로막을 수 없으니. 두려움을 떨쳐내고 진정 나 자신이 되는 길을 떠나자. 당신을 가장 아프게 하는 상처가 자리하는 곳. 그곳이 바로 당신의 눈부신 내적 성장이 시작되는 자리다.

1장

내 성장의 비밀
—비난에 대처하는 용기

'나'의 성장을 가로막는 것들과의 싸움

> 나는 내 상처보다 강하다.
> 나는 나를 향한 비난보다 더 강력한 존재다.

내가 힘들 때마다 나를 향해 속삭이는 주문이다. 돌이켜보면 나의 성장을 가장 힘들게 했던 장애물이 바로 타인의 비난과 비판, 그리고 적대의 시선이었다. 그런데 그런 비난과 싸울 수 있는 비결을 친절히 알려주는 곳은 어디에도 없었다. 삶에 필요한 모든 지혜를 학교에서 배울 수 있다면 얼마나 좋을까. 하지만 교육의 주요 목적이 입시에 한정된 사회에서는 그것이 너무도 어렵다. 학교에서 배우지 못했지만 인생에서 가장 절실했던 지혜 중 하나가 바로 '타인의 비난에 대처하는 방법'이었다. 살다 보면 많은 순간 전혀 생각지도 못한 곳에서 따가운 비난과 비판을 듣게 된다. 심지어 내가 전혀 잘못하지도 않은 상황에서 억울한 비난이나 비판을 당할 때도 많다. 나는 그런 공격을 받을 때마다 휘청거리고 때로는 절망하면서, 타인과 함께하는 삶에 대한 두려움을 키워갔다. 그때 나는 심리학이라는 동아줄을 붙잡았다. 상처를 덜 받기 위해서, 상처받을지라도 끝내 다시 일어나기 위해서, 나는 심리학의 도움을 절실히 필요로 했다.

심리학 공부는 그렇게 나약했던 나에게 '그렇게까지 절망할 필요는 전혀 없다'는 것을 가르쳐주었고, 내 안에서 그 누구의 도움도 없이 홀로 일어서는 법을 개발해야 함을 일깨워주었다. 사람들은 특히 자신이 가장 사랑하는 일의 결과에 대해 비판받을 때 치명적으로 상처를 입는다. 예컨대 글을 쓰는 사람들은 글의 내용이나 완성도에 대해 비난을 받을 때 상처받을 수밖에 없다. 재능이 부족해도 비난받고, 재능이 넘쳐도 비난받는다. 사회는 재능 있는 사람들에게 항상 우호적이지는 않다. 재능을 질투하는 사람들의 거친 비난, 타인의 재능 자체를 부정하는 사람들의 무차별 공격 속에서 우리는 잡초보다 강인한 생명력으로 질기게 살아남아야 한다. 자기 안의 진정한 재능을 발견하기도 전에 재능의 싹이 짓밟히는 것은 바로 타인의 폭력적인 비난 때문이다. '넌 그것밖에 안 되는 존재구나' 하는 자기검열의 시초는 대부분 가까운 사람들의 반복되는 핀잔이나 날 선 공격 때문이다. 나는 '글쟁이는 절대 되지 마라'는 엄마의 공격으로부터 나를 평생 지켜내야 했고, '피아니스트는 부잣집 애들이나 되는 거다'라면서 피아노를 향한 나의 열정을 씨앗부터 잘라낸

이모의 공격으로부터 나를 지켜내지 못했다. 가까운 사람들의 비난은 사랑이라는 이름으로 자행되는 폭력이기에 더욱 방어가 어렵다. 어떻게 하면 우리는 자기 안의 재능을 탄탄하게 키워가면서 동시에 타인의 비난으로부터 우리의 잠재력을 보호할 수 있을까.

나는 심리학을 공부하면서 '회복탄력성resilience'과 '내적 자원inner resource'이라는 개념의 큰 도움을 받았다. 내 안에 나를 치유할 수 있는 내면의 치유력, 즉 회복탄력성이 있다는 것. 나아가 나를 성장시키고 치유할 수 있는 내적 에너지를 끊임없이 비축해두어야 한다는 '내적 자원'의 개념이야말로 나에게 용기를 주었다. 세상에서 가장 얇디얇은 유리로 만들어진 것처럼 걸핏하면 잘 깨지는 줄로만 알았던 나의 마음은 사실 그 무엇보다도 유연하면서 강인했다. 내가 '마음이 부서졌다'고 생각한 거의 모든 순간들은 사실 거대한 마음의 수족관 '표면'에 난 상처였다. 정말로 치명적인 상처들은 악플러 같은 불특정 다수의 비난이 아니라 내가 가장 사랑하는 사람들이 나에게 '애정이란 이름으로 주는 상처'였다. 널 사랑하니까 비판도 할 수 있다는 식의 변명은 사실 또 하나의 '그루밍grooming'이 아닐까. 사랑하면서 상처를 주는 모든 행위는 결국 폭력일 뿐이다. 사랑한다면서 비난과 폭언을 일삼는 사람들은 사랑이란 이름으로 증오와 분노를 포장하는 잔인성을 내면화한 것이다.

하지만 모든 상처가 다 견디지 못할 정도의 트라우마인 것은 아니다. '이게 상처구나'라는 직감이 들 때 나는 상처의 강도를 가늠해보곤 한다. 내가 견딜 수 있는 상처인지, 견디는 것이 아무 소용없는 상처라서 견디기는커녕 어떻게든 벗어나야만 하는 상처인지. 이제 나는 상처의 강도를 날카롭게 구분하는 연습을 한다. '나를 파괴할 정도의 강력한 상처인가' 아니면 '내가 어떻게든 이겨낼 수 있는 상처인가'라는 질문을 통해 내 마음의 회복탄력성을 점검하고, '나는 역시나 안 될 거야'라는 엄살로 새로운 도전을 포기하는 어리석음을 극복하려 한다. 나는 내 글로 인해 수없이 많은 비판을 받았지만, 항상 먼바다에서 빛나는 등대처럼 반짝이는 타인의 말들이 나를 지켜주었다. 비난과 비판으로부터 나를 지켜주는 마음의 등대. 그것은 바로 나를 진심으로 아끼고 이해하며 존중하는 사람들의 조언이었다. 그들은 하나같이 더욱 담대하게 거침없이 이상을 향해 나아갈 것을, 결코 타인의 비난이나 예찬에 일희일비하지 않고 나 자신의 운명을 스스로 개척할 것을 주문했다.

나의 아름다운 멘토 H 선생님은 얼마 전 나에게 이런 말씀을 해주셨다. "신문에서 너의 칼럼을 읽거나 네가 쓴 책을 읽고, 내가 느낀 모든 것들을 너에게 들려주는 것은 내 인생의 커다란 기쁨이야." 그 말을 듣는 순간 나는, 이제 다른 사람의 어떤 비난을 들어도 너끈히 견딜 수 있을 것만 같은 강한 투지가 샘솟는 느낌을 받았다. H 선생님이 투병 생활 중 수술실에 누워계실 때, 선생님을 죽음의 공포에서 깨워준 것은 '우리가 함께할 수 있는 시간'에 대한 애틋함과 설렘이었다고 한다. '여울이와 약속한 그 책을 꼭 써야만 하는데, 그러려면 절대 죽지 말고 살아남아야 하는데'라는 마음속 목소리가 선생님을 공포로부터 지켜주었다고 한다. 전화를 통해 그 말을 들으며 나는 수화기 너머에서 눈물을 흘렸다. 그러면서 새삼 전의를 불태웠다. 아직도 투병 중이신 선생님을 위해, 앞으로도 죽음의 공포로부터 선생님을 지켜드리는 글을 꼭 써야겠다고. 내가 사랑하는 모든 사람들을 불안과 우울에서 구해낼 수 있는 글을 써야겠다고. 그런 커다란 꿈을 가지면 자잘한 공포에 휘둘릴 시간이 없다. 그런 커다란 꿈 앞에서는 모든 공포가 힘을 잃는다. 당신들의 비난은 나를 결코 죽이지 못한다. 내 열정과 나의 재능만 더욱 부채질할 뿐이다.

그렇게 강인한 사람들도 상처받는답니다

인문학 강연을 하다 보면 내 상처에 대해 이야기를 할 때가 있다. 내가 겪은 과거의 상처를 예로 들어 설명하면 사람들이 강연 내용을 더 쉽게 이해하니까. 그런데 내 상처 이야기를 듣고 난 독자들이 이런 질문을 할 때가 있다. 그렇게 똑똑하고 잘난 선생님이 왜 그렇게 자꾸 절망하고 자존감이 낮은지 모르겠다고. 그런 말들이 나에게는 이상하게도 2차 트라우마가 되었다. 저쪽에서는 공격의 의도가 없음에도 이쪽에서는 상처받는 경우다. 1차 트라우마, 즉 과거의 상처를 또 한 번 후벼파서 잘 아물고 있던 상처조차도 더 심각하게 성이 나고 덧나는 느낌이었다. 똑똑하다고 해서, 서울대 졸업생이라고 해서, 이미 생겨버린 상처가 저절로 아물지는 않으니까. 아무리 똑똑하고, 아무리 많은 장점을 가지고 있어도 인간은 단 한 가지 트라우마 때문에 완전히 무너져내릴 수 있다. '스펙 좋고, 멀쩡하고, 심지어 강해 보이는 사람들도 상처받을까'라는 의문을 가진 분들에게 나는 이렇게 대답해드리고 싶다. "그렇게 똑똑한 사람들도 절망한답니다. 상처받는 것은 나약함의 표현이 아닙니다. 존재의 필연적 조건입니다. 우리는 상처받도록 설계되었습니다. 우리는 매일 상처 입습니다. 고로 존재합니다." 우리가 상처 입었다면, 그것은 가장 강력한 '살아 있음'의 증명이기도 하다. 우리가 매일 상처 입는다는 것, 그것이야말로 우리가 살아 있다는 강렬한 증거다.

이제는 예전처럼 아프지 않은 나

오랫동안 회복탄력성과 내적 자원을 맹렬하게 키워내다 보니 이제는 예전처럼 아프지 않은 나를 발견한다. 예전보다 더 심한 말을 들어도 미소로 넘어가기도 하고, 농담으로 받아넘기기도 한다. 화를 내는 나, 분노하는 나로부터 멀어지려는 연습을 한다. 화는 화를 부를 뿐, 화풀이를 한다고 화가 사라지는 것이 아니기 때문이다. 분노를 쟁여놓은 나, 억울함으로 가득 채워진 나, 내 분노를 풀 대상을 찾는 나를 멀리 해야만 분노보다 더 중요한 것을 아는 나, 화에 사로잡히지 않는 나, 차분하게 본래의 나 자신으로 돌아올 수 있는 나를 만날 수 있다. 사람들은 자꾸 오해를 한다. '내가 좀 더 강한 사람이라면, 나에게 힘이 있다면, 나는 그런 상처를 입지 않을 텐데'라는 생각으로 자신을 괴롭힌다. 하지만 강인한 사람도 상처받을 수 있고 나약한 사람도 상처를 치유할 수 있는 힘을 가지고 있다.

문제는 나약함이 아니다. 완고함이 더 심각한 문제다. 나약함보다 더 무서운 것은 아무것도 변화시키지 않으려고 하는 완고함이다. 우리는 단지 나약하기 때문에 상처 입는 것이 아니라 나약함을 계속 고수하려고 하기 때문에 더 큰 상처를 입는다. 문제는 소외의 유전자를 가슴 깊은 곳에 내면화하여 다시는 사람들과 진정으로 소통하지 않으려는 쇠고집이다. 완고한 것이야말로 가장 심각한 질병이 될 수 있다. 현재 상태에 머무르려는 사람들은 정신의 탄력성이 부족해지고, 당연히 회복탄력성도 떨어지게 된다. 완고한 사람들은 상처로부터 벗어나려는 노력 자체를 잘 하지 않는다. 변화를 싫어할 뿐 아니라 타인에게 도움을 받는 것도 싫어하기에 변화의 시작, 치유의 시작 자체가 어렵다. 그렇다면 건강한 마음 상태란 어떤 것일까. 건강한 마음은 아예 상처를 받지 않는 무심함이나 둔감함이 아니다. 오히려 언제든지 상처를 쉽게 받을 만큼 예민하면서도 동시에 언제든 상처로부터 자신을 끄집어낼 수 있는 용기와 유연성이 존재하는 상태가 낫다. 강철 같은 완고함보다는 고무줄 같은 유연함이 훨씬 더 건강한 마음 상태다.

우리의 마음을 언제든 부드럽게, 내가 원하는 형태로 빚을 수 있는 촉촉한 찰흙의 상태로 만들어보면 어떨까. 얼음처럼 너무 차가운 마음이라면 타인에 대한 공감 능력이 떨어질 것이고, 뜨거운 물처럼 끓어오르는 마음이라면 걸핏하면 분노에 사로잡힐 것이다. 가장 적당한 마음의 온도, 가장 적절한 마음의 점도, 가장 알맞은 마음의 촉감은 촉촉

한 찰흙의 상태가 아닐까. 찰흙의 질감은 그 자체로 심리적 안정감을 준다. 찰흙은 언제든지 다른 상태로 변할 수 있지만 지금은 일단 안정된 상태다. 찰흙처럼 쉽게 형태를 빚거나 변형시킬 수 있고, 수많은 시행착오를 거쳐도 실수가 눈에 띄지 않는, 점점 더 말랑말랑하고 부드럽게 나 자신을 바꿔갈 수 있는 용기야말로 우리에게 절실한 마음의 형태다. 대리석처럼 굳어 있는 마음, 상처로 똘똘 뭉쳐 그 무엇으로도 풀어줄 수 없는 마음이 아니라 매일매일 물 한 번만 뿌려주면 촉촉해지는 찰흙처럼, 그렇게 말랑말랑하지만 쉽게 무너지지 않는 마음을 가진 사람이 되고 싶다. 그 무엇으로도 변할 수 있고, 그 어떤 형태로도 안정되게 존재할 수 있는 마음의 상태로 나를 단련시키기 위해, 나는 끝없이 읽고, 쓰고, 듣고 말하는 훈련을 매일 하고 있다. 들숨처럼 책을 읽고, 날숨처럼 글을 쓴다. 그래야만 하나의 상태로 고착되지 않을 수 있다. 그래야만 끊임없이 변화하면서도 온전한 나 자신일 수가 있다.

나는 아주 느리게 성장하는 사람이고, 그 사실에 감사한다. 쉽고 빠르게 성장했다면 성장이 이렇게 고통스러운 것인지 몰랐을 테니까. 나는 한꺼번에 많이 성장해서 급격히 조로하기보다는 매일 조금씩 성장하는 사람이 되고 싶다. 관 뚜껑이 닫힐 때까지, 아니 관 뚜껑이 닫히고 나서도 내적으로 성장하는 사람, 개성화하는 사람이 되고 싶다. 제도권 교육처럼 타인이 만들어놓은 규격에 알맞게 사회화해온 시간이 너무 길었기에, 오직 나만이 만들어가는 나의 세계를 가꿀 수 있는 개성화의 시간을 늘리고 싶다. 베토벤이나 고흐처럼, 우리 마음속 별이 된 사람들은 아직도 개성화하고 있으니까. 삶의 의미와 열정의 흔적을 온 힘을 다해 이 세상에 남겨놓는 사람은, 그의 명성 때문이 아니라 그의 진심 때문에 매일매일 죽어서도 개성화할 수 있고, 죽어서도 성장할 수 있다.

나는 '성장'이라는 개념 대신 '개성화'라는 이름을 그 위에 살포시 포개고 싶다. 성장을 떠올리면 자연스럽게 그 반대말로 '발육부진'이라든지 '지체' 같은 것이 떠오르는데, 그래서인지 나는 '성장'이라는 말에 거부감을 느낀다. 때로는 발육부진이나 지체, 퇴행도 더 커다란 성장의 일부이기 때문이다. 우리는 항상 그렇게 위로만 성장하는 것이 아니다. 우리는 오히려 아래로 성장해야 한다. 위로 성장하는 것이 성공이나 경쟁을 통해서 가능한 에고ego의 확장이라면, 아래로 성장하는 것은 내면의 깊이가 풍요로워지는 것, 즉 셀프self의 심화이다. 우리가 삶의 보람과 열정을 잃지 않도록 하는 것은 바로 에고의 과도한 성장이 아니라 셀프의 비옥함이다.

내가 요새 셀프의 개성화를 위해 가장 힘을 쓰고 있는 부분은 나의 소중한 사람들과 '향연symposium'을 가지는 것이다. 화려하고 거창한 향연이 아니다. 사랑하는 사람들과 맛있는 것을 먹으면서 책을 읽고 수다를 떠는 것이다. 더 나은 향연을 위해, 더 나은 개성화를 위해, 나는 읽기, 듣기, 쓰기, 말하기 중에서 출력(쓰기·말하기)보다 입력(읽기·듣기)의 시간을 더 늘리기 위해 노력 중이다. 나의 향연이란 일종의 북클럽이다. 읽은 것을 말로 표현하고 들은 것을 글로 표현하면서 사랑하는 사람들과 함께하는 일. 그것이 나의 일상 속 작은 향연이다. 표현은 외적으로 강조되는 사회이지만, 내적 수련은 오직 자신만이 아는 일이기 때문에 소홀하기 쉽다. 말하기와 글쓰기는 모두가 잘하고 싶어 하지만, '읽기와 듣기를 잘하고 싶다'는 소망을 지니기는 쉽지 않다. 나는 그런 사람이 되고 싶다. 쓰고 말하는 표현력만을 강조하는 사회에서, 조용히 듣고 차분히 읽는 삶을 살 수 있는 내 마음의 요새를 만들고 싶다. 듣거나 읽는 것은 오로지 '마음의 여백'을 일부러 의식적으로 만들어야만 할 수 있는 일이다. 내 마음에 타인의 목소리가 스며들 여백을 만드는 것, 내 마음속으로 타인의 아픔과 기쁨이 모두 들어올 수 있도록 내 안에 '울림의 공간'을 만드는 것이 내가 할 일이다. 타인의 소중한 이야기가 내 마음을 노크할 수 있도록, 우리는 시간을 내고, 마음 한편을 내주고, 듣고 읽는 시간을 더 많이 늘려 셀프가 더 깊고 풍요롭게 개성화될 수 있도록 스스로를 응원해야 하지 않을까.

개성화를 꿈꾸었던 순간, 나는 내 안의 깊은 성장을 꿈꾸는 희망의 꽃봉오리가 환하게 피어나는 느낌도 경험했지만 동시에 내 안의 무언가가 처참하게 죽어가는 느낌도 함께 경험했다. 이상하게도 진정한 성장의 시간에는 그 두 가지 양극단의 감정이 동시에 찾아왔다. '작가로서의 길'을 선택할 때 나는 '직장인이나 교수로서의 길'은 포기했다. 오랜 시간 공들여 취득한 박사학위가 아까웠고, 그동안 투자한 시간이 미치도록 아까웠다. 그 포기가 너무 아팠지만, '작가로서의 나'는 진심으로 기뻤다. 어떤 회한도 미련도 없이, 진심으로 '오직 작가의 길'을 선택한 내가 자랑스러웠다. 직장인이 되고 싶은 나, 교수가 되고 싶은 나는 내 뿌리 깊은 '에고'였던 것이다. 누구의 눈치도 볼 필요가 없다면 나는 그저 작가의 삶 자체가 좋았다. '다른 아무것도 필요없고, 오직 글을 쓰는 삶이면 충분하다'라고 믿었던 나의 '셀프'가 나를 구한 것이다. 인생의 갈림길에서 우리는 반드시 무언가 하나를 선택해야 할 시간을 맞닥뜨린다. 그럴 때 나를 구하는 것은 어김없이 셀프, 즉 내 안의 현자이자 내 안의 모든 것들을 에고보다 더 잘 알고 있는 또 하나의 나였다. 바로 그 내면의 자기가 매일 켜고 있는 등불을 찾아 떠나는 것이 나의 독서이고, 나의 글쓰기이고, 삶이라는 여행이 우리에게 펼쳐주는 개성화의 로드맵이다. 그러니 이 방황이 언제 끝날지 몰라 애가 탈 때는, 내면의 자기에게 길을 물어보라. 이 세상 그 누구도 내 삶에 참견하지 않는다면, 그 누구의 시선으로부터도 완전히 자유롭다면, 너는 과연 어떤 길을 택할 것이냐고. 당신 안의 위대한 멘토, 위대한 현자는 반드시 당신에게 가장 어울리는 길을 보여줄 것이다.

우리가 죽은 뒤 먼 훗날이 되어서도 우리가 남기고 간 것들이 더 아름답게 개성화되기를. '나'라는 존재가 성장해온 가장 강력한 증거. 그것은 상처를 견뎌낸 마음의 나이테가 하나둘 늘어간다는 점이다. 오늘도 가장 아픈 트라우마와 힘겹게 씨름한 당신을 위하여 내 이야기를 들려드리고 싶다. 내가 남긴 모든 글들이, 내가 당신에게 들려준 모든 이야기들이, 당신의 진정한 개성화의 밑거름이 되기를. 당신은 당신의 상처보다 강한 존재다. 당신은 당신이 견뎌낸 모든 고통들로 인해 더욱 눈부신 존재다.

Q1

가장 마음 아팠던 타인의 비난은 무엇인가요?
나를 아프게 하는 타인을 향해,
이제 어떻게 대처하고 싶은가요?

2장

대면
—내안의 '내면아이'와 만나는 시간

모든 사람의 삶은 제각기 자기 자신에게로 이르는 길이다. 자기 자신에게로 가는 길의 시도이며 좁은 오솔길을 가리켜 보여준다. 그 누구도 온전히 자기 자신이 되어본 적이 없건만, 누구나 자기 자신이 되려고 애쓴다. (……) 어떤 이들은 결코 인간이 되지 못하고 개구리나 도마뱀이나 개미로 남아 있다. 어떤 이들은 상체는 인간인데 하체는 물고기다. 하지만 누구나 인간이 되라고 던진 자연의 내던짐이다. 그리고 모든 사람의 기원, 그 어머니들은 동일하다. 우리는 모두 같은 심연에서 나왔다. 하지만 깊은 심연에서 밖으로 내던져진 하나의 시도인 인간은 누구나 자신만의 목적지를 향해 나아간다. 우리는 서로를 이해할 수는 있지만, 누구나 오직 자기 자신만을 해석할 수 있을 뿐이다.

—《데미안》(헤르만 헤세, 안인희 옮김, 문학동네, 2013) 중에서

인간의 마음 깊은 곳을 똑바로 들여다보는 것은 어렵다. 설령 그것이 내 마음일지라도. 그런데 마치 리트머스 시험지처럼 마음의 온도와 향기를 측정할 수 있는 도구가 있다. 바로 스트레스와 트라우마이다. 스트레스와 트라우마를 구분하는 데서 심리학의 자기 발견이 시작된다. 교통이 꽉 막힐 때 화가 나는 정도는 스트레스다. 교통 체증이 풀리면 스트레스도 거짓말처럼 풀리니까. 겉으로 보기에는 스트레스가 트라우마보다 더 심각해 보일 수 있다. 스트레스는 좀 더 적극적으로 '내가 기분이 나쁘다'는 것을 표현하게 만들지만, 트라우마는 오히려 사람을 내성적이고 소심하게 만들 수 있기에. 스트레스는 다양한 방법으로 '푼다'라고 가볍게 이야기하지만, 트라우마는 '푸는 것' 정도로는 부족하고 '치유한다'라는 좀 더 진지한 단어를 사용하게 된다. 트라우마가 훨씬 무겁고, 심각하고, 아프기 때문이다. 트라우마는 문화적으로 유전되기 때문에 더욱 치명적이다. 부모의 상처는 곧잘 아이들에게 유전된다. 콤플렉스가 있는 부모들은 자신의 콤플렉스를 아이들에게 지속적으로 표현하게 된다.

예컨대 학벌 콤플렉스가 있는 부모는 아이에게 지나치게 많은 공부를 요구한다. 그러면 아이들의 마음에는 스트레스가 쌓이고, 스트레스가 너무 심각할 경우 트라우마로 심화될 수도 있다. 시험 때만 되면 배가 아프거나 머리가 아픈 것은 처음엔 '스트레스'일 수 있지만, 시험을 못 봤다는 이유로 '나는 무가치한 인간'이고 '아무도 날 사랑하지 않아'라는 식의 자학을 필요 이상으로 하게 되면 '트라우마'가 될 수 있다. 나에게도 '공부 잘하는 아이'가 되어야만 부모님께 사랑받을 수 있다는 강박관념이 있었다. 아이들은 이렇게 생각할 수 있다. '엄마는 공부를 안 하면서 왜 나한테 시키지?' 사실 나도 그랬다. 엄마는 매일 텔레비전을 보고 있는데 왜 나만 공부해야 하지, 화가 나곤 했다. 그런 내 마음을 눈치챈 아빠는 내가 시험공부를 하고 있으면 내 옆에 와서 열심히 책을 읽었다. 그런데 그것도 역시 짜증나는 일이긴 마찬가지였다. 엄마 아빠가 나를 어떻게든 '공부 잘하는 아이'로 만들기 위해 합동작전을 펼치는 것이 빤히 보였으니까. 엄마는 공부를 못한 것에 대한 '한'을 나에게 풀었던 것이다. 이렇듯 부모의 사랑을 많이 받은 사람조차도 부모로부터 트라우마를 물려받을 수 있다. 눈에 띄는 학대가 아니더라도, 사랑이 넘치는 집안에서도 부모의 트라우마는 아이에게 유전될 수 있다.

정말 많은 부모들이 자신이 이루어내지 못한 것을 자녀가 대신 이루어내도록 하고 싶어 한다. 이것을 심리학에서는 '투사projection'라고 말한다. 프로젝터처럼 내 마음을 타인의 존재에 비추는 것이다. 투사라는 것은 모든 과잉된 감정의 뿌리가 된다. 투사는 그 뿌리에 '기대'가 자리하고 있기에 더 위험하다. 내가 원하는 것을 이 사람이 해줬으면 좋겠다고 생각하는 감정이다. 사랑하는 사람이 내가 원하는 바로 그 모습 그대로 있어줬으면 좋겠다고 생각하는 것이다.

저 사람이 내 이상형이야,라고 말할 때 그 감정 자체가 '투사'인 셈이다. 사람이 어떻게 이상형이 될 수가 있겠는가. 이상형은 고정된 인격이다. 그런데 살아 있는 인간은 끊임없이 움직여야 한다. 변덕스럽고 요동치는 것이 존재의 실제 모습이다. 거기서 우리는 간절하게 어떤 '이상형'을 발견해내려고 한다. 하지만 그것은 끝내 환상이다. 사랑이라는 기대가 만들어낸 강력한 환상. 그것이 투사의 본질이다. 끊임없이 변하는 것, 예측 불가능한 것이 오히려 정상이다. 그런데 우리 마음은 저 사람이 내 이상형의 이미지 그대로 머물러주길 바라곤 한다. 내 이상형처럼, 내 타입대로 행동해줬으면, 내 기대를 저버리지 않았으면, 내가 꿈꾸는 바로 그 사람이었으면. 이 바람이 '집착'이 된다. 사랑싸움을 할 때 이런 멘트가 자주 나온다. '너 원래 이런 사람 아니었잖아. 왜 이렇게 변했니?'라고 물어보는 것이다. 그런데 사실 원래 그런 사람이다. 우리가 잘못 본 것이다. 그 사람이 나의 이상형이라는 환상적 믿음 때문에 우리가 잘못 보기를 원한 것이다. 그 사람의 자연스러움, 울퉁불퉁함, 변화무쌍함을 인정하지 못하고 그 사람을 보며 어떤 틀에 박힌 이상형을 기대한 것이다.

그러나 이 모든 것을 알면서도 인간의 감정에서 투사를 완전히 없앨 수는 없다. 투사는 감정이 시작되는 원리이기도 하기에. 투사에서 사랑이 시작된다. 투사에서 우정도 시작되고, 희망도 시작된다. 투사는 마음을 비추는 행위이기 때문에, 마음을 비추지 않고서는 감정 자체가 생기지 않기 때문에, 모든 감정의 시작일 수 있다. 관심이 없는 사람에게는 어떤 투사도 일어나지 않는다. 투사는 인간 감정의 매우 중요한 메커니즘이기도 한데, 우리가 감정적으로 실수를 저지를 수밖에 없는 이유이기도 하다. 투사는 가장 좋은 감정의 시작이기도 하고, 가장 치명적인 감정의 시작이기도 한, 양날의 칼이다.

누군가를 사랑하는 순간 투사는 시작된다. 네가 내가 원하는 그 모습 그대로였으면 좋겠어. '우리 사랑 이대로' 이런 마음이 투사다. 사랑은 원래 하루도, 한 시간도 똑같을 수가 없는데 투사하는 마음은 변화를, 예외를, 예측 불가능성을 인정하기 힘들어한다. 당신이 내가 항상 꿈꾸던 그런 사람이었으면 좋겠어, 그럴 것 같아, 이런 기대로 사랑이 시작되기 때문이다. 하지만 투사가 깨지는 순간이 바로 '콩깍지가 벗겨지는 순간'이다. 바로 그 콩깍지가 벗겨지는 순간, 투사가 깨져버리는 순간이 '기회'이기도 하다. 그게 정말 사랑인지 아닌지를 판별할 수 있는 기회. 투사가 깨져버리는 순간 상대방의 온갖 단점이 보이기 시작한다. 콤플렉스투성이, 실수투성이, 오류투성이인 그 사람의 민낯을 보게 되는 순간. 그럼에도 불구하고 사랑하는 마음이 없어지지 않는다면, 오히려 더 애틋하고, 오히려 더 그립다면, 그것은 진짜 사랑이다. 반대로 기대가 깨지는 순간, 투사의 마법이 풀려버리는 순간, 좋아하는 마음도 식어버린다면 그건 사랑이라기보다는 일시적 호감이었을 것이다. 조건부의 감정이었던 거다. '그래서' 사랑했다면 호감에서 그칠 수 있지만, '그럼에도 불구하고' 사랑할 수 있다면 그건 포기할 수 없는 감정이다. 네가 멋져서, 빛나서, 훌륭해서 좋아하는 것이 아니라, 당신이 그토록 어처구니없음에도 불구하고, 당신이 그토록 상처를 주었음에도 불구하고, 그래도 당신을 포기할 수 없는 것이다.

유전되는 트라우마의 사슬을 끊어내자

트라우마가 유전되는 메커니즘이 '투사'라는 말을 하다가 조금 샛길로 빠졌다. 그렇다면 부모 세대의 상처가 그다음 세대에게 유전되는 이 사슬을 어떻게 끊어낼 수 있을까. 이번 세대에서 극복하면 다음 세대에게 물려주지 않을 수 있다. 트라우마의 유전자 사슬을 끊어낼 수 있는 힘. 나는 그것이 '내 안의 내면아이와의 화해'에서 시작된다고 생각한다. 상처의 자기 치유력은 '내적 자원'이라고도 하고 '회복탄력성'이라고도 한다. 상처로부터 벗어나는 힘, 자기 치유력은 몸에만 있는 것이 아니라 마음에도 있다. 이것이 융 심리학의 전제다. 융 심리학의 전제는 누구나 트라우마가 있지만 그 트라우마를 극복할 수 있는 힘도 자기 안에 있다는 것이다. 치유자는 그 사람의 자기 치유력을 끌어내주는 '조력자'라는 의미이다. 신처럼, 과학자처럼 분석하고 해부하는 전지적 시점의 치유자가 아니라, 당신의 상처를 치유할 수 있는 최고의 주인공은 당신 자신이라는 것을 깨닫게 도와주는 사람이라는 것이다. 융은 누구나 자기 안의 신화를 살아낼 수 있는 존재라고 믿었다. 누구나 자기 안에 자기만의 영웅의 상을 만들어낼 수 있는 힘을 지닌 존재라고 생각한 셈이다. 내가 원하는 꿈을 향해 달려가고 끊임없이 포기하지 않는 사람이 자기 안의 신

화를 살아내는 사람, 자기 치유력이 있는 사람, 스스로 영웅이 되는 존재인 것이다. 나는 이런 융 심리학에 끊임없이 매력을 느낀다.

트라우마의 유전자 사슬을 끊어내는 힘, 그것이 바로 '내면아이 입양하기'이다. 초등학교 시절, 유치원 시절에 상처받지 않은 사람은 거의 없다. 발표하다가 창피를 당했다거나, 친구들에게 왕따를 당했다거나. 이런 내면아이가, 예를 들면 여덟 살 때의 내면아이가 아직 내 안에서 울고 있다고 생각을 해보자. 그 아이를 성인자아인 내가 돌봐주지 못했던 것이다. 어렸을 때 발표를 하다가 심하게 혼난 적이 있다면, 같은 반 아이들에게 왕따를 당한 적이 있다면, 그것을 진심으로 사과받지도, 적극적으로 치유받지도 못했다면, 그 내면아이의 상처는 성인이 되어서도 끊임없이 영향을 미친다. 트라우마로 굳어져버린다. 스트레스가 트라우마로 바뀌고, 트라우마가 성격을 바꿔버리고, 인생의 진로마저 바꿔버릴 수 있다. 이런 것이 내면아이와 성인자아가 화해를 하지 못한 경우다. 그런데 내면아이와 성인자아가 화해를 하기 위해선, 우선 성인자아가 내면아이를 '불러줘야' 한다. 여덟 살 때의 여울아, 잘 있니? 열한 살 때, 거의 소아우울증을 앓았던 여울아, 잘 있니? 이렇게 불러줘야 상처가 대면이 된다. 대면을 하지 못하면 치유도 불가능하다. 그런데 이 대면이 무척 고통스럽다는 것이 문제다. 그 고통은 트라우마의 장기적 치유를 위해서 반드시 거쳐야 할 내면의 관문이다. 아프고 힘들어도 극복을 해야 한다. 그리고 언젠가는 그 내면아이를 안아주고, 보듬어주고, 쓰다듬어주어야 한다. 아직 극복하지 못한 그 내면아이의 상처를 들어주고, 하소연을 받아주고, 그 내면아이의 광기 어린 절규마저도 감싸 안아야 한다. 그렇게 할 때 내면아이와의 화해가 가능하고, 성인 자아가 그 내면아이를 상징적으로 '입양'할 수 있는 힘이 생긴다. 내 안의 트라우마가 응축된 존재, 즉 내면아이와의 대면은 힘들지만, 일단 대면에 성공하기만 하면 치유의 길이 열리기 시작한다.

셀프와 에고의 분리, 불행의 시작

겉으로 잘 살고 있는 것처럼 보인다고 해서 상처가 없는 건 아니다. 모두들 괜찮은 척하고 살아가는 것이다. 착해야 한다는 강박이 있는 사람들, 맏이 콤플렉스가 있는 나 같은 사람들, 책임감에 짓눌리는 사람들, 사람들이 자신에게 질문하는 것이 싫은 사람들은 '괜찮다'고 하면서 괜찮지 않은 마음을 철저히 감춘다. '셀프'는 우리 자신의 본래적인 자기, '에고'는 문명화된 자기라고 할 수 있다. 사회적 체면을 유지하느라 연기하는 자아가 에고이다. 남의 눈치를 보느라, 사적 자아와 공적 자아를 분리하느라 연기를 하는 것이 에고이다. 내면의 자기를 억누르고 사회의 요구를 협상하는 것이 에고인 셈이다. 이런 에고와 달리 자기, 즉 셀프는 무의식의 나와 가깝기 때문에 눈치를 보지 않는다. 내 안의 셀프가 깨어나는 순간, 예를 들어 글쓰기를 할 때가 그렇다. 훨씬 더 솔직한 자기 자신과 만나야 하고, 나 자신의 무의식과도 가까워지는 순간. 그 순간이 바로 진심 어린 글쓰기를 하는 순간이다.

그런데 에고는 계산과 비교를 일삼는다. 셀프는 내면의 자기이기 때문에 알에서 깨어날 준비가 되어 있다. 인생에서 중요한 진로를 결정할 때 사회적 에고의 뜻에 따라 결정을 하면—예를 들어 남들이 좋다고 해서, 또는 어느 대학에 가면 취직이 잘된다는 이유로 자신의 전공을 선택한다면—반드시 셀프가 제동을 걸게 된다. 셀프의 요구를 지속적으로 무시하고 사회적 요구, 에고의 협상에만 의지하면, 나중에 셀프는 '조공'을 요구한다. '너 옛날에 진짜로 원하는 걸 안 했지. 난 네가 진짜 원하는 자기 자신의 모습이 될 때까지 널 따라다닐 거야.' 이게 셀프다. 욕망의 본질적인 모습은 아무리 그걸 하지 않으려고 해도, 잊으려고 해도 다시 자라난다는 것이다. 신화에 나오는 히드라의 머리보다 더 집요하다. 잘라도, 태워도, 끊임없이 그 길을 가려고 하는 것이 욕망이다. 진짜 원하는 것을 해내지 않으면, 사회적 에고에 따라 타협을 하면, 끊임없이 무의식이 메시지를 보낸다. 무의식의 전령, 꿈을 통해서 메시지를 보낸다. 무의식은 우리에게 상징적인 이미지로 자신의 진짜 이미지를 보여준다. 꿈속에서 크리스탈 샹들리에를 보며 기뻐하는 장면이 나타난다면, 그것이 상징이라면, 현실에서는 '수정(크리스탈)'이라는 아이를 사랑하는 내 모습이 있을 수 있다. 꿈은 현실을 그대로 보여주기보다는 상징과 은유를 통해서 우리 무의식의 진실을 보여준다. 눈을 뜬 상태에서 무의식의 자기와 만날 수 있는 방법은, 예를 들어 자기 자신이 정말로 좋아하는 일을 실제로 해보는 것이다. 예컨대 취미는 우리 무의식과 만나는 중요한 통로가 될 수 있다. 사회적 필요 때문에, 또는 생존의 필요 때문에 다른 직업을 갖고 있는 경우가 많기 때문에 내가 진정으로 원하는 것을 어렵게, 존재를 걸고 해내면 반드시 '무의식의 나', 셀프와 만난다. 내가 원하는 것을 하루에 한 시간이라도 만날 수 있다면, 그건 나의 진정한 셀프, 나의 내면과 만나는 순간이다. 예컨대 나는 첼로를 연주할 때, 피아노를 연주할 때 나 자신의 진짜 내면과 만나는 느낌이 든다. 작가는 직업이라서 아무리 셀프와 만난다고 해도 부분적으로는 '사회적 에고'가 들어가 있을 수밖에 없다. 글쓰기를 통해 진짜 자신과 만나기도 하지만, 에고를 완전히 떨쳐낼 수는 없다. 그런데 누구도 듣지 않을 때, 그냥 혼자서 피아노 연주를 하거나 첼로 연주에 집중할 때는 에고로부터 완전히 자유로워질 수 있다. 이걸로 무엇인가를 '해내야 한다'는 강박에서 벗어날 수 있기 때문이다. 음악 자체에 흠뻑 빠져서, 내가 어떤 사람인지, 앞으로 뭘 해야 하는지에 대한 걱정과 온갖 집착에서 벗어날 수가 있다. 이런 망아忘我의 쾌락을 느끼는 순간이 바로 우리 안의 진정한 자기—셀프와 만나는 순간이다.

스트레스와 트라우마 분리하기

그럼 다시 심리학에서의 첫 번째 대면으로 돌아가자. 종이 한 장을 반으로 접어보자. 왼쪽에는 최근의 스트레스 세 가지를 써보고, 오른쪽에는 자기 인생의 트라우마 세 가지를 써보자. 자기소개서와는 완전히 다른 자기와의 만남이다. 자기소개서를 쓰라고 하면 우리는 좋은 것만 쓰게 된다. 자랑하고 싶은 것, 멋진 경력 같은 것, 상 받은 것. 이런 것들을 쓰면서 취직이나 입학을 꿈꾼다. 하지만 트라우마와 스트레스를 쓰는 것은 자기소개서를 쓰는 것보다 훨씬 어렵다. 글을 쓰자마자 눈물이 펑펑 터져나올 수도 있다. 내 안의 상처를 한 번도 돌봐주지 못한 사람이라면, 더 심각하게 트라우마가 재활성화될 수도 있다. 그렇기 때문에 쓰면서, 한편으로는 조심해야 한다. 상처가 재활성화되어서 내 현재를 휘저어놓지 않도록, 아주 편안한 환경에서, 내가 잘 쉴 수 있는 곳에서, 나에게 치유적 에너지를 줄 수 있는 아늑한 공간에서 쓰는 것이 더 좋다. 그런데 트라우마와 스트레스를 글로 써보면서 상처와 대면하게 되면 그 상처를 치유할 수 있는 용기, 내적 치유력도 같이 나온다. 이것이 트라우마의 신비다. 트라우마를 이겨내려 할 때, 트라우마를 뛰어넘는 초월적 에너지, 트라우마보다 위대한 어떤 것이 나온다.

그렇다면 트라우마는 꼭 테러나 전쟁 같은 거대한 사건 속에서만 존재할까? 그건 아니다. 대부분의 트라우마는 가족 안의 학대나 차별에서 비롯된다. 가족 안에서 느끼는 소외감과 분노 같은 것이 트라우마의 대표적인 형태다. 예를 들어 부모님이 형제자매를 차별하는 경우. 부모님이 너무 오빠만 챙기고 자신을 챙겨주지 않는 것에 대한 트라우마 때문에 50세가 넘어서도 힘들어하는 분을 만난 적이 있다. 나중에 그는 죽음을 앞두신 어머니께 고백했다고 한다. 아주 어렸을 때 엄마가 나랑 오빠 차별했지, 엄마 기억나? 엄마가 나를 항상 차별해서 내가 평생 고통받았어. 이렇게 말했더니 어머니는 완강하게 부정했다고 한다. 하지만 그다음에는 확실히 딸을 대하는 태도가 달라졌다고 한다. 에고는 강하게 부정하지만 셀프는 딸에게 미안함을 느꼈던 것이다. 이렇게 트라우마와 대면하면 내 삶이 달라질 수 있다. 말보다 글이 편하다면 편지를 써보자. 대부분은 '아니라고, 내가 널 언제 차별했어'라고 맞설 것이다. 하지만 약간이라도 행동의 변화가 있을 것이다. 다시 상처를 주지 않도록 조심하게 되는 것이다. 상처를 주는 사람은 잘 모르는 경우가 많다. 자신이 가해자인지도 모른 채 '사랑이란 이름으로 자행되는 폭력들'이 정말 많다. 상처를 받은 쪽에서 먼저 움직이는 수밖에 없다. 자신의 상처를 대면하는 것은 어렵지만 그 대신 반드시 아주 작더라도, 좋은 결과가 있음을 이제 나는 안다. 나와 대면할 수 있는 용기가 생긴다는 것. 그리고 자기 치유력과 회복탄력성이 분출되기 시작하는 것이다.

트라우마와 스트레스를 분리해서 글을 써보면 나 자신과 만나는 시간을 가질 수 있다. 나의 스트레스는 마감에 대한 것이 가장 많다. 원고 마감, 강연 프레젠테이션 준비, 여러 가지 행정 처리 마감 같은 것들. 많은 일들을 무리하게 약속할수록 이런 마감 스트레스는 극에 달한다. 그래도 이런 것들은 극복 가능한 것들이다. 트라우마가 아니라 스트레스, 즉 조절 가능한 고통이기 때문이다. 나의 트라우마는 부모님의 '지나친 기대'로부터 시작되었다. 부모님은 항상 '네가 이 집안을 일으켜야 한다'고 말했다. 일곱 살 때부터 그런 말을 들었다.

'사당오락'이라는 말도 일곱 살 때부터 들었다. '서울대에 가야 한다'는 압박감을 그때부터 받아야 했다. 늦잠을 좀 자거나 시험 전날 공부하다가 잠들면 '그렇게 잠을 많이 자서 도대체 뭐가 되려고 그러느냐'라는 폭언을 들었고, 잠을 증오하게 되었다. 잠에 대한 스트레스가 너무 심해 지금도 잠을 제대로 못 잔다. 잠은 시간 낭비, 인생의 허비라는 생각을 초등학생 때부터 했다. 그래서 키가 안 컸나보다. 부모님의 지나친 기대, 그 기대에 맞춰 살지 못하면 절대로 사랑받을 수 없을 것 같은 공포, 그게 나에겐 원초적 트라우마였다. 그건 사랑의 이름으로 자행되는 폭력이기 때문에 더욱 저항할 수가 없다. '이게 다 널 사랑해서 그러는 거야'라고 말하는 부모님은 사실 사랑이라는 사탕에 치명적인 독약을 발라 아이에게 주는 것이나 마찬가지다. 저항조차 하지 못하고, 아니라고 한번 말하지 못하고 '날 사랑해서 그러는 거니까 난 참아내야 해'라고 생각하는 것이다.

받아들임, 트라우마를 진정으로 인식하기

나 또한 스스로의 트라우마를 제대로 '인식'하게 된 것이 얼마 되지 않았다. 심리학을 공부하게 되면서, 내가 그냥 '스트레스'라고 치부했던 부모님과의 관계가 사실은 심각한 트라우마였다는 것을 알게 되었다. 그래서 나는 아름다운 어린 시절을 가진 사람들이 부럽다. 나에게는 행복한 어린 시절이 없었으니까. 항상 주눅들고, 기대에 못 미치고, 사랑받지 못할까봐 전전긍긍하고, 아이들에게 왕따를 당할까봐 나의 진심을 말하지 못했던 기억들로 점철되어 있다. 하지만 '받아들임'이 삶을 바꾼다. 이런 나의 상처를 있는 그대로 인식하고 나서 많이 편안해졌다. 갑자기 편안해지지는 않지만, 마치 완전히 훼손된 그림을 서서히, 조금씩 복원해내는 것처럼, 천천히 마음의 붓질로 내 상처의 거대한 풍경을 복원하고 있다. 복원하는 것만으로도 힘이 된다. 어디서부터 잘못되었는지, 무엇 때문에 왜 아직도 수십 년 전의 생채기가 이토록 아픈 것인지 설명할 수 있게 된다. 이것이 바로 자기인식self—awareness이다. 트라우마를 한 문단이라도 완성된 글로서, 이야기로서 완성해보면 확실히 도움이 된다. 트라우마를 글로 쓸 때는 두려웠는데 쓰고 나니까 후련하다는 사람들이 많다. 스트레스를 쓰는 경우에는 금방 고민이 풀린다. 겨우 이런 걸 가지고 스트레스를 받았구나, 지나치게 힘들어했구나, 이렇게 스스로 깨달을 때도 있다. 내가 약속한 것인데, 내가 하고 싶어서 한다고 했는데, 그 약속을 미루는 게 나 자신이라는 걸 깨닫는 것이다. 그러면 스트레스가 거짓말처럼 풀린다. 내 인생의 대부분의 스트레스가 궁극적으로 자승자박이라는 것을 이해하면. 그런데 트라우마는 내 잘못이 아닌 경우가 많다. 내가 극복해낼 수 있는 힘이 없을 때, 아직 자기가 형성되지 않았을 때 학대나 차별을 당하면 그 트라우마는 평생 지속될 수가 있다. 그래서 아동학대가 가장 무서운 트라우마인 것이다. 아직 나를 지킬 수 있는 힘이 없을 때, '내가 소중하고 가치 있는 존재'라는 생각이 형성되지 않았을 때, 나의 존재가 충분히 성숙되지 않았을 때부터 이미 성장판이 닫혀버릴 수가 있다.

내가 나를 입양한다는 것, 트라우마를 진심으로 끌어안는 것은 이렇게 스트레스와 트라우마를 구분한 뒤 각각을 위한 해결책을 고민하는 단계에서 시작된다. '이런 스트레스는 이 정도면 극복할 수 있을 거야'라고 스스로 통제할 수 있게 된다. 트라우마 같은 경우는 '좀 더 깊이 생각을 해보자'라고 생각을 하게 된다. 나는 엄마와의 뒤틀린 관계가 특히 오랜 시간 트라우마가 되었다. 서로 보기만 하면 으르렁거렸고, 싸우기라도 하면 서른이 넘어서도 펑펑 울곤 했다. 트라우마는 가족 안에서 일어나는 경우가 많기 때문에 벗어나기가 힘들다. 그런데 가해자에게도 트라우마가 있다는 점이 흥미롭고도 복잡한 지점이다. 트라우마를 주는 사람 또한 트라우마를 가진 사람일 때가 많다. 트라우마는 아주 집요하다. 트라우마는 집요하게 희생양을 찾는다. 내 상처를 대신해서 아파해줄 사람, 내 고통을 어떻게든 경감시켜줄 사람, 나아가 내 상처의 탓을 돌릴 사람을 찾아내려고 한다. 트라우마가 희생양을 찾는 것, 이 또한 투사의 일종이다. 자신의 상처를 대신 앓아줄 사람을 찾는 것, 나의 상처를 대신 앓아주고 짐을 덜어줄 희생양을 찾는 것, 그리하여 자신이 가진 트라우마의 무게를 전가하려는 욕망. 트라우마는 이렇게 파괴적이다.

예를 들어 천식 환자 A가 있다. 그는 스트레스를 받을 때 천식이 더 심해진다. 특히 아내 B가 외출할 때 가장 심하게 발작이 온다. 아내는 외향적이고 활달하고 사회 생활을 잘하는 사람이고, 인기 있는 사람이다. 그런데 A는 사회 생활을 싫어하고, 아내를 독점하고 싶어 한다. 아내가 외출할 때마다 마치 알레르기 반응처럼 천식발작을 한다. 그럼 아내가 외출을 포기하게 되어버린다. 남편은 목적을 달성하는 것이다. 천식 환자 A의 무의식의 목표는 아내의 외출을 막는 것이다. 증상의 특징은 트라우마를 표현함으로써 남들이 자기를 보호하게 만든다는 점이다. 증상 안에는 즐김, 향유가 들어 있다. 히스테리를 부리고 나면 괜찮아진 것 같은 착각이 든다. 그건 말 그대로 착각이다. 증상은 퇴행이다. 특히 자해는 더욱 그렇다. 아픔의 진짜 원인은 숨겨두고 천식이나 알레르기, 자해 등의 증상으로 고통을 간접적으로 상징적으로 표현하는 것이다. 증상 속에는 이상한 쾌락, 기묘한 즐거움이 있어서 그 고통스러운 행위를 하고 나면 조금은 괜찮아진 것 같은 환상이 느껴진다. 진보가 아니라 퇴행이다. 아픈 상태에 머무는 것 자체의 쾌락이 있는 것이다. 천식 환자는 외출하려는 아내를 막음으로써 자신의 목표를 달성한다. 다른 사람의 인생까지 망친다. 그 사람을 주저앉힌다. 트라우마는 당사자의 인생뿐 아니라 가장 소중하고 가까운 타인의 인생까지 망칠 수 있다. 이것이 바로 '화석화된 트라우마'이다. 트라우마의 속성 자체에 상처를 보물처럼 끌어안으려고 하는 관성이 있다. 트라우마 자체가 나인 것처럼, 상처와 내가 완전히 합일된 것 같은 느낌. 상처에 완벽하게 고착되는 것이다.

한국전쟁 이야기만 나오면 마치 실제 그 시절로 돌아간 것 같은 상태가 되는 분들이 있다. 외상 후 스트레스 장애가 평생 지속되는 셈이다. 그런 외상 후 스트레스 장애가 레드 콤플렉스와 결합되면서 심리적인 고착 상태뿐 아니라 누구와도 제대로 이야기할 수 없는 사람, 누가 조금만 진보적인 이야기를 하면 '넌 빨갱이구나!'라는 식으로 생각해버리는 상태로 고착되는 것이다. 새로운 의견을 가진 사람과는 대화를 할 수 없는 사람이 되어버리고, 폐쇄적인 성격으로 변해버린다. 원래 가지고 있었던 유연하고 쾌활한 성격마저 앗아가는 것이 트라우마의 파괴적 측면이다. 트라우마를 알게 되면, '내가 이런 중요한 부분을 돌봐주지 못했구나, 나 자신의 슬픔을 외면해왔구나, 감추고, 잊고, 잊은 척하면 나아질 줄 알았는데 전혀 나아지지 않았구나' 하는 점을 알게 된다. 나 자신의 스파이가 되어서 내 의식에 잠입하는 것이다. 그래서 나의 트라우마로부터 조금 거리를 두고 제3자가 되어볼 수가 있다.

개성화, 트라우마 치유의 궁극적 목표

나는 '상처 입은 치유자wounded healer'라는 개념에서 희망을 발견한다. 그것은 '내가 이런 심각한 상처를 입었으니까 나는 어딘가 핸디캡이 있는 사람이야, 가치가 없는 사람이야'라는 부정적 자기인식으로부터 나 자신을 끌어올려주었기 때문이다. 융 자신도 '상처 입은 치유자'의 중요성을 이해했다. 상처 입은 사람이 그 상처를 스스로 치유한 힘을 가지고 다른 사람을 치유할 수도 있다는 것이다. 상처 입은 사람은 상처의 본질을 알기에 다른 사람의 상처를 돌볼 수 있는 힘도 가질 수 있게 된다. 내 상처를 치유하고 싶어서 빠진 심리학이 이제는 타인과 소통할 수 있는 소중한 통로가 되었다. 내 안에도 타인의 아픔을 어루만지는 영웅이 있다는 것을 알게 된 것이다.

어른됨의 세계는 기다림의 세계다. 우리 집 아기는 왜 이렇게 말이 느리지, 걸음마가 느리지, 이렇게 계속 걱정만 하는 부모들이 있다. 하지만 걱정만 해서는 안 되고, 끊임없이 말을 걸고, 관심을 가져주고, 공감을 해주되, 조바심내지 말고 차분히 기다려야 한다. 그래야 아이도 즐겁게 클 수 있고, 부모도 고통을 견딜 수 있다. 기다림을 통해 내 안의 가장 빛나는 힘을 찾아낸다는 것. 내 안의 잠재력이 깨어나는 순간, 그때 우리는 '너는 해낼 수 없을 거야'라고 말하는 자기 안의 괴물과 싸워 이길 수 있는 것이다.

파울로 우첼로라는 화가가 그린 〈성 제오르지오와 용(St. George and the dragon)〉이라는 그림은 융 심리학과 나를 만나게 해준 그림이다. 기사나 왕자가 백마를 타고 와서 동굴에 갇힌 공주를 구해내는 이야기, (높은 성에 갇혀 있는 공주를 구해내기도 한다.) 나중에 그 여인과 결혼하는 이야기이다. 왜 이런 이야기가 모든 문화권에서 반복적으로 발견되는 걸까. 이런 연구를 한 사람이 바로 신화학자 조지프 캠벨이었다. 캠벨은 융 심리학에서 힌트를 얻는다. 예를 들면 이렇게 해석할 수가 있는 것이다. 파울로 우첼로의 그림에서는 기사가 에고이고, 공주는 셀프라고 할 수 있다. 기사와 공주의 결혼은 에고와 셀프의 결합이라는 것이다. 의식이 왕자이고 무의식이 공주라고 볼 수도 있다. 의식과 무의식의 만남, 공주와 왕자의 결혼을 '개성화'라고 부른다. 용과 싸워 이기는 과정이 바로 심리학에서 말하는 대면이다. 용과 싸우기 위해서는 목숨을 걸고 싸워야 한다. 존재를 걸고 덤벼야 한다. 도저히 인간이 맨몸으로 싸워 이길 수 없는 적이니까. 용은 심리학적으로 볼 때 일종의 방어기제다. 넌 안 될 거야. 저번에도 실패했잖아. 이번에도 실패할 거야. 누구도 너를 이해해주지 않아. 아무도 널 사랑하지 않아. 이게 용이다. 하지만 셀프는 이렇게 말한다. 아무도 날 이해해주지 않아도 돼. 난 지금 가장 하고 싶은 일을 할 수 있으니까. 나는 내가 사랑하는 이 일을 함으로써 진짜 내가 되는 거야. 이게 셀프다. 용과 싸울 용기가 없기 때문에 내 안의 수많은 잠재력, 즉 공주와 만나지 못하는 것이다. 무의식의 의식화, 무의식의 잠재력을 의식의 차원으로 끌어내는 것, 이것이 자기 안의 잠재력이 발현되는 과정이다. 꿈속에서 뭔가를 찾을 때가 있다. 끊임없이 누군가를 찾기도 하고, 보물을 찾기도 하고, 시험을 보면서 OMR 카드를 밀려 쓰는 꿈도 꾼다. 꿈은 이렇게 내 마음의 상태를 고스란히 보여준다. 꿈은 나를 해치지 않는다. 융 심리학에서는 흉몽이 없다. 이 부분을 좀 더 봐, 너는 이 부분을 돌봐주지 않고 있잖아, 나보다 더 큰 나, 내 안의 멘토, 내 안의 현자가 있어서 무의식에서 의식을 향해 꿈이라는 메시지를 보내는 것이다. 넌 할 수 있는데 하지 않고 있어. 넌 충분히 더 커다란 존재가 될 수 있는데 하지 않고 있어. 이 그림에서는 백마도 중요하다. 나 자체는 아니지만 나를 도와주는 존재, 일종의 심리적 무기다. 나에게는 여행이 백마다. 돈이 없어도 여행을 떠났다. 처음에는 탈출의 욕구 때문에 떠났지만 점점 '나 자신'을 발견하는 기분이 들었다. 여행을 하든 또 다른 무엇을 하든, 모든 사회적 의무에서 잠시나마 벗어나는 것이 정말 중요하다. 이것이 심리학에서 말하는 '봉인'이다. 여행을 하면 '나'를 잠시 봉인할 수 있다. 예컨대 내가 칼럼을 쓰면 악성 댓글을 다는 분들이 있다. 그런 댓글을 보면 너무 스트레스를 받아서 계속 잠을 이루지 못한다. 이렇게 항상 일거수일투족을 평가받는 한국에서, 내 나라에서, 평가하지 않아야 되는 것까지 평가를 당하는 이 감정 노동의 세계에서 우리 자신을 잠시나마 보호하는 '봉인'이 필요하다. 봉인하는 순간, 단군신화의 웅녀가 동굴에서 나오지 않고 자신이 변신하는 모습을 아무에게도 보여주지 않는 것처럼, 모든 통과의례의 소년 소녀들처럼, 사회적 시선으로부터 차단시키면 우리는 나 자신의 진짜 모습, 셀프, 그리고 무의식과 만날 수 있다. 로밍도 하지 않고 메일도 주고받지 않고 여행을 하던 순간이 가장 좋았다. 그게 봉인이었던 것이다. 봉인을 통해 나 자신의 진짜 모습과 만났다. 여행을 통해, 나를 아무도 평가하지 않는 세계에서 아기처럼 걸음마하듯이 모든 것을 새롭게 시작할 수 있었다. 아름다운 인증샷을 찍어서가 아니라 순수하게 나 자신과 만날 수 있다는 것, 나의 가장 깊은 나다움과 만날 수 있다는 것, 그것이 가장 좋았다. 나에게는 그게 여행의 진짜 의미였다. 나 자신의 깊은 셀프, 무의식의 가능성과 만났던 것이다. 내가 원하는 것을 지금 바로 할 수 있는 가장 좋은 여행은 짐을 최대한 줄이고 홀로 떠나는 여행이다. 내게는 그 여행이 '나'라고 만들어진 그 이미지, 에고라는 감옥으로부터 탈출하는 과정이다. 나와는 전혀 다른 존재들 사이에 있음으로써 내가 더 잘 보였다. 나와 아무런 공통점이 없어 보이는 사람들 속에서 나 자신의 진정한 모습을 찾을 수 있었다. 멀리 떠나 있는 동안, 나는 경쟁도 질투도 분노도 사라진 자리에 남는 나, 맑고 투명한 나의 새로운 모습과 만난다. 그 어떤 사회적 지위 없이도, 그저 '여행자'라는 단순한 정체성만으로도 눈부시게 충만한 나를 만난다. 그런 충만함은 오직 멀리 떠나야만 느낄 수 있는 '자기'와의 만남이다.

동굴에 갇힌 공주를 구해내는 왕자. 그가 탄 눈부신 백마는 내게 탈출의 도구였다. 책을 읽고 글을 쓰는 모든 과정들도 나에게는 백마였다. 나 자신의 진짜 무의식과 만날 수 있는 소중한 통로였던 것이다. 이렇게 나는 나의 트라우마와 대면하고 있다. 그렇게 매일매일 조금씩, 나 자신의 소중하고도 친밀하고도 부끄러운 트라우마와 만나고, 협상하고, 대화하고, 친밀해지는 동안, 우리는 자기 안의 무의식 속으로 점점 더 깊이 들어가 궁극적인 '자기'와 만나게 될 것이다.

Q2

사회적 자아(에고)와 내면의 자기(셀프)의 모습은 어떻게 다른가요?
둘 사이의 거리를 좁히기 위해, 무엇을 하고 싶은가요?

3장

트라우마와 대면한다는 것
—아프지만, 꼭 짚고 넘어가야 할 상처와 만나는 길

내면아이와 성인자아의 대화

현대인의 마음속에는 어떤 장애물이 있다. 지울 수 없는 트라우마로 인해 아프고 쓰라린 마음, 그러나 그 마음을 남들 앞에서 드러내서는 안 된다는 강박관념까지. '과연 아픔이 치유될 수 있을까'라는 의혹과 '그래도 언젠가는 이 아픔이 사라지지 않을까' 하는 기대감까지. 트라우마를 짊어지고 사는 현대인들은 바로 그 마음의 상처 때문에 자신이 스스로의 감정을 완전히 표현하거나 승화시키지 못하고 있음을 안다. 버지니아 울프는 《자기만의 방》에서 셰익스피어야말로 자신의 작품 속에서 모든 감정을 완전히 표출한 사람이라고 이야기한다. 만약 그 어떤 방해도 없이 완전히 빛을 발하며 타오르는 마음이 있다면, 그것은 바로 셰익스피어의 마음이라고. 나는 그 문장을 이렇게 해석한다. 셰익스피어야말로 진정한 상처의 달인이었다고. 셰익스피어야말로 당대 최고의 트라우마 전문가였다고. 셰익스피어의 작품을 읽고 있으면 '이 글은 인간의 트라우마에 완전히 통달한 사람만이 쓸 수 있는 글'이라는 생각이 든다. 우리는《오셀로》를 통해 질투심 때문에 인생은 물론 자신이 가장 사랑하는 존재까지 죽여버리는 인간의 끔찍한 어리석음을 보고,《리어왕》을 통해 허영심과 자기애 때문에 자신이 이미 가진 것(거대한 왕국과 엄청난 재산, 무엇보다도 사랑스러운 코델리아 공주)조차 몽땅 잃어버린 채 비극적인 결말을 맞이하는 인간의 쓰라린 고독을 이해한다. 셰익스피어의 작품을 모두 모아보면 '트라우마학 사전'을 만들 수 있을 것만 같다. 심리학이나 정신분석이 발달하기 이전에 이미 셰익스피어는 인간심리의 대가가 되어 있었던 것이다.

그런데 트라우마에 관한 갖가지 책을 살펴보며 못내 부끄러워지는 것이 있다. 나의 트라우마는 셰익스피어의 소설을 비롯한 위대한 문학작품에 등장하는 주인공들의 아픔에 비하면 너무 사소한 것 같기 때문이다. 그런데 바로 이 '내 상처는 사소하다'라는 자기규정 자체가 상처를 치유하는 데 커다란 해악이 되고 있음을 깨달았다. 트라우마의 아픔이 여전히 생을 좌지우지하고 있다면, 어떤 트라우마도 결코 사소하지 않다. 트라우마의 심각성은 오히려 사건 자체의 심각성이 아니라 '내 마음이 얼마나 그 상처로부터 벗어나지 못하는 것인지'를 인지하는 데 있다.

어릴 때는 그냥 모르고 지나쳤던 상처가 나중에 어른이 되어서 '아, 그때 그 사건이 나에겐 너무도 큰 상처였구나' 하고 뒤늦게 깨달아지는 경우가 있다. 예컨대 내 안에서 가장 오랫동안 울고 있었던 내면아이는 초등학교 4학년 때의 기억을 잊지 못하고 있었다. 나는 초등학교 4학년 때 선생님이 너무 무서웠다. 선생님이 싫고 무서워서 학교에 가기 싫었다. '나는 희망이 없는 아이'라는 생각도 했던 것 같다. 나는 친구가 없는 아이, 누구에게도 사랑받지 못하는 아이, 항상 혼자일 수밖에 없는 아이라는 비관적인 생각에 빠져 있었다. 나를 진짜로 미워한 건 선생님 한 사람뿐이었는데도 나는 온 세상으로부터 미움받는 느낌을 받았다. 그도 그럴 것이, 초등학생 때는 '담임선생님'이 곧 우주 전체나 마찬가지였기 때문이다. 전 과목을, 심지어 음악과 미술과 체육까지도 담임선생님으로부터 배워야 했기 때문에 담임선생님으로부터 도망칠 수 있는 길은 없었다.

아직도 그 생각을 하면 가슴이 떨리는 한 장면이 있다. 부끄럽기만 한, 영원히 지워버려야 할 장면이라고 생각했던 바로 그 장면이 내 인생의 원형적 트라우마임을 깨달은 것은 서른이 넘어서였다. 테러나 방화 같은 심각한 외적인 사건이 아니더라도, 인간의 마음은 돌이킬 수 없는 트라우마로 물들어버릴 수 있다는 것을 알게 된 후, 나는 이 사소한 사건이 내 자존감은 물론 성격 형성 자체에 엄청난 영향을 미쳤음을 알게 되었다. 트라우마는 커다란 사건에만 국한된 것이 아니다. 아무것도 아닌 줄 알았는데 나중에는 큰 상처가 되는, 결국은 마음 전체가 곪아버리게 되는 그런 내적인 상처. 그토록 사소한 사건도 트라우마가 될 수 있었다. 초등학교 4학년 과학 실험실. 열한 살의 나는 비커를 깨뜨렸다. 평소에도 담임선생님의 미움을 받고 있던 터라, 비커를 깨뜨리는 순간 나는 직감했다. 무시무시한 담임선생님의 불호령이 떨어지겠구나. 선생님께서 무서운 표정을 지으시더니 세 글자의 말로 나를 완전히 K.O. 시켰다. 시니컬한 목소리와 날카로운 말투로 "또 너니?" 그러셨다. "또 너니?"라니. 그런데 아무리 생각해봐도 평소에 내가 뭘 그렇게 잘못했는지 잘 모르겠다. 지금 생각하면, 만약 내가 선생님이었고 어떤 아이가 비커를 깨트렸다면 맨 먼저 뭘 물어봤을까. 정상적인 선생님이라면, '괜찮니, 안 다쳤니?'라고 물어봤을 것이다. 그런데 선생님은 '또 너니'라고 하셨고, 매서운 눈초리로 그 자리에 붙박인 듯 서서 나를 계속 노려보셨다. 도와주기는커녕 교실 전체의 분위기를 더욱 무겁게 만들었다. 그 시선에 다른 아이들도 같이 얼어버린 것이다. 아이들도 같이 공포에 사로잡혔는지, 아무도 도와주지 않았다. 나 혼자 벌벌 떨면서 비커를 치웠던 기억이 난다. 열한 살짜리 아이에게는 세상이 무너지는 듯한 트라우마였다. 트라우마가 무엇인지도 모르는 채로 나는 트라우마를 짊어지게 되었다. 나를 도와주는 사람은 아무도 없구나, 나를 사랑하는 사람은 아무도 없구나, 나는 이렇게 무시당하고, 배척당해도 되는 존재구나. 그런 쓰라린 피해의식의 씨앗이 어린 마음에 둥지를 틀고 말았다. 트라우마보다 더 나쁜 건 트라우마로 인해 나를 부정하고, 저주하고, 증오하는 마음의 습관을 어린 시절부터 싹틔워버린 것이다.

오랫동안 나는 그 상처를 애써 잊어버리려고 했기 때문에 다 괜찮아진 줄 알았다. 이것 말고도 많은 에피소드가 있지만 아직도 꺼낼 때마다 아픔까지 함께 재생되기에 더 이상 묘사하기는 힘들 것 같다. 초등학교 4학년 때 '극단적인 생각'도 했었으니, 요즘 사람들이라면 '소아우울증'이라는 진단을 내릴지도 모른다. 아침에 일어날 때마다 '오늘도 끔찍한 하루가 시작되는구나' 하는 공포에 떨었던 기억은 아직도 간담을 서늘하게 한다. 부모님도 도움이 안 되었다. 부모님은 성적에 너무 집착하셨기 때문이다. 나는 수우미양가가 목숨 줄처럼 무서웠다. 3학년 때까지는 성적이 잘 나오다가, 4학년 때 갑자기 '미'나 '양' 같은 점수를 처음 받아봤다. 선생님이 무서우니 공부도 잘될 리 없었다. 내 성적을 받아보신 엄마가 너무 충격을 받은 나머지 성적표를 찢어버렸다. 성적표를 박박 찢은 엄마보다 무서웠던 건, 그걸 스카치테이프로 붙인 다음 다리미로 다려서 부모님 도장을 받은 뒤 선생님한테 다시 가져가야 한다는 사실이었다. 진짜 죽을 것 같았다. 엄마도 무섭고, 아빠도 무섭고, 선생님도 무서웠던 초등학교 4학년 때를 생각하면 완전히 암흑기다. 그랬던 내가, 그렇게 열등했고 스스로를 미워했던 내가 어떻게 무사히 어른이 되고 작가가 되었을까 생각해보면 신기하고 기특할 정도로 열한 살의 나는 고통스러웠다.

그 열한 살의 내면아이가 내 안에 똬리를 튼 채 어떤 안 좋은 일이 생길 때마다 나 자신에게 부정적인 암시를 던진다. 넌 그래서 안 돼. 넌 그러니까 친구가 없는 거야. 또 너구나. 또 네가 문제인 거야. 사람들 사이에서 소외감을 느낄 때마다 그때 그 시절의 나, 삭막한 과학 실험실 안이 마치 정전된 듯 까맣게 변해버리고, 그 드넓은 교실 속에 나를 노려보는 담임선생님과 두려움에 떨고 있는 열한 살의 나만 남은 듯한 착시가 일어난다. 트라우마란 그런 것이다. 자기 자신을 과잉 방어하게 된다. 그렇게까지 슬퍼하고 무서워할 일이 아닌 순간에도, 사소한 자극에도 미칠 듯한 두려움을 느끼며 내 안으로 기어코 숨어버린다. 거북이가 목을 움츠린 채 얼굴을 내밀지 않듯이 그렇게 나 자신의 단단한 껍데기 속으로 숨어버린다.

핵심 트라우마, 원초적 트라우마와의 만남

트라우마의 위력은 '그 이전과 그 이후의 삶이 완전히 달라진다는 것'에 있다. 나도 원래부터 내성적이거나 예민한 성격은 아니었던 것 같다. 오히려 아주 어린 시절에는 어른들이 일부러 시키지 않아도 먼저 무대로 나와 노래를 부르고 춤을 추는 의외의 적극성도 있었지만 초등학교 4학년 이후 나의 성격은 급격히 예민해지고 침울해졌다. "너는 왜 그렇게 유별나니?" "너는 왜 그렇게 사회성이 부족하니?"라는 주변의 잔소리나 비난을 들으면서 점점 더 나는 '지독하게 외로워도 차라리 혼자가 편하다'라는 생각을 갖게 되었다. 좋은 친구들도 있었지만 그 친구들도 '언젠간 나를 떠나겠지'라는 공포를 안고 만났기에 끝내 멀어지는 경우가 많았다. 희망이 없다는 생각, 나는 영원히 외로울 것이라는 생각이 창가를 배회하는 유령처럼 내 일상을 휘감았다. 어쩌면 나는 영원히 친구를 사귀지 못할지도 모르고, 영원히 어른들한테 칭찬을 못 받는 아이일지도 모른다는 생각을 초등학생 때 했다는 것은 조숙함이 아니라 자존감의 박탈이고 원초적 상실의 체험이라는 것을, 서른이 넘어 심리학을 공부한 뒤에야 알게 되었다.

그 희망 없는 내면아이를 어떻게든 끌어올려서 외국어 고등학교도 가고, 남들이 좋다고 하는 대학교도 가고, 박사과정까지 마쳤지만, 그런 몸부림으로는 그림자와 진정으로 대면할 수 없었다. 아무리 노력해도 극복이 안 되는 내면아이가 있었다. 그것과 진정으로 대면하는 데 거의 30년이 걸렸던 것 같다. 마흔의 문턱을 넘어서며 나는 그 원초적 상처와 용감하게 대면하지 않으면 그 트라우마로부터 영원히 벗어날 수 없다는 걸 알게 되었다.

심리학을 공부하면서 다행이라고 느꼈던 것은 이런 상처를 가진 사람이 나만은 아니라는 거였다. 심리학에 대한 글을 쓰고 강의를 하기 시작하면서 나와 비슷한 상처를 가진 사람들이 엄청나게 많다는 것을 알게 되었다. 특히 부모님 때문에 평생 상처를 안고 가는 사람들이 많다. 부모가 아들과 딸을 차별하는 경우도 많고, 부모의 정서적 학대와 육체적 폭력 때문에 타인을 사랑하는 일 자체에 어려움을 겪는 사람들도 많다. 부모의 알코올중독과 가정폭력으로 상처받은 사람들도 정말 많다. 아버지가 어머니를 상습적으로 때리는 모습을 보고 자란 사람들은 엄청나게 복합적인 트라우마에 시달리게 된다. 아버지에 대한 분노, 어머니에 대한 연민, 바꿀 수 없는 환경에 대한 뿌리 깊은 증오, 아무런 저항도 하지 못하는 자기 자신에 대한 증오까지 함께 쌓아가면서 타인과 진정으로 친밀한 관계를 맺는 데 어려움을 겪게 된다.

스트레스와 트라우마를 글로 써보는 수업을 하면서 많은 사람들의 상처가 '내용'은 다르지만 '원리'는 유사하다는 것을 알게 되었다. 트라우마적 사건이 일어나고, 그 사건을 잊거나 부정하기 위해 무리한 에너지를 쓰게 되고, 그러다 보면 상처를 치유하는 일보다 상처를 숨기는 일에 급급하게 되며, 결국에는 자신의 상처와 대면하기보다는 상처로 인한 후폭풍을 방어하며 점점 내면 깊숙한 은둔의 동굴 속으로 숨어들어가게 된다. 타인과의 적극적인 관계 맺기에 실패하게 되고, 사람을 진정으로 사랑하는 일 자체에 흥미를 잃어버리게 되고, 매사에 부정적인 마음을 갖게 된다. 상처를 고백하거나 스스로 대면하면 왠지 약해 보일까 걱정하느라, 상처 자체를 돌보려고 하지 않으려는 경우도 많다. 하지만 분명한 것은 상처를 용감하게 대면할수록 상처를 치유할 수 있는 가능성도 높아진다는 점이다.

대면이라는 것은, 처음으로 내 마음의 진정한 출발선에 서는 것이다. 우리는 괜찮다고 말하면서 계속 상처를 억압하며 살아왔기 때문에, 괜찮지 않은 자기 자신을 돌볼 수가 없었다. 결국 우리가 평생 고통받는 상처의 기원이 대부분 부모를 비롯한 가까운 사람들의 폭력이나 학대와 같은 기억에서 비롯된다. 부모 세대의 상처가 결국 아이에게, 그리고 그다음 세대까지 대대로 이어질 수가 있다. 트라우마가 유전된다는 것이 가장 무서운 비극이다. 그렇다면 우리가 해야 될 일은 무엇일까. 트라우마가 유전되지 않도록 그 사슬을 끊어야 한다. 그런데 그 사슬을 끊으려면 무엇을 멈춰야 할까. 바로 '투사의 악순환'을 멈춰야 한다.

자식에게 '나는 예전에 의사가 되고 싶었는데, 우리 부모가 나를 받쳐주지 못해서 나는 의사가 못 됐어. 그러니까 너는 의사가 돼야 해' 라며 학원을 다섯 개씩 보내는 그런 부모의 마음. 이게 '투사의 악순환'이다. 나의 갈망을, 나의 욕망을 내 자식에게 투사하고 있는 것이다. 바로 이 투사야말로 상처가 유전되는 경로다. 내가 의대에 가지 못했고 좋은 학교를 나오지 못했다는 콤플렉스를 아이에게 투사해서, 아이는 아이의 삶을 살아야 하는데 그러지 못하고 있는 것. 아이에게 내 삶을, 내가 살지 못한 삶을 강요하는 것이 바로 투사의 폭력이다.

처음에는 사랑이 투사(아, 저 사람이 나의 이상형이구나 하는 기대와 환상)로 시작되지만, 시간이 지나면 투사의 마법(저 사람은 내가 항상 꿈꾸던 바로 그 사람이라는 믿음)이 끝나고 그 사람의 실체가 보이기 시작한다. 사랑이 깊지 않으면 그 사람이 실체(인간적인 결점이나 혐오스러운 모습)를 보여주는 순간 사랑도 끝나버릴 수가 있다. 하지만 사랑이 깊어지면 그 어떤 투사의 마법도 힘을 발휘하지 못한다. 깊은 사랑은 투사의 악순환을 끊어낸다. 사랑의 콩깍지가 벗겨지는 순간은 환상이 깨지는 순간이지만, '저 사람이 저런 모습을 갖고 있다니, 정말 실망이네' 하면서도 사랑을 못 멈추는 것. 그것이 깊은 사랑이다. 투사의 마법, 투사의 약효(저 사람이 내가 기대하는 바로 그 모습으로 계속 머물러주었으면 좋겠다는 기대)가 끝난 순간에도 계속되는 게 사랑이다. 내 아이가 내가 원하는 정도의 실력이 안 된다는 걸 깨닫는 순간에도 사랑을 멈출 수는 없는 부모처럼, 내 아이가 내가 그토록 원하는 피아니스트가 될 수 없다는 것을 깨닫고 이제는 아이를 억지로 피아노 앞에 앉히지 않을 수 있는 용기, 아이가 저 나름의 삶을 살 수 있도록 모든 사교육을 끊어버릴 수 있는 용기, 그것이 진짜 사랑이다. 투사의 악순환, 즉 트라우마의 유전자 고리를 끊어낼 수 있는 사랑의 힘이다.

우리는 투사의 비이성적인 측면, 그리고 과도한 기대나 자기중심적인 환상을 거둬들이되 투사를 통해 생긴 그 감정들은 소중하게 여겨야 한다. 진짜 사랑한다면 우리는 유전되는 트라우마의 사슬을 끊기 위해, 내 상처를 물려주지 않기 위해 필사적으로 노력해야 한다. 그 첫 번째 방식이 마음챙김mindfulness이다. 우선 바깥에서의 스트레스를 집 안으로 가져가지 않아야 한다. 내가 회사에서 받은 스트레스를 가족들에게 푼다면, 그것 또한 분노의 투사이고, 콤플렉스의 투사이기 때문이다. 투사의 악순환을 끊어내는 방법은 감정의 흐름을 냉철하게 인지하고 그 감정의 확산경로를 막는 것이다. 많은 직장인들은 밖에서의 스트레스를 집에 가서 풀려고 한다. 아내에게 화를 내고 아이들한테 화를 풀게 되면, 결국 상처는 더욱 크게 확산되고 트라우마는 유전될 뿐 아니라 전염될 수도 있다. 그렇게 하면 가족과 사이가 나빠지게 된다. 그러니까 바깥에서의 스트레스를 최대한 밖에서, 특히 '내 마음의 치유적 장소'에서 풀 수 있는 방법을 찾아야 하는 것이다. 이것이 바로 심리학자들이 말하는 마음챙김이다.

마음챙김, 숨을 곳을 찾아야 한다

마음챙김을 위해 필요한 것은 우선 '장소'나 '취미' 같은 봉인의 공간이다. 상처가 확산되는 경로를 막을 수 있는 장소, 취미, 휴식의 계기가 필요하다. 자신의 스트레스를 스스로 풀 수 있는 작은 틈새가 필요하다. 공간도 좋고, 취미도 좋다. 술을 마셔서 스트레스를 푸는 데는 한계가 있다. 육체의 건강성을 파괴하는 방식으로 스트레스를 풀기보다는 음악에 관심을 가진다든지, 미술에 관심을 가진다든지 하는 식으로 좀 더 창조적으로 스트레스를 승화하는 길을 찾아야 한다. 창조적으로 스트레스를 풀 수 있는 길을 찾는 것은 어렵지만 효과가 확실하다. 내가 집 밖에서의 스트레스를 집 안으로 가져가지 않게 됨으로써 일의 능률이 오르고, 가족에게도 좀 더 친절하게 된다. 홀로 내면의 사색에 빠져 있어도 좋을 시간적·공간적 여유를 마련하는 것이야말로 상처의 악순환, 트라우마의 유전자 고리를 끊어낼 수 있는 첫 번째 준비 작업이다.

트라우마의 확산과 유전을 막는 두 번째 방법은 내면아이 입양하기이다. 아직도 울고 있는, 내 안의 상처 입은 아이를 보살펴주자. 내면아이의 반대말이 성인자아인데, 성인이 된 내가 상처받았던 그 내면아이에게 다가가서 말을 걸어주는 것이다. 나는 열한 살짜리 내면아이가 울고 있다는 것을 서른이 넘어서야 발견했다. 그때 나는 열한 살짜리 아이에게 이렇게 말해주기 시작했다. 너에겐 분명히 좋은 친구가 생길 거라고, 지금은 무척 외롭지만, 지금은 아무도 너를 도와주는 사람이 없지만, 반드시 좋은 친구가 생길 거고, 너는 좋은 사람이 될 거고, 그리고 또 훌륭한 인연들을 많이 만나게 될 것이고, 지금의 네가 겪고 있는 그 상처가 결코 전부가 아니라고. 이것이 나

의 내면아이를 입양하는 방법이다. 성인자아가 내면아이의 상처를 완전히 보듬어주는 것, 누군가 나를 위로해주지 않아도 내가 내 마음 깊은 곳 트라우마의 서식지로 찾아들어가, 그 속에서 울고 있는 나를 완전히 포옹하는 것이다.

내가 예전의 나에게, 극복되지 않은 그 상처에게 말을 해주는 일. 나는 내면아이와 이야기하면서 진짜 공포를 깨달았다. '내가 계속 이러면 어떡하지. 계속 4학년 때처럼 친구도 없고 아무도 나를 좋아해주지 않으면……' 하는 식으로 어른이 되어서도 부정적인 감정을 느끼는 나 자신과 마주한 것이다. 부모님과의 새로운 관계 맺기가 너무 어려웠지만, 열한 살의 내면아이에게 이런 조언을 했다. '나중에는 부모님도 네게 그렇게 집착하시지만은 않을 거야. 너를 놓아주면서 사랑해주실 수도 있을 거야'라고. 그랬더니 정말 오랜만에 잠을 푹 잘 수 있게 되었다. 악몽도 줄어들고 부정적인 환상도 더 이상 나를 괴롭히지 않기 시작했다.

〈굿 윌 헌팅〉이란 영화에는 학대받은 아이가 성인이 된 뒤에도 트라우마 때문에 얼마나 큰 고통을 받는지에 대한 이야기가 펼쳐진다. 〈굿 윌 헌팅〉에서 주인공의 의붓아버지는 렌치와 막대기, 혁대 등을 늘어놓고 그중에 하나를 선택하라고 종용한다. 주인공은 그중 가장 끔찍한 무기, 렌치를 골랐고, 그 렌치에 맞아 온몸에 상처가 난다. 그렇게 학대받으며 살아왔기 때문에 자기가 천재인 걸 알면서도 청소부로 일을 하고 있다. MIT에서 교수님이 내준 문제를 몰래 풀고 도망을 가다가 교수님에게 발견되어 기회가 주어졌는데도, 주인공은 일부러 못된 행동을 하고 자신의 능력을 제대로 쓰려 하지 않는다. 자신에 대한 진정한 사랑이 부족하기 때문에 자기의 재능조차도 낭비하게 된다.

트라우마라는 것이 그토록 무섭다. 영원히 자라지 않을 것만 같은 내면아이가 성인자아의 정상적인 삶의 기회까지 박탈해버리는 것이다. 〈굿 윌 헌팅〉의 주인공은 주변 사람들에게, 특히 자신을 사랑하는 사람들에게 냉소적이고 위악적인 모습을 보여주며 그들을 실망시킨다. 이렇게 시니컬하게 주변 사람들의 애정을 비웃는 사람들의 내면에는 심각하게 상처 입은 내면아이가 도사리고 있는 경우가 많다. 시니컬한 사람들은 사랑받았던 기억의 좋은 점을 잘 모르기 때문에 누구에게나 비판적이고, '당신이 날 가르칠 수 있어?'라는 식으로 생각하는 경우가 많다. 그러다 보니 내면아이와 평생 화해를 못할 위험이 있다.

내면아이를 입양하기 위해서는 성인자아가 먼저 움직여야 한다. 상처받아 더 이상의 적극적인 소통을 포기해버린 내면아이에게 다가가 '너는 분명히 괜찮아질 거야. 너는 좋은 사람이 될 수 있어. 너는 반드시 행복해질 권리가 있어'라고 말해줄 수 있는 용기가 필요하다. 그렇게 함으로써 내 과거의 상처와도 화해를 하고, 나를 괴롭혔던 그 모든 존재들로부터 내면아이를 지켜줄 수 있다. 나는 문학작품 속에서 상처를 딛고 일어나는 용감한 주인공들의 이야기를 통해 '나도 이들처럼 할 수 있어', '나도 이들처럼 내 상처를 극복할 수 있어'라는 용기를 얻는다. 그들을 통해 도저히 나로 받아들일 수 없는 이 끔찍한 그림자나 트라우마마저도 온전히 내 것으로 끌어안을 준비를 할 수 있었던 것이다.

자신의 성격에 지속적이고도 강력한 영향을 미친 어린 시절의 원초적 상처, 즉 핵심 트라우마와의 대면은 매우 어렵지만 반드시 짚고 넘어가야 할 심리적 성장의 과제이기도 하다. 트라우마의 특징은 '원치 않는 반복'이다. 잊은 줄 알았는데 어느 순간 또 재활성화되어 기억 저편의 악몽이 떠오르고, 이제 다 괜찮아진 줄 알았는데 또다시 뒤통수를 가격하며 평온한 일상을 흩뜨려버린다. 이 글을 쓰고 있는 순간에도 내 안에 잠복해 있던 열한 살의 내면아이뿐 아니라 일곱 살의 내면아이, 아홉 살의 내면아이, 열두 살의 내면아이 등 다채로운 '내 안의 트라우마 합창단'이 일제히 괴성을 지르는 환상이 엄습한다. 예전보다는 훨씬 차분해지고 강인해졌다고 믿는 내 안의 '성인자아'도 내면아이의 이 무시무시한 불협화음을 들으면 흠칫 놀란다.

내면아이가 아무리 마음의 창문을 두드리며 '나를 구해달라'고 소리쳐도 두 귀를 막은 채 들은 척도 하지 않던 내가 이제는 수많은 내면아이의 각종 민원을 처리하느라 바쁜 하루를 보내곤 한다. 처음 유치원에 갔던 일곱 살의 나는 최초로 '공동생활의 공포'를 경험했고 수많은 아이들 속에서 자주 외로움을 느꼈다. 열두 살의 내면아이는 어떻게든 '이번에는' 사랑받기 위해 고군분투한다. 어떻게든 귀여워 보이려고, 사랑스러워 보이려고 애썼던 기억 속의 열두 살 또한 암흑기였다. 열한 살의 내면아이, 열두 살의 내면아이, 열세 살의 내면아이는 모두 선생님과 아이들에게 사랑받고 싶은 강렬한 열망을 주체하지 못하고 그 기대가 좌절될 때마다 아파했던 기억을 감추느라 바쁘다.

이 모든 내면아이의 공통적 트라우마는 '왕따의 공포'다. 지금도 내가 무리를 해서 '안 되는 줄 알면서도 되게 하려고' 애쓰는 모든 몸부림의 근원을 따져보면 혹시 내가 예전처럼 완전히 혼자가 되어 고립되지는 않을까 하는 왕따의 공포 때문임을 자주 느낀다. 하지만 이런 상처 역시 '대면'을 자주 하니 오히려 덜 괴로워진다. 내가 그런 핵심적 트라우마를 앓고 있다는 사실 자체와 친밀해지면, 공포조차도, 슬픔조차도 어느덧 다정한 친구처럼 느껴지는 순간이 온다. 그러니 스스로의 트라우마와 싸우고 있는 당신 또한 결코 좌절하지 말았으면. 언젠가는 단단한 화석처럼 꿈쩍도 하지 않던 트라우마가 말랑말랑해져 '이제는 다 괜찮아진 줄 알고 착각하며 마음 놓고 있는 성인자아'에게 이렇게 말을 건다.

'나(트라우마)는 결코 사라지지 않아. 하지만 나, 트라우마가 괴물이 되는 것을 멈출 수는 있어. 내가 너의 친구가 될 수도 있고, 너의 강력한 무기가 될 수도 있어. 네가 나를 진심으로 받아들이기만 한다면. 네가 나를 버리거나 제거하려고 하지 않고, 나를 끌어안을 마음의 준비가 되어 있다면.'

트라우마로부터 도망치는 데 급급했던 나는 이제 트라우마를 밀어내지 않고 트라우마를 최고의 파트너로 삼아 함께 춤을 추고 싶어졌다. 내 아픈 그림자와의 춤, 그것은 아픔을 제거함으로써 강인해지려는 연기가 아니라 아픔을 있는 그대로 받아들임으로써 진정한 나 자신이 되려는 솔직함으로부터 우러나오는 마음챙김의 기적이 아닐까.

Q3

극복하고 싶은 트라우마가 있나요?
있다면 그 트라우마와 대면하기 위해 어떤 용기가 필요한지,
글로 써볼까요?

4장

건강한 사람들을 위한 심리학
—아프지 않은 사람에게도 여전히 필요한 심리학

드러낼수록 오히려 괜찮아지는 상처

트라우마를 치유하는 힘은 꼭 의사나 상담사들에게만 있지 않다. 치료와 치유는 다르니까. 치료가 약이나 의사의 도움을 받아야 하는 좀 더 기능적이고 전문적인 접근이라면, 치유는 누구나 할 수 있는 것이며, 아주 사소한 일상의 경험을 통해서도 가능할 때가 있다. 속상하고 힘들 때 동네 산책만 해도 괜찮아질 때가 있지 않은가. 꼭 병원에 가지 않아도 할 수 있는 마음의 토닥임. 그 모두가 치유가 될 수 있다. 소리 내서 글을 읽는 것만으로도 일렁이던 마음의 파도가 가라앉는다. 집에 있는 시집 중 아무거나 꺼내서 5분만 소리 내서 읽어도 마음이 편안해진다. 이런 치유는 우리가 병원에 가지 않아도 일상 속에서 할 수 있는 것이다. 마음을 나눌 수 있는 진정한 친구에게 내 상처를 이야기하는 것만으로도 치유가 가능한 경우도 마찬가지다. 하지만 이러한 일상 속의 치유는 매우 과소평가되어 있는 듯하다. 반드시 병원에 가서, 약을 통해, 전문가를 통한 치료에만 의존하는 것보다는, 많이 아프기 전에, 트라우마가 더 깊어지기 전에, 이런 일상 속의 치유를 시도해보는 것이 좋다. 심리학은 중증 환자들과 전문가들만을 위해 존재하는 것이 아니라 건강한 사람들, 괜찮은 척하는 사람들, 정상과 비정상 사이를 왔다 갔다 하며 경계를 서성이는 보통 사람들에게도 필요한 일상의 멘토가 되어야 한다.

그런 의미에서 건강한 사람들, 어쩌면 아직은 괜찮아 보이는 사람들을 위한 심리학이 필요하지 않을까. 우리가 '아직은 괜찮다'고 말하지만 사실은 많이 아픈 상처를 들여다보는 것, 아픔을 표현하는 일 자체가 두려워 누구에게도 말하지 못한 상처들을 투명하게 바라보는 '대면'을 위해서는 일단 상처를 숨기기보다는 나 자신에게라도 표현해야 한다. 상처가 부메랑이 돼서 내 뒤통수를 치기 전에 내가 먼저 상처와 대면해서 싸워야 한다. 나는 타인의 상처에 대한 글을 거의 매일 읽고 쓴다. 이러다 보니 '상처의 달인'이 되겠다는 생각도 들었다. 하지만 상처의 달인이 되는 것은 쉽지 않다. 매일 새록새록 더 아파오는 상처가 훨씬 많기 때문이다. 하지만 상처를 말로 하거나 글로 쓸 수 있을 때, 즉 상처를 어떤 방식으로든 '노출'할 수 있을 때, 우리는 이미 상처를 향한 거리감을 획득한다. 심리학에는 '노출요법'이라는 것이 있는데, 그것은 힘들지만 상처를 적극적으로 드러냄으로써 오히려 상처에 대한 정서적 면역력을 높이는 것을 말한다. 상처는 숨기면 화석처럼 굳어진다. 트라우마를 계속 숨기려고 하면

아예 치유가 안 돼서 더 화석화되어버린다. 나는 내 인생의 핵심 트라우마를 글로 쓴 다음 그것을 매일 읽어보았다. 처음에는 글로 쓴 내 상처를 바라보는 것조차 두려웠는데, 매일 들여다보니 점점 그 상처와 친밀해지는 나를 발견했다. 상처를 사랑할 정도로 성숙하지는 못했지만, 내 상처와 허심탄회하게 대화를 나눌 수는 있겠다는 생각이 들기 시작했다. 그토록 무섭던 상처가 이제는 친밀한 그 무엇이 되어 '내가 안고 가야 할 내 삶의 일부'로 보이기 시작했다.

나 자신의 '트라우마의 역사'를 들여다보다가 '과연 그 트라우마들이 나에게 어떤 변화를 가져왔을까'를 생각해보니 가장 중요한 것은 '성격의 변화'였다. 예컨대, 나는 가장 원하는 것을 말하지 못하는 '마음의 습관'을 키워오고 있었다. 유치원 시절부터, 원하는 것을 말했을 때 이루어지지 않고 그 아픔이 계속되는 것보다는 차라리 별로 원하지 않는 것을 말하는 것이 낫다는 '기이한 마음의 습관'을 가지게 되었다. 가장 원하는 것을 말하지 않고 두 번째, 세 번째, 네 번째, 다섯 번째로 원하는 차선책을 말함으로써 상처를 줄이는 것이다. 너무 튀는 것을 말할까봐, 너무 비현실적인 소원을 이야기할까봐, 내 마음의 문을 아주 살짝만 열어두고 그 작은 문틈으로 세상을 간신히 내다보며 소심하게 남들에게 좀 덜 비난받을 만한 소원만을 말했다. 그것이 나의 성격으로 굳어져버렸다. 가장 원하는 것을 빨리 말하지 못해서 메뉴 하나도 마음대로 고르지 못했다. 음식점에서 메뉴 하나를 골라도 그냥 내가 원하는 것을 자유롭게 고르는 사람들이 너무 부러웠다.

인간관계에서도 문제가 생겼다. 원하는 것을 제대로 말하지 못해서 빙빙 돌려 말하거나 '저 사람은 날 이해해주지 못할 거야'라고 생각하다 보니 의사소통은 점점 어려워졌다. 누군가 나를 비난하거나 좋지 않은 말을 할 때, 그 사람에게 용감하게 '왜 그렇게 생각하시냐'라고 물어보지 못하고 그냥 그 사람과 인연을 끊어버렸다. 안 보면 괜찮아질 줄로만 알고. 그런데 그럴 수 없는 경우도 있었다. 아예 인연을 끊어버리기에는 너무 가까이에 있는 사람들도 있고, 나에게 나쁘게 말한다고 해서 '나쁜 사람'이라고 말하기 어려운 사람들도 있었다. 일보다 인간관계가 항상 더 어려웠다. 일은 열심히 하면 보람을 느끼는데 인간관계는 아무리 노력을 퍼부어도 잘 안 될 때가 더 많았으니. '이러다 인간관계는 물론 성격까지 망가지겠다'는 불안감이 엄습하면서 천천히 내가 원하는 것들을 말하기 시작했다. 조금씩 내가 생각하는 것들을 솔직하게 말하기 시작하니 조금씩 자유가 생겼다. 그렇게 나도 모르게 내 안에도 굉장히 당차고, 당당하고, 용감한 또 하나의 나 자신이 있다는 것을 알게 되었다. 나의 멘토가 내 안에 있었던 것이다.

'성장'과 '자기치유'를 위한 심리학

상상계는 이미지가 중요한 세계, 상징계는 언어가 중요한 세계, 실재계는 무의식의 모든 것을 아우를 수 있는 세계다. 라캉은 상상계를 언어 없이도 작동하는 세계, 이미지만으로도 세계를 이해하는 세계라고 이야기했는데, 언어 없이도 모든 것을 사유하고 행동할 수 있는 유아기의 이미지를 떠올리면 이해가 쉽다. 유아들은 언어를 모르는 상태에서, 이미지만 가지고 생각을 할 수 있다. 논리와 언어 없이도 이미지를 비롯한 다양한 비언어적 자극만으로도 세상을 이해할 수 있는 세계. 이것은 사실 디즈니 애니메이션과 비슷하다. 디즈니 애니메이션은 해피엔딩을 추구하는 세계, 행복한 결말이 언제 어디서든 가능하다고 생각하는 세계, 패자가 없는 세계, 그래서 아직 삶의 고통을 받아들일 준비가 안 된 상태이기도 하다. 상상계의 아름다움은 지극히 순수하고 행복한 세계에 대한 원초적 열망이다. 하지만 상상계의 한계는 현실을 거부하고 철들기를 거부하고 책임지기를 싫어하는 유아적 특성에 있다. 이 상상계는 우리가 언어를 배우기 이전에도 인식하기 때문에 직관적이고 원초적이다. 디즈니 애니메이션에서 자막을 다 빼도 내용을 알 수 있는 것처럼, 상상계에서는 섬세함과 정확성이 필요없고 이미지와 충동으로 모든 것이 이해된다. 지극히 단순한 세계, 복잡 미묘한 언어적 소통이 없이도 알 수 있는 그런 세계가 바로 상상계다.

그런데 인간은 상상계에서 만족할 수가 없다. 상상계는 뭔가 중요한 것이 삭제되고 생략된 세계이기 때문이다. 바로 '언어'와 '현실'이다. 섬세하고 복잡한 언어가 필요없고 혼란스럽고 온갖 다채로운 감정으로 가득한 현실성이 생략된 세계. 즉 상상계에서 우리는 '어른'이 될 수 없다. 상상계의 행복은 자극적이고 원초적인 대신 현실성이 없고 깊은 충일감이 느껴지지 않는다. 상상계의 유아성을 극복하고 다다를 수 있는 더 깊은 성장의 세계, 그곳이 바로 상징계다. 상징계의 행복은 고통을 수반하는 희열이다. 예컨대 아이들이 자랄 때, 부모의 속을 썩이는 순간도 많고 '정말 내가 낳은 애가 맞을까' 싶을 정도로 속상할 때도 많지만, 쌔근쌔근 잠자고 있는 모습을 보면 세상 모든 것을 다 가진 듯 행복해지는 부모의 마음 같은 것, 그것이 바로 상징계의 행복이다. 상징계는 상상계보다 훨씬 고통스럽고 복잡한 대신 '내가 만들어가는 내 세계'라는 충족감이 있다. 상상계보다 힘들고 어려운 대신 '내가 나의 세계를 창조한다'라는 보람이 느껴지는 세계가 바로 상징계다. 상징계는 현실의 고통을 아는 어른들의 세계다.

현대사회의 미디어가 발달하면서 오히려 상상계에 오래오래, 때로는 평생 머무르고자 하는 어른들이 많아지는 이유는 미디어가 끊임없이 상상계의 환상적인 행복의 이미지를 확대 재생산하여 보여주고 있기 때문이다. 상상계의 달콤한 환상을 좇는 어른들은 해피엔딩에 집착하곤 한다. 영화나 드라마를 볼 때도 너무 힘든 모습, 너무 고통스러운 모습이 나오면 채널을 돌려버린다. 물론 상상계적 이미지는 에덴동산처럼 인간의 원초적 행복을 상징하는 중요한 동력이지만, 이것만으로는 세계의 복잡성을 감당할 수 없다. 우리는 살아남기 위해 필연적으로 상징계의 고통을 체험해야 하고, 단지 생존이 아닌 진정한 성장을 체험하는 과정에서 상징계의 간난신고를 이겨내야 한다. 아예 힘들고 어려운 사람들의 현실을 외면해버리려는 어른들은 바로 그런 상상계의 단순한 환상에 머묾으로써 현실의 복잡성을 인정하지 않는 것이다. 상상계에 너무 고착되어버리면 이기적으로 변할 수가 있다. 상상계는 배려나 존중이 없는 세계, 나의 원초적인 행복만을 추구하는 세계다.

현대 문명의 문제점 중 하나가 상상계에 머무는 사람이 많다는 점이다. 디즈니 애니메이션, 미국 드라마나 시트콤과 같은 콘텐츠들을 보면, 〈프렌즈〉의 조이 같은 아주 유치하지만 순수하고 귀여운 캐릭터들을 사랑하도록 만든다. 사실 조이도 상상계에 머물러 있는, 몸만 다 큰 '어른이'에 가깝다. 조이는 나이가 들었는데도 불구하고 진정으로 독립을 하지 못했다. 아직 건강보험도 자기 돈으로 내지 못해서 챈들러가 대신 내주려 한다. 그래야만 되는 상황이 상상계인 것이다. 그러니까 진정한 어른이 아닌 상태인 것이다. 지금의 현대 문명에서는 어른들을 아이 상태로 머물게 하려는 키덜트 상품이 너무 많아지고 있다. 게임에서는 망설임 없이 적을 무찌르지만, 정말 나를 괴롭히는 현실의 사람들한테는 한마디도 못하는 사람들도 있다. 상상계에서는 위대한 왕이 되고 용감한 기사가 되지만 현실에서는 나를 괴롭히는 사람한테 찍소리도 못하는 것. 이것은 상상계에 머물러 있는 상태, 행복하고 순수하고 아름다워 보이지만 사실은 미성숙한 상태다. 물론 상상계, 상징계, 실재계가 노란색, 파란색, 빨간색처럼 딱 나눠져 있는 건 아니다. 모든 사람들에게 상상계와 상징계, 실재계가 공존하고 있는데, 그가 얼마나 자신의 삶을 진실하게 이해하고 있느냐에 따라, 그가 얼마나 자신의 삶을 던져 필사적으로 꿈을 이루려고 하느냐에 따라 상상계—상징계—실재계의 스펙트럼이 달라질 수 있다.

상징계는 고통을 이겨낸 진정한 어른들의 세계다. 고통을 이겨내고 통과의례를 겪은 사람들은 상징계에 진입할 수 있다. 원시부족공동체나 전통사회에서는 통과의례가 확실히 있었다. 예컨대 단군신화를 떠올리면 된다. 동굴에 가서 곰이 마늘을 먹고 쑥을 먹으면서 버티는 그런 견딤의 시간. 그것이 통과의례다. 그런데 호랑이는 통과의례를 끝까지 견디지 못하고 뛰쳐나가버린다. 상상계에 있는 것이다. 행복해지고 싶긴 한데, 인간이 되면 더 행복해질 수 있을 것 같은데, 고통을 견디기는 싫은 것이니. 그러니까 호랑이는 상상계에 머묾으로써 상징계를 거부한 셈이다. 상징계는 그런 고통을 견뎌낸, 통과의례를 버텨낸 어른들의 정말 현실적인 세계다. 상상계는 아름답고 환상적이긴 하지만 누군가 나를 보호해줘야만 지켜질 수 있는, 그러니까 누군가에게 폐를 끼쳐야만 존속될 수 있는 세계다. 어른이 되어서도 상상계에 계속 머무는 사람들은 남들에게 폐를 끼칠 수밖에 없다. 부모님에게 평생 의존하는 사람들이나 다른 사람들에게 갑질을 해야만 직성이 풀리는 사람들. 그들은 아주 작은 불편을 참지 못해 남에게 민폐를 끼치고 상처를 주면서 자신만의 달콤한 상상계를 지켜나간다. 상상계는 놀이공원처럼 잠시 나들이 가기엔 좋은 곳이지만 그곳에 고착되면 끝없이 의존하는 마음의 질병이 생기고, 의존 자체를 나쁘다고 인지하는 지성조차 마비된 상태로 머물게 된다.

행복하고 순수하고 환상적이지만, 진정으로 독립할 수 없는 것, 본질적으로는 누군가에게 의존하고 있는 상태가 상상계다. 결혼해서 배우자에게 너무 의존하는 것도 상상계에 머무르는 행위다. '자기 앞가림을 못한다'고 할 때 바로 그런 상태가 상상계에 고착되는 것이다. 의식주를 혼자서 해결 못하고 늘 누군가에게 의지해야 한다면 그 또한 상상계에 머물러 있는 것이다. 상징계는 어른이 되어서 현실의 땅에 발을 딛고, 스스로 독립할 수 있는 세계를 말하는 것이기 때문이다.

이 상징계의 특징을 잘 확인할 수 있는 작품이 안데르센의 원작 동화《인어공주》다. 디즈니판 〈인어공주〉는 사실 상상계가 좀 더 강력하다. 디즈니 애니메이션 〈인어공주〉는 상상계에 대한 고착이 심한 나머지 원작《인어공주》를 심하게 변형시켜 해피엔딩으로 만들어버린다. 그런데 '인어공주'의 원작을 읽어보면 인어공주가 엄청난 고통을 견디는 장면이 많이 나온다. 마녀가 준 약을 마시고 인간의 다리를 갖게 되면 걷기만 해도 칼이 발을 찌르는 듯한 고통을 느낀다. 인어공주는 왕자를 사랑하는 마음 때문에 인간이 아닌데도 인간이 되려고 한다. 인간이 되어서 사뿐사뿐 걸을 때마다 너무도 아름다워 보이지만 속으로는 엄청난 고통을 참고 있는 것이다. 울고 싶은 고통을 참으면서, 겉으론 웃으며 춤까지 춘다.《인어공주》의 가장 잔인한 장면 중 하나가 왕자가 결혼하는 그날까지 인어공주가 춤을 추는 것이다. 이것이 상징계의 고통이다. 내가 원하는 것 한 가지를 얻기 위해 그 모든 고통을 겪어내야 하는 세계. 왕자의 결혼식 피로연에서도 인어공주가 미소를 지으면서 춤을 추는 것, 내가 아닌 다른 여자와 결혼하는 왕자를 보면서, 이 춤을 보면서 행복하기를 바라면서, 칼날 위를 걷는 듯한 고통을 견디면서 춤을 추는 것. 이토록 잔인한 고통이 상징계의 아픔이다. 하지만 이 고통을 겪어야만 우리는 진정한 나 자신이 될 수 있지 않은가. 우리가 어른이 되어서 어떤 문턱을 넘을 때, 내 앞에 있는 어떤 장애물을 넘을 때 견디는 고통이 그 정도의 고통이다.

그러니까 통과의례를 겪는다는 것은 시험 하나 통과하는 정도의 고통을 말하는 게 아니다. 《인어공주》뿐 아니라 그리스 로마 신화나 북유럽신화, 동양신화도 모두 공통점이 있다. 바로 죽음과도 같은 고통을 반드시 포함하는 통과의례를 거쳐내야만 진정한 성인이 될 수 있다는 점이다. '바리데기'나 '심청'도 그렇다. 바리데기와 심청은 둘 다 아버지를 구하기 위해서 죽음 같은 고통의 시간을 통과한다. 자신이 죽을 수도 있다는 걸 알면서도, 심청과 바리는 아버지를 구하기 위한 여정에 뛰어든다. 심청은 죽음을 무릅쓰고 인당수에 몸을 던진다. 이 인당수라는 곳이, 그리고 단군신화의 동굴과 같은 곳이 통과의례의 제의적ritual 공간이다. 그 공간에서 우리는 뭔가 다른 존재가 된다. 이 통과의례의 제의적 공간을 통과했을 때 상징계로 진입할 수 있는 것이다. 내가 완전히 내 앞가림을 할 수 있는 상태. 누가 나를 도와주지 않아도 내가 완전히 독립할 수 있는 상태가 되어야 치유도 이야기할 수 있고, 성장도 이야기할 수 있다. 그런데 이걸 하지 않은 상태에서 "저는 환경이 나빠요", "전 가수가 되고 싶었는데 부모님이 도와주지 않아요" 이렇게 이야기한다면, '환경이 안 좋아서 난 안 된다'고 생각한다면, 여전히 상상계에 머물러 있는 것이다. 이런 사람들은 상상계에 편히 머물러 있으려고 하기 때문에 섣불리 도와줘서도 안 된다. 도와주면 그 도움에 중독되어버리기 때문이다. 부모가 아이를 바라보며 '사랑하지만 도와주어서는 안 되는 순간'을 견뎌야, 아이는 진짜 어른이 된다. 그래서 사실 치유 이전에, 우리는 이 내면의 통과의례부터 거쳐내야 되는 것이 아닐까.

어쩌면 우리가 건너뛰어버린 내면의 통과의례

나 또한 신화와 심리학을 공부하면서 가장 많이 반성했던 게 그 지점이다. 내가 과연 통과의례를 제대로 지나쳐온 것일까, 제대로 힘들여 이 상징계의 아픔을 건너온 것일까 끊임없이 자문했다. 난 아직 멀었다는 생각이 들었다. 내가 통과의례와 신화와 심리학에 관심을 갖게 된 게 스물아홉 살 때인데, 그 당시 한국사회에서의 스물아홉은 정말 빼도 박도 못하는 진짜 어른이었다. 이십대까지는 그래도 학교에 있을 수 있고 계속 대학원도 다녔으니까. 뭔가 핑계가 있었다. 실수를 해도 봐주는 사람들이 더 많았다. 그런데 삼십대부터는 실수를 하면 아무도 용서해주지 않는다. 그러니까 진짜 어른이 되어야 하는 그 길목에서 나는 신화와 심리학에 눈을 뜨게 되었다. 신화 속 인물들의 공통점은 아주 힘든 통과의례를 거치는 것이다. 그런데 과연 내가 이 통과의례를 제대로 거쳤을까. 대학원 생활도 힘들고, 등단하는 것도 힘들었지만 과연 그게 이 신화 속 인물들이 견뎌내는 것만큼이나 힘든 것일까, 내가 죽음의 고통까지 불사하고 내 삶의 역경을 견뎌낸 것일까 하는 반성을 하게 되었다. 그러니까 지금까지 아프다고 찡찡거렸던 그 순간들이 굉장히 부끄러웠다. 아, 내가 아직 상상계에 머물러 있었기 때문이구나, 그래서 내 삶의 불완전함을 있는 그대로 받아들이지 못했던 거구나, 하고 깨닫는 순간. 그때부터 '늘 괜찮아 보이던 나, 아니 늘 괜찮은 척 연기하던 나'를 위한, 선생도 학생도 딱 하나뿐인 내 마음의 인생수업이 시작되었다.

아무리 내가 힘들었더라도 내가 내 앞가림을 완전히 할 수 없으면 그건 상상계에 있는 것이다. 그래서 치유나 성장도 '상징계의 고통'을 겪고 나서 이야기할 수 있는 것이다. 사십이 돼도, 오십이 돼도, 내가 완전히 독립하지 못한다면 우리는 상상계의 단단한 껍데기 안에 갇혀 있는 것이다. 모든 면에서 독립해야 한다. 경제적으로도 독립해야 하고, 정서적으로도 독립해야 한다. 뭔가 어려운 일을 결정할 때 보면 그 사람이 상징계에 있는지 상상계에 있는지 알 수 있는데, 인생의 중요한 결정을 해야 될 때 다른 사람의 도움을 받는 사람들은 자신을 의심해봐야 한다. 이런 사람들은 오십이 넘어도 아직 상상계에 머물러 있는 것이다. 그러니까 우리는 그런 상황에 치닫지 않기 위해서 진정으로 이 통과의례를 견뎌내야 한다. 여러분을 지금 가장 힘들게 하는 장애물이 있다면 그것이 바로 통과의례의 눈부신 기회가 될 수 있다. 그것을 통과하는 과정은 엄청나게 고통스럽지만 일단 그 장애물을 통과하고 나면 엄청난 자유의 세계가 펼쳐진다.

상징계의 요건이 단지 '성장의 고통'만은 아니다. 상징계의 고통을 통과해냈을 때의 성장과 희열이 훨씬 크다. 그 고통을 통과하고 나면 상상계에서는 결코 맛보지 못할 엄청난 자유의 세계가 기다리고 있기 때문이다. 그 자유는 상상계에서 꿈꾸는 그런 상상 속 행복이 아니다. "Happily ever after." 이런 게 상상계의 가짜 행복이다. 그래서 "그들은 계속 행복하게 살았습니다(happily ever after)"라고 할 때 우리는 의심해야 한다. 백설공주가 왕자랑 결혼하면 아무 문제 없을까. 첫날부터 싸우지 않았을까. "왜 자고 있는 사람에게 키스를 하냐. 그건 나의 성적 자율권을 침해한 것이다." 이렇게 싸울 수도 있지 않은가. "Happily ever after"는 불가능한 꿈의 세계다. 동화 속에 나오는 행복이 상상계이고, 우리가 꿈꾸는 그런 행복은 상상계처럼 단순하지가 않다.

상징계의 행복은 내가 이 모든 통과의례를 다 견디면서, 몸도 다치고 마음도 다치고 그러면서도 느끼는 아주 복잡한 행복이다. 예를 들면 작가가 책 한 권을 쓸 때 느끼는 행복이 상징계의 행복이다. 자기와의 온갖 싸움과 압박을 이겨내고 책 한 권을 비로소 낼 수 있을 때, 그럴 때 느끼는 복잡하고 어처구니없는 행복. 그것이 상징계의 행복이다. 고통의 터널을 통과하고 있는 동안에는 길이 안 보이지만, 그래도 그 터널을 간신히 빠져나오면 느껴지는 행복. 그것이 상징계의 행복, 성장의 행복이다. 과연 내가 이 책을 무사히

낼 수 있을까. 매번 그 생각을 한다. 점점 나아지는 면도 조금은 있지만 사실은 매번 새로운 고통이다. 매번 새로운 책을 내기 때문이다. 책을 낸다는 건 멀리서 보면 똑같은 행위인데, 그 안에서 느낄 때는 과연 내가 이 책을 끝낼 수 있을까 수없이 고민하고, 그때마다 고통스럽다. 그런데 고통을 견디면서 작가는 분명 성장한다. 세상을 향해 출사표를 던지는 비장함을 견뎌내는 순간, 우리는 성장한다. 어렵게 결심하고 힘들게 해내야만 삶 속에서 진정한 보람이 느껴진다.

단순한 행복이 아니고 더 복잡한 고통을 통과해낸 행복. 그것이 상징계의 행복이다. 영어 표현 중에 "Against all odds(모든 장애물과 역경을 이겨내고)"라는 게 있는데, 이 표현이 상징계를 잘 말해준다. 모든 힘든 것을 다 이겨내고 느끼는 바로 그런 행복이 훨씬 더 복잡하고 아름답다. 인어공주가 생의 마지막 순간에 느끼는 그 행복이 실재계와 상징계 사이에 있는데, 그 행복은 자신의 운명을 뛰어넘는 자의 고통스러운 행복이다. 한 발자국 디딜 때마다 너무나 아파서 고통스럽지만 그래도 눈으로는 왕자를 볼 수 있다는 것. 그것이 인어공주의 행복이다. 그러니까 고통보다 행복이 훨씬 더 큰 것이다. 남들이 보기에는 저게 무슨 바보짓인가 싶겠지만, '제정신이 아니다, 사랑에 미쳐서 인생을 망치고 있구나', 이렇게 비난받을 수도 있지만, 인어공주의 입장에서는 내 몸은 찢어질 것 같아도 내 눈은 왕자를 볼 수 있기 때문에 그 행복이 더 크다고 느끼는 것이다. 이게 상징계의 행복이고 진짜 어른의 행복이다. 인어공주의 언니들은 이런 행복을 알지 못한다. 인간 세상을 구경은 하지만 그냥 돌아온다. 물속의 안정된 생활이 더 좋았던 것이다. 다른 언니들은 인간 세상에 조금씩은 발을 담가봤지만 구경만 하고 돌아온다. 두려웠으니까. 호기심보다는 두려움이 더 컸으니까. 상징계에 진입하기 힘든 가장 큰 이유는 두려움이다. 용기가 부족하기 때문에. 그래서 우리는 미리 도전해보지도 않고 안 된다고 생각하는 것이다.

화려한 도전만이 상징계를 구성하는 것이 아니다. 혼자 오랫동안 배낭여행을 하는 것도 상징계를 향한 훌륭한 통과의례다. 처음 배낭여행을 떠나기 전, 나는 스스로 생각했다. 나처럼 겁이 많은 길치가 과연 이 여행을 무사히 끝내고 집으로 돌아올 수 있을까. 그런 두려움이 너무 컸지만, 수없이 길을 잃고 온갖 우여곡절 끝에 '혼자 떠나는 여행'을 처음으로 끝낸 그 시간의 뿌듯함은 '이제야 내가 정말 어른이 되었다'라는 느낌으로 평생 각인되었다. 대단한 도전이 아니더라도 '내가 예전에는 결코 할 수 없었던 일'을 내 힘으로 혼자 힘겹게 해냈을 때의 내밀한 감격이 상징계의 아름다움이다. 통과의례를 거칠 때마다 내면의 면역력은 커진다. 통과의례를 한 번 통과하고 나면 우리의 내면은 더 강인해져서 다음 통과의례는 더 잘 견딜 수 있게 된다.

실재계는 여기서 한 걸음 더 나아가는 것이다. '실재계'는 인간의 한계를 뛰어넘을 정도의, 때로는 기적이라고까지 불릴 수 있는 그런 경험까지 포함하는 것이다. 실재계로 갈수록 인간은 무의식에 가까워진다. 예를 들면 베토벤이나 고흐 같은 사람들, 우리가 천재라고 생각하는 사람들의 대부분이 실재계에 도달한 것이다. 실재계에 도달한 예술만이 진정한 감동을 줄 수 있다. 분명히 이해할 수 없는 내용이라 할지라도 마음속으로는 묵직한 감동이 전해질 때가 있다. 이게 뭘 묘사하는 것인지 잘 모르는 순간에도 마음에서 마음으로 전해질 때가 있다. 음악도, 미술도, 건축도, 우리에게 '알 수 없는 감동'을 주는 모든 것들은 다 어떤 방식으로든 우리 무의식의 깊숙한 실재계를 건드리는 것이다. 실재계의 기쁨은 의식적으로 인지하거나 논리적으로 설명할 수 있는 그런 기쁨이 아니라 인간의 무의식까지 도달하는 아주 깊은 감동이다. 그래서 베토벤이나 고흐처럼, 자신의 한계를 뛰어넘는 그런 작품을 만들어낸 사람들의 특징은 이 상징계의 고통을 극대화시켜서 그 고통을 또 다른 예술작품으로 승화시켜내는 것이다. 승화의 대상은 예술일 수도 있고, 과학적인 발견일 수도 있으며, 일상의 한계를 초월하는 사랑일 수도 있다.

그런데 실재계는 이렇게 엄청난 예술적 감동이나 과학적 발견이 아니더라도 우리가 '무의식의 존재'를 인식하는 모든 순간에 발현된다. 특히 누군가를 깊이 사랑할 때, 우리는 실재계와 분명히 접속한다. 그 사람이 나에게 정말 죽음과 같은 고통을 줘도 그 사랑을 포기할 수 없을 때 인간은 자신도 몰랐던 자신의 새로운 모습과 만난다. 나에게 이런 면이 있었나, 내가 사랑을 위해서 여기까지 갈 수 있는 사람이었나, 사랑한다는 이유로 내가 이렇게 변해도 되는 걸까 싶은 순간, 우리는 사랑의 힘으로 실재계에 가닿는 것이다. 그런데 사랑에 있어서도 '그들은 만나서 오래오래 행복하게 잘 살았습니다'라는 상상계의 달콤함을 추구하는 사람들은 실재계는 물론 상징계에도 도달하지 못한 채 사랑의 항해를 멈춰버리거나 '사랑 같은 건 이제 힘들어서 안 해'라는 유아적인 결정에 머무른다. 커플 간의 사랑뿐 아니라 엄마와 자식 간의 사랑에서도 이런 실재계가 드러난다. 엄마들은 '내 아이에게 무슨 일이 일어날까'라는 문제에 대해 초인적으로 예민한 촉각을 곤두세우고 있기 때문에 남들은 전혀 감지하지 못한 위험을 발견해내 위험에 빠진 아이를 구해내기도 하고, 평소에는 전혀 들 수도 없었던 무거운 트럭을 들어올려 그 밑에 깔려 있는 아이를 구해내는 기적에 가까운 일들을 해내기도 한다. 우리가 '사랑의 기적'이라 부르는 모든 것들, 그 전에는 불가능했지만 그 사랑 이후에는 가능해진 모든 아름다운 일들이 바로 실재계에 존재한다.

내 안의 뮤즈와 만나는 기쁨

상징계는 내가 나의 앞가림을 해서, 내가 어른이 되어 내 인생을 책임질 수 있는 상태를 말하는데 인간은 그것만으로는 만족하지 못한다. 인간은 더 창조적이고, 더 위대한 것을 원한다. 우리는 자신이 사랑하는 일, 자신이 사랑하는 인간관계에 있어서 어떤 '초월'의 차원을 원하는데, 그것은 단순한 '성과'가 아니라 초인적인 '희열'의 세계에 가깝다. 신화학자 조지프 캠벨은 이것을 '블리스bliss'라고 불렀다. Bliss는 Bless와는 다르다. Bless는 신의 은총, 외부로부터 선물받은 걸 말하는 것이고, Bliss는 외부의 도움이 없이도 나 스스로 느끼는 기쁨, 내면의 깊은 희열을 말한다. 그래서 '내가 그걸 하고 있으면 다른 모든 고통을 잊을 수 있다' 정도까지의 희열이 Bliss다.

우리 자신의 깊은 희열, Bliss가 무엇인지 생각해보자. 조지프 캠벨은 행복에 이르는 길로 단 한 문장을 제시했다. "당신의 희열을 따르라Follow your bliss." 이것이 바로 실재계에 이르는 방법이다. 그런데 이 Bliss는 Happiness가 아니다. Happiness는 단순한 행복이기 때문에 때로는 말초적일 수도 있고 때로는 상황에 의존하는 느낌이다. 뭔가 좋은 일이 일어나야 행복해진다. 그런데 Bliss는 겉으로는 굉장히 힘들어 보일 수 있다. 겉으로는 '저 사람 왜 저렇게 사서 고생하나', 이렇게 보일 수도 있다. 그런데 그 자신의 내면에서는 너무나 행복한 것, 행복을 넘어 희열을 느끼는 것, 이것이 Bliss다. 나도 정말로 내가 쓰고 싶고 내가 꼭 써야 되는, 나의 열망과 일치하는 그런 글을 쓸 때 이런 희열을 느낀다. 늘 그럴 수는 없지만, 소망과 현실이 일치할 때, 그런데 그 현실이 밖에서 주어지는 것이 아니라 내가 창조해낸 현실일 때, 나는 그 무엇과도 비교할 수 없는 희열을 느낀다. 소통의 영역에도 실재계가 있다. 저 사람이 나를 정말 가슴 깊이 절절하게 이해하고 있구나, 서로를 너무 이해한 나머지 어떤 설명조차 필요하지 않을 때, 그냥 표정만으로, 또는 그 존재만으로 모든 것이 다 이해되고 용서될 때 우리는 실재계를 향해 존재의 닻을 드리우는 것이다. 나 혼자 사랑하는 것이 아니라 저 사람도 나를 나만큼,

어쩌면 나보다 더 사랑하는구나 하는 것을 느낄 때, 그 커플의 사랑은 실재계를 향해 항해하고 있는 것이다.

이 실재계는 사실 좀 더 단순화시켜 말하면 고수들의 세계다. 뭔가를 깨달은 사람들의 세계다. 뭔가를 아주 어렵게 깨달은 사람들의 세계이기 때문에 그게 사랑이든, 예술이든, 과학이든, 학문이든 온 힘을 다해 자신의 인생을 쏟아부어 어떤 경지에 오른 사람들의 세계다. 그러니까 무의식의 세계까지도 갈 수 있는 것이다. 인생을 바쳐 연구하는 과학자들은 꿈에서도 그걸 생각하지 않는가. 꿈에서 아이디어가 떠오른다고 할 때, 그것은 절대 요행이 아니다. 꿈에서까지 생각할 수밖에 없도록 그 사람이 미친 듯이 노력했기 때문에 꿈에서도 그런 아이디어나 영감이 떠오르는 것이다. 융은 '무의식이 우리 자신을 돕는다'라는 명제를 제시한다. 무의식은 의식의 위대한 조력자이며, 의식이 감지하지 못하는 정신의 사각지대에서조차 우리 자신을 돕고 있다. 작가들은 중요한 아이디어를 꿈에서 떠올릴 때가 있다. 하지만 나는 아직은 '고수'가 되지 못해, 실재계에 미처 도달하지 못하여, '꿈에서 본 것들'을 현실에서 이루어내지는 못한다. 현실에서는 이루어지지 않은 그 글이 꿈에서는 너무도 아름답게 완성된다. 물론 깨어나면 아무 생각이 안 나서 한숨을 몰아쉬지만. 하지만 나의 의식과 무의식의 거리가 좀 더 가까워진다면, 즉 무의식의 잠재력을 의식의 차원으로 끌어올릴 수 있게 된다면 내 꿈속의 아이디어도 현실로 가져올 수 있지 않을까. 무의식의 힘을 의식의 영역으로 끌어올려 창조적인 활동을 해낼 수 있다면, 우리는 꿈속의 수많은 아이디어, 우리 자신도 인식하지 못하는 풍요로운 무의식의 잠재력을 의식의 차원으로 길어올릴 수 있지 않을까.

피카소의 작품 중에 〈뮤즈〉라는 그림이 있다. 화가가 책상에서 그림을 그리다 너무 지쳐 자고 있는데 꿈속에서 튀어나온 듯한 뮤즈가 와서 대신 그림을 그려주고 있는 것이다. 자고 있을 때조차도 꿈속의 뮤즈는 활동을 한다. 피카소는 자고 일어나니 자기 안의 뮤즈가 깨어나 뭔가 막히던 그림이 풀리는 경험을 형상화한 것이 아닐까. 나는 이 그림을 통해 피카소의 속삭임을 듣는다. '나는 잘 때도 생각한다. 그런데 자고 일어나니 뮤즈가 나에게 영감을 줘서 그릴 수 있게 됐다.' 그렇게 그는 잠이라는 뮤즈를 그린 것이 아닐까. 잠은 의식이 무의식과 소통하는 유일한 출구이기에, 우리는 잠을 통해 출몰하는 무의식의 영감, 뮤즈의 속삭임에 더욱 예민한 촉수를 드리워야 하지 않을까.

무의식이라는 것은 신비로운 어떤 단계를 말하는 것이 아니라 우리의 의식 밑에 잠재되어 있는 우리 자신의 기억들, 욕망들, 감정들, 그 모든 '의식화하지 못한 에너지'를 포함한다. 억압되어 있는 것들. 하고 싶었는데 못했던 말, 더 많이 느끼고 싶었는데 미처 느끼지 못했던 감정들이 무의식에 쌓여 있다. 그런 것들이 모여서 실재계를 이루는데, 그 실재계에 도달하기 위해서는 단지 꿈을 꾸는 것만으로 되는 것이 아니라 꿈을 기록해보기도 하고, 분석도 해봐야 한다. 누구나 베토벤이나 고흐처럼 자신의 실재계에 도달하는 창조적인 체험을 할 수 있는 것은 아니지만, 그것을 향한 노력을 멈춰서는 안 된다. 우리의 잠재력을 아무도 모르기 때문이다. 무의식이 바로 잠재력이다. 무의식에 있는 것 중에 가장 좋은 에너지가 잠재력이다. 상징계까지는 우리의 의식 수준에서 일어나는 것이다. 무슨 고통을 견디는지 아는 상태가 상징계인데, 실재계는 나도 모르는 무언가를, 나도 모르는 힘에 이끌려 하는 상태일 때가 많다.

대답하기 제일 어려운 질문 중 하나가 '어떻게 해야 글을 잘 쓸 수 있느냐'라는 질문인데, 그건 사실 나도 확실히 알 수 없다. 내 무의식에서 일어나는 일이니까. 물론 내가 노력하는 상징계의 모습도 있다. 매일 글을 쓴다든지, 매일 책을 읽는다든지, 남들이 보기에 좀 '이상하다' 싶을 정도로 과하게 메모를 한다든지. 이것도 쉬운 것은 아니다. 그런데 이것이 습관이 되면 나중에 노력하지 않아도 저절로 된다. 이런 현상이 일어나는 것은 뇌의 '신경가소성' 때문이다. 예를 들어서 뜨개질의 달인은 눈을 가려도 뜨개질을 할 수 있다. 피아니스트들은 눈을 가려도 피아노를 연주할 수 있다. 이것은 초능력이 아니라 엄청난 노력 끝에 뇌 자체의 능력이 보통 사람들보다 더 활성화된 것이다. 신경가소성은 신체의 노력에 따라 뇌 자체가 변할 수 있다는 것을 보여준다. 런던의 택시운전사들은 실제로 해마 크기가 보통 사람들보다 커진다고 한다. 엄청나게 어려운 시험을 거쳐 택시운전사 자격증을 취득하는 그들은 런던이라는 대도시 구석구석, 아주 작은 길목의 이름까지 외워야 하기 때문에 자신들도 모르게 뇌의 기억 능력이 보통 사람들보다 훨씬 뛰어나게 변한다는 것이다. 잠재력을 깨워낸다는 것, 무의식을 의식화시킨다는 것은 결코 불가능한 일이 아니다. 우리가 노력할수록, 나에게 최고의 기쁨을 주는 일을 향한 열정을 포기하지 않을수록, 뇌의 능력은 무궁무진하게 확장될 수 있다.

우리가 의식적으로 설명할 수 없는 부분인데 분명히 우리 자신인 것, 그것이 실재계를 구성한다. 이 실재계에 도달할 수 있도록, 그 실재계의 감동을 좀 더 자주 느낄 수 있도록 우리의 뇌를 자극해줘야 하고, 더 많은 책을 읽어야 하고, 더 많은 노력을 해야 하고, 더 많은 경험을 해봐야 한다. 다양한 경험을 해볼수록 실재계는 자극을 받는다. 이런 과정을 통해서, 단지 트라우마를 치유하는 과정을 뛰어넘어서 나 자신에 대한 좀 더 완전한 자기이해에 이를 수 있다. 이것이 자기인식self-awareness인데, 여기에 이르는 것이 바로 상상계에서 상징계로, 상징계에서 실재계로 넘어가는 과정이다.

실재계는 벗어나고 싶은 악몽의 세계가 될 수도 있고, 언젠가는 도달하고 싶은 위대한 잠재력의 세계가 될 수도 있다. 우리 무의식은 이 어두운 악몽의 세계와 위대한 잠재력의 세계를 통합시킬 수 있는 엄청난 통합과 승화의 힘을 지니고 있다. 베토벤도 고흐도 굉장히 힘든 가정환경에서 자랐는데 그 트라우마를 승화시켜 위대한 창조성의 실재계를 일구어냈다. 트라우마가 트라우마에 그치면 우리는 그냥 상상계나 상징계에 머무는 것이다. 그런데 그 트라우마를 예술의 경지까지 끌어올리려고 노력하는 사람이 실재계에 도달할 수 있고, 자기가 진정으로 원하는 궁극의 꿈에 도달할 수가 있다.

나는 힘들 때마다 주문을 외운다. 내 안에는 나보다 더 지혜롭고 나보다 더 용감하고 나보다 더 크고 깊은 또 하나의 나 자신이 있다고. 우리는 언젠가 그런 자신의 모습을, 상상계는 물론 상징계까지 뛰어넘어 실재계의 영역에서 만날 수가 있다. 무의식은 신비가 아니다. 무의식은 언젠가 인간의 노력으로 현실화시킬 수 있는 뇌기능의 잠재성이며, 정신의 차원에서 '의식되지 않은 것들'의 무궁무진한 힘을 가리킨다. 우리가 아직 깨워내지 못한 우리 안의 무의식이 바로 실재계의 눈부신 가능성이며 건강한 사람에게도 절실히 필요한 심리학의 핵심 키워드이다. 남들은 안 된다고 하지만 나는 될 거라 믿으며, 지금까지는 불가능했던 모든 일들에 도전하는 순간 우리는 우리 안의 아름다운 실재계와 만날 것이다.

Q4

자신의 내면아이가 진정으로 성장하려면 가장 필요한 것이
무엇이라고 생각하나요?
내면아이의 성장을 위해 어떤 실천을 하고 싶은가요?

5장

또 다른 나를 만나다
—트라우마에 짓밟힌 자아, 상처 입은 치유자가 되다

"자넨 설마 저 바깥 길거리를 두 발로 서서 돌아다니는 모든 존재를 인간이라고 생각하는 건 아니겠지? 그들이 두 발로 똑바로 서고 애를 임신하면 태내에 아홉 달을 품는다는 이유만으로? 그들 중 얼마나 많은 이들이 물고기나 양, 벌레나 거머리인지, 얼마나 많은 이들이 개미이고 얼마나 많은 이들이 꿀벌인지 알고 있겠지! 하지만 그들 모두에겐 인간이 될 가능성이 있어. 다만 스스로 그걸 눈치채고, 스스로 어느 정도는 그걸 의식하는 법을 배워야만 이 가능성이 진짜 그의 것이 되는 거지."

—《데미안》(헤르만 헤세, 안인희 옮김, 문학동네, 2013) 중에서

에고와 셀프 — 욕망의 폭주기관차를 넘어

에고가 욕망의 폭주기관차라면 셀프는 숲속의 현자처럼 세속의 가치에 일희일비하지 않는다. 에고는 사회적 자아로서 타인의 시선에 비친 나의 모습이기도 하다. 성공을 의식하고 명예나 체면을 중시하는 것이 에고의 습성이다. 에고는 매우 중요하긴 하지만 그것이 우리의 전부가 아니라는 것을 깨닫는 것도 중요하다. 셀프는 멈출 줄 모르는 욕망의 수레바퀴에 제동을 걸 줄 안다. 셀프는 내면의 자기이고 스스로도 깨닫지 못하는 무의식의 목소리에 가까운 것이기도 하다. 에고의 시선은 '나 바깥'을 향해 있는 반면, 셀프의 시선은 '내 안의 또 다른 나'를 향해 열려 있다. 에고가 불안과 욕망에 집착하더라도 셀프는 한없이 지혜롭고 여유롭게 문제를 해결해낼 수 있는 자기조절능력을 지니고 있다.

문제는 현대사회에서는 이런 셀프의 자기조절능력이 위협받을 수밖에 없다는 것이다. 모든 광고와 미디어의 유혹은 '에고'를 향해 있고, 에고를 향해 더 많이 소유하고, 더 화려하게 자신을 치장하기를 강요하고 있다. 우리는 미디어를 통해 나보다 더 잘사는 사람, 나보다 뛰어난 사람을 매일 볼 수밖에 없고, 그 화려한 이미지의 홍수 속에서 '왜 나는 이것밖에 안 되는 걸까'라는 자기징벌적 질문을 던지게 된다. 그렇게 타인의 시선을 의식하느라 에고는 삶을 전쟁터로 바라보게 된다. 끊임없이 다른 사람과 비교해서 그 사람보다 못한 나를 생각하게 하고, 그 사람보다 뭔가 부족한, 콤플렉스 가득한 나를 바라보게 하는 것은 바로 에고이다. 에고는 또래 압력peer pressure, 즉 주변사람들의 시선의 압력에 따라 일희일비하는데, 에고에 집착하면 다른 사람이 어떻게 생각하느냐에 따라서 나의 욕망이 정해져 버린다. 하지만 셀프는 알고 있다. 주변의 압력에 따라 내 결정이 좌지우지된다면 그것은 진짜 내 삶이 아니라는 것을. 또래 압력에 영향받지 않고 진짜 내면의 자기 목소리를 듣는 것엔 엄청난 훈련이 필요한데, 바로 그 훈련의 과정에서 나는 《데미안》을 다시 만났다. 그리고 《데미안》을 더 소중한 자기발견의 텍스트로 다시 보게 해준 것이 융의 분석심리학이었다.

셀프와 에고의 분리를 통해 인간은 불행해졌지만 그 대신 셀프를 에고 쪽으로 끌어당겨서 무의식의 자기를 의식적인 자아로 현실화할 수 있다. 그러니까 진정한 개성화라는 것은 무의식의 의식화이다. 무의식의 의식화라는 것은 내가 나도 모르는 잠재력이나 나도 기억하지 못하는 내 안의 어떤 에너지를 의식 수준으로, 보이지 않는 무의식의 에너지를 보이는 쪽으로 끌어당겨서 개인의 잠재력을 실현하는 것을 말한다. 이것이 바로 융 심리학에서 말하는 개성화 혹은 자기실현이고, 이러한 개성화의 반대편에는 사회화가 있다.

사회화가 '남들처럼 살기 위해 규칙과 유행과 제도와 대세에 신경을 곤두세우는 것'이라면, 개성화는 '진정한 나를 찾기 위한 내적 모험'이다. 융 심리학의 관점에서 보면 《데미안》은 사회화의 억압에 맞서 진정한 개성화의 길을 찾으려고 하는 한 젊은이의 투쟁이다. 우리 모두의 삶은 진정한 나 자신을 찾기 위한 오솔길인 것이다. 그런데 많은 사람들은 진정한 나를 찾는 그 과정이 너무 어려워서 에고에서 셀프로 완전히 나아가지 못하고 마치 올챙이처럼 개구리가

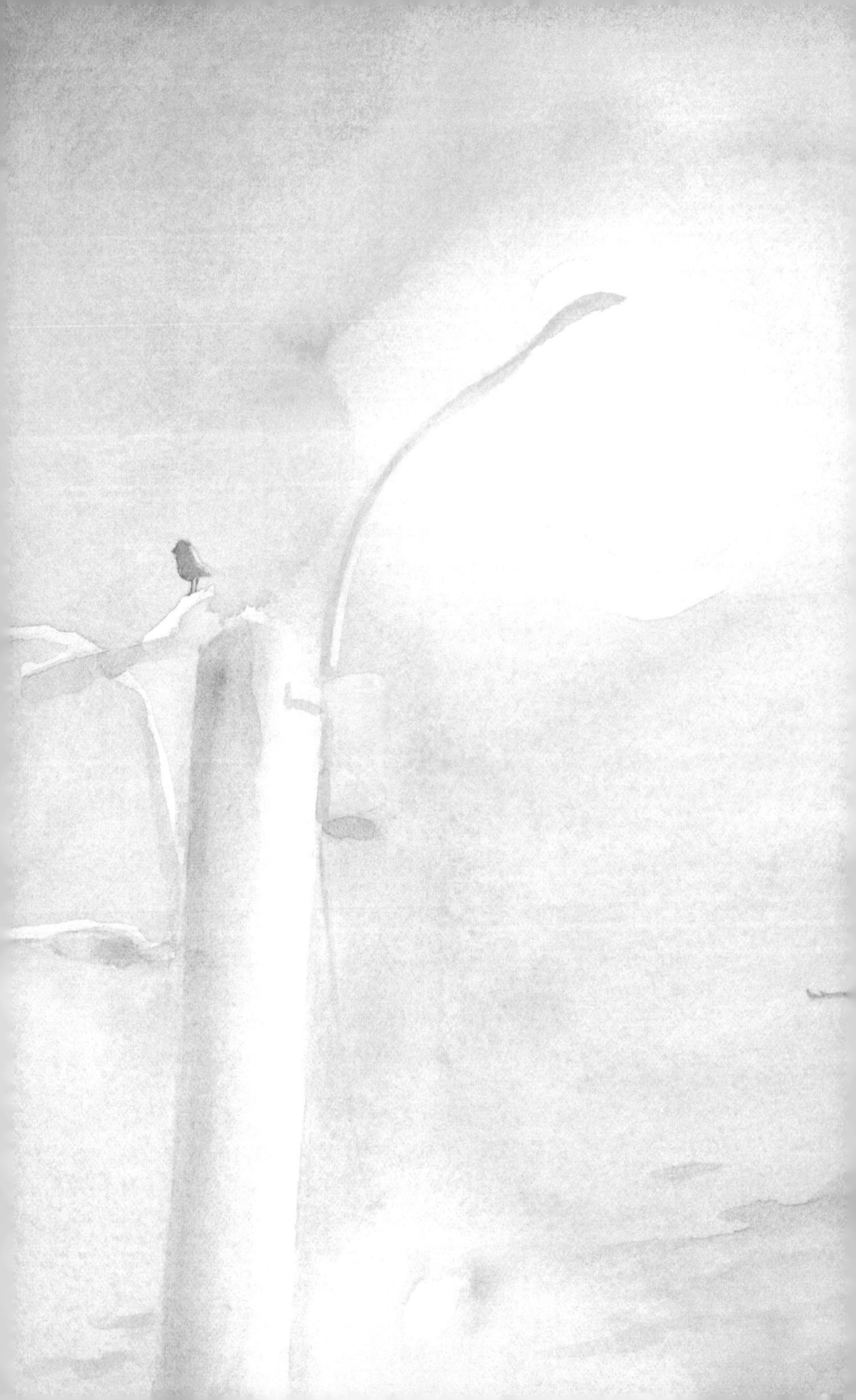

되지 못한 상태로 멈추거나, 아니면 원숭이처럼 다른 사람을 흉내내다 끝나거나, 아니면 벌레처럼 그 무엇도 아직 시도해보지 못한 채 정말 낮은 단계에서 끝날 수도 있다. 그렇다면 진정한 나 자신이 되기 위해서 필요한 것이 무엇일까. 바로 캠벨이 말했던 'Follow Your Bliss!' 희열이다. 나에게 희열은 글쓰기다. 끊임없이 불안과 불면증에 시달리고 불확실한 미래가 걱정되는 삶이지만, 글을 쓰고 있는 그 순간에는 모든 것을 잊는다. 글을 쓰고 있는 동안에는 그토록 멀었던 나와 세상 사이의 거리가 한없이 좁혀지는 느낌이 든다. 세상이 내 곁으로 성큼 가까이 다가오는 느낌, 내가 세상을 향해 성큼 다가가는 느낌, 마침내 세상과 나 사이에 어떤 간격도 느껴지지 않는 듯한 친밀하고 따스한 느낌이 든다.

독자들과 이야기를 나눌 때는 내가 꿈꾸고 그리워했던 '소통'의 이미지가 나의 상상을 뛰어넘어 더더욱 아름답고 찬란하게 실현되었음을 느끼기도 한다. 내가 글을 쓸 때 '과연 나의 메시지가 무사히 독자들에게 도착할까'라는 걱정에 잠 못 이루지만, 정작 독자들과 만나보면 내가 꿈꾸었던 것 이상으로, 내가 걱정했던 것과는 전혀 상관없이, 나의 메시지를 소중한 삶의 원동력으로 삼고 있는 분들을 만나게 된다. 그러니 내가 글쓰기를 통해서 느끼는 희열은 글쓰기로 인해 선택해야 하는 불안한 삶에 대한 공포보다도 훨씬 더 크다. 누가 뭐래도 내가 좋은 것, 다른 사람의 어떤 사회적 시선에 휘둘리지 않는 것. 또래 압력에 길들여지지 않는 나만의 순수한 기쁨. 이걸 찾는 것이 첫 번째로 내면의 자기와 만나는 과정이다. 내면의 자기를 만나게 되면 그다음부터 사람은 강인해진다. 내가 진정으로 기쁜 그 일을 찾아내면 이런저런 다른 사람의 말들에 휘둘리지 않을 수 있다.

트라우마 이후, 더 큰 성장을 꿈꾸다

내가 진정으로 기뻐하는 일이 무엇인지 깨닫고 나면 내 안의 어떤 잠재력, 내 안의 힘을 만날 수 있게 된다. 이 힘이 1장에서 언급했던 내적 자원이다. 이 내적 자원은 우리가 원래부터 갖고 있는 힘인데 이 힘을 제대로 알지 못해서 못 쓰고 있는 경우가 많다. 스스로의 상처를 혼자서도 치유할 수 있는 힘이 누구에게나 있는데, 자신에게 이런 능력이 별로 없다고 생각하고 그냥 포기하는 사람들이 많다는 것이다. "나는 상처로부터 벗어나지 못할 거야. 그러니까 그냥 상처가 없는 척하고 살아가자. 모르는 척하고 살아가면 잊을 수 있을 거야"라고 생각하는데 그것이 그렇게 쉽지 않다. '저항'은 치유의 노력 자체를 포기하게 만든다. 노력하면 상처가 점점 더 좋아질 것이라는 것을, 상처로부터 치유되는 과정이 점점 더 심화될 것이라는 것을 알면서도, 상담 시간에 일부러 늦는다든지 상담을 아예 받지 않는 것을 선택한다. 이렇게 상처로부터 치유되는 과정 자체에 맞서는 것이 저항이다. 이 저항 때문에 우리가 진정한 나와 대면할 수 있는 기회를 자꾸 놓치고 있다. 저항함으로써 우리는 상처와 대면하는 셀프와의 만남을 스스로 늦추게 된다.

셀프, 진정한 자기와 만나는 두 번째 길. 그것은 바로 그림자와의 대면이다. 이 대면은 자신의 트라우마와 만나는 일을 말한다. 자신의 상처와 만났을 때 아프고 힘들 것 같지만, 단지 아프고 힘들기만 한 것이 아니라 그 상처로부터 나의 내적인 치유력을 발견할 수 있는 힘을 얻을 수도 있다. 이런 걸 상처 이후의 내적 성장이라는 의미로 트라우마 이후의 성장post-traumatic growth이라고 한다. 트라우마 이후의 성장이라는 것은 외상 후 스트레스 장애의 반대말이라고도 할 수 있다. 전쟁터에서 천신만고 끝에 살아남은 군인이 전쟁이 끝나고 난 다음 집으로 무사히 돌아와서 오히려 우울증으로 자살하는 일들이 생기는데, 이런 것이 바로 외상 후 스트레스 장애의 치명적 위험이다. 반대로 상처를 입고 난 뒤에 오히려 상처를 입기 전보다 더욱 성숙한 인간으로 변모하거나, 상처를 통해 오히려 인간과 세상을 바라보는 깊이가 확장되는 경우, 이것이 트라우마 이후의 성장이다. 헤르만 헤세의 《데미안》도 바로 그런 '상처 입은 치유자'의 이야기이다. 상처를 입었기 때문에 피해자에서 멈추는 것이 아니라, 내가 상처를 입어봤기 때문에 오히려 다른 사람의 아픔에 더 잘 공감하는 사람이 될 수 있다는 희망을 선사하는 존재가 바로 '상처 입은 치유자'다. 싱클레어는 크로머라는 악당의 지속적인 폭력과 협박으로 거의 자살 직전의 우울을 겪지만, 상처에 굴복하지 않고 오히려 다른 이를 치유할 수 있는 존재로 거듭난다.

《데미안》은 '진정한 친구란 무엇인가', '인간에게 친구란 왜 필요한 것인가'라는 질문에 대답하는 텍스트이기도 하다. 싱클레어가 데미안을 '바라보기만 해도 가슴 떨리는 존재'에서, '가까이 하기엔 너무 두려운 존재'로 인식하게 되는 과정. 그 질풍노도의 시간을 거쳐 데미안을 마침내 '나의 트라우마를 나보다 더 잘 아는 존재'로 인정하게 되기까지의 시간. 나아가 '데미안이 이 세상에서 사라지더라도, 그는 이미 나이므로, 죽음조차 우리를 갈라놓을 수 없음'을 깨닫게 되는 과정이야말로《데미안》의 지적 여정이다.《데미안》은 '진정한 친구를 찾는 과정이 곧 진정한 나 자신, 셀프를 찾는 과정'임을 일깨운다. 에고의 단단한 껍데기로 자신을 위장하던 싱클레어에게는, 데미안의 아름다운 목소리, 에고가 아닌 셀프에 직접 말을 거는 영혼의 울림이 들리지 않았다. 데미안은 귓가에 달콤한 문장을 속삭인 것이 아니라 자꾸만 내 영혼의 진실성을 위협하는 질문을 던지는 존재이기 때문이다.

나를 기쁘게 하는 존재, 나와 재미있게 놀아주는 존재가 아니라, '너는 계속 지금 그 자리에 머물거니? 단지 그곳이 편하다는 이유만으로?'라는 질문을 끊임없이 던지는 존재를 어떻게 편안하게 대할 수 있겠는가. 하지만 싱클레어는 자신에게 너무도 불편한 질문을 던지고 '네가 서 있는 곳은 단지 안정과 평화, 유복함과 아늑함을 목표로 한 장소야'라는 자기인식을 끝내 외면하지 못하게 만드는 데미안의 질문을 진지하게 받아들이기 시작한다. 부모의 보호 아래 모범적으로만 자라온 소년 싱클레어에게 전학생 데미안은 불편한 존재였다. 가까이 다가가고 싶지만 왠지 두려운 존재, '나'를 알기 위해서 반드시 넘어서야 하지만 바로 그 이유 때문에 더욱 가까이 가기 싫은 존재. 아직 알에서 깨어나지 못한 싱클레어에게 데미안은 이렇게 말한다. "우리 안에 누군가가 있어서 모든 것을 알고, 모든 것을 원하고, 모든 것을 우리 자신보다도 더 잘한다는 사실 말이야."(《데미안》, 헤르만 헤세, 안인희 옮김, 문학동네, 2013)

이것이 바로 융 심리학에서 말하는 '셀프'의 의미다. 그러니까 우리 안에는 우리 자신보다 훨씬 더 지혜롭고 강인한 또 다른 내가 살고 있다는 건데, 그걸 꺼내 쓰느냐 안 쓰느냐는 우리 자신의 선택이라는 것이다. 심리적 위기에 처했을 때 내적 자원을 활용할 것인가, 회복탄력성, 내 안의 자기 치유력을 활용할 것인가는 내가 얼마나 용기를 내는가에 따라 달라질 수 있다. 그렇지 않으면 그냥 상처 입은 사람으로, 피해자로 끝나게 될 수도 있다. 그래서 '우리 마음속에는 모든 것을 다 알고 모든 것을 원하고 우리 자신보다 모든 것을 더 잘해내는 누군가가 살고 있다'라는 것. 그것이 우리 삶을 완전히 달라지게 할 수 있고, 우리를 '상처 입은 치유자'로 부활하게 만들 수 있는 힘이 된다.

이 셀프야말로 무의식의 가능성을 보여주는 존재다. 그러니까 우리 안에는 여성으로 태어났어도 남성적인 부분이 있고, 나이와 상관없이 아주 어린 부분도 있고, 할머니나 할아버지처럼 아주 나이든 측면도 존재한다. 모든 인격의 다양한 측면이 우리 자신에게 있는데, 좀 더 지혜롭고 강인한 사람들, 무의식의 능력을 의식으로 끌어내는 개성화를 위해 노력하는 사람들은 어린아이 같은 순수가 필요할 때는 그 순수성을 꺼내서 쓰고, 노인과 같은 지혜가 필요할 때는 그 내면의 지혜를 꺼내서 언제든지 쓸 수 있다. 여성이라도 남성적인 측면을 꺼내서 쓸 수 있고, 남성이라도 여성적인 아이디어를 무의식에서 꺼내어 쓸 수가 있다. 이것이 바로 개성화다. 개성화라는 것은 자기 안의 여러 가지 인격을 마치 팔색조처럼, 온갖 아름다운 색상이 한데 모인 총천연색 팔레트처럼 정말 모든 순간에 활용할 수 있는 것을 말한다. 우리 안에 잠자고 있는 무한한 잠재력을 의식으로 끌어낼 수 있는 모든 노력이 '개성화'다.

선악은 물론 젊음과 늙음, 미와 추, 과거와 현재와 미래를 모두 품고 있는 존재가 무의식이다. 그 무의식을 의식으로 끌어내는 것이 진정한 개성화, 더 나은 나다운 내가 되는 과정이다. 그런데 이렇게 자기 안의 무의식을 깨우기 위해서는 멘토의 역할이 중요한데, 싱클레어에게는 데미안이 그런 역할을 하게 된다. '내 깊은 상처와의 대면'은 너무나 고통스럽기 때문에 많은 사람들은 이 단계에서 '자기와의 만남'을 포기한다. 《데미안》의 싱클레어도 악동 크로머에게 돈을 뜯기고 협박당하면서 엄청난 스트레스에 직면하게 된다. 왕따를 당하는 아이들, 부모에게 학대당하는 아이들, 지속적으로 폭력을 경험하는 아이들은 싱클레어처럼 '내가 나 자신이 아닌 것처럼' 느껴지는 심리적 해리 현상을 겪게 된다. 그러면서 처음으로 어둡고 험한 세상에 눈을 뜨게 된다. 세상이 엄마 아빠의 따뜻한 사랑만으로 이루어지지 않았다는 것, 이 세상이 내가 감당하기 어려운 어둠으로 가득 찼다는 걸 인식하게 되는 것이 그림자와의 첫 번째 대면이다. 데미안은 놀랍게도 싱클레어가 어떤 언질도 하지 않았음에도 불구하고 싱클레어의 모든 상처를 단번에 알아챈다. 그리고 싱클레어가 모르게, 더 이상 크로머가 싱클레어를 괴롭히지 못하도록 만들어준다. 이때 싱클레어가 데미안에게 고마움을 느끼고 둘이 친해졌다면 이야기는 훨씬 수월하게 흘러갔겠지만, 싱클레어의 방어기제가 작동하면서 둘의 우정은 한참 뒤로 미뤄지고 만다. 싱클레어는 '나를 도와준 사람에 대한 부담감'을 느끼고, 한편으로는 '왜 나 혼자 내 문제를 해결할 수 없는 것일까' 하는 자괴감을 느낀다.

데미안은 그런 싱클레어를 구해줌으로써 그의 인생에 노크한다. 싱클레어는 데미안을 동경하지만 자신이 데미안에게 '빚졌다'는 생각 때문에 오히려 그를 더 멀리하게 된다. 데미안이 자신의 성장을 이끌어줄 멘토라는 사실을 알면서도 그를 회피하는 것이다. 이것이 바로 심리학에서 말하는 '저항resistance'이다. 노력하면 상처가 치유될 수 있다는 것을 알면서도 치유 자체를 회피하는 것, 상담사나 의사, 멘토가 자기의 상처 속으로 들어오는 것을 가로막는 것이다. 그 저항이라는 심리적 장애물을 극복하는 방법이 《데미안》에서는 그림을 그리는 과정으로 나타난다. 헤르만 헤세는 실제로 융의 수제자에게 심리 분석을 받았고 그 과정에서 '그림으로 우울증을 치유할 수 있다'라는 힌트를 얻는다. 헤르만 헤세가 본격적으로 수채화를 그리기 시작한 뒤부터 그는 자신의 우울뿐 아니라 소설 속 등장인물의 우울도 함께 치유하게 된다. 또한 색채와 실루엣으로 사유한다는 것은 늘 '언어'로만 사유해야 하는 작가로서의 부담감으로부터 해방되는 일이기도 했다. 분석과 논리가 필요한 언어의 세계로부터 도피하여 오직 색채와 형태가 만들어내는 순수한 감성의 세계로 침잠함으로써 헤르만 헤세는 우울증을 완화시킬 수 있었던 것이 아닐까. 싱클레어도 바로 '그림'을 그림으로써 자신의 내적 갈등으로부터 벗어나는 치유책을 찾게 된다.

아프락사스, 에고를 깨고 셀프로 나아가다

《데미안》의 눈부신 문장을 다시 읽어본다. "새는 힘겹게 투쟁하여 알에서 나온다. 알은 세계다. 태어나려는 자는 한 세계를 깨뜨려야 한다. 새는 신에게로 날아간다. 그 신의 이름은 아프락사스다."(《데미안》, 헤르만 헤세, 안인희 옮김, 문학동네, 2013) 이 '아프락사스'는 우리가 알고 있는 유일신하고는 다르다. 우리가 알고 있는 유일신으로서 하나님, 기독교에서 말하는 하나님과는 다르게 아프락사스는 사악한 측면도 함께 가지고 있는 양면성의 신이다. 완벽하신 하나님, 전지전능하신 하나님이 아니라, 사악한 측면, 충동적인 측면, 즉 존재의 '그림자shadow'를 함께 끌어안는 신이다. 이 그림자는 트라우마, 콤플렉스, 뼈아픈 기억, 억압된 충동 등을 모두 다 포함한다. 그러니까 우리는 유일신, 완벽한 신, 빛만 인정하는 신을 향해서 날아가는 것이 아니라 아프락사스라는 불완전해 보이지만 인간의 사악한 그림자까지도 다 동시에 품어 안고 있는 더 풍요로운 존재에게로 가야 한다는 것이다. 알을 깨고 나온다는 것은 '에고'의 단단한 껍데기를 깨뜨리고 나와야 한다는 뜻이다. 에고를 깨뜨려야만 우리가 진정한 셀프로 갈 수 있다는 의미이기도 하다. 에고를 깨고 셀프, 진정한 내면의 자기로 가는 과정이 아프락사스라는 또 다른 신을 향해서 나아가는 과정과 같다.

에고를 깬다는 것은 뭘까. 예를 들면 '나는 이런 사람이야'라는 어떤 자기규정을 깨는 것이다. '나는 굉장히 모범적이고, 굉장히 선량하고, 지금까지 살아온 삶의 틀을 하나도 깨기 싫어'라고 생각할 수 있다. 그 에고의 틀을 깨고 전혀 다른 나, 지금까지 한 번도 도전해 보지 못했던 나, 나를 뛰어넘는 나를 향해 나아가는 것이 '개성화'이기도 하다. 에고는 내가 나라고 믿는 이미지를 말한다. 지금까지 남들에게 '나다운 모습'으로 보여줬던 모든 것이 에고이지만, 셀프는 남들에게 미처 보여주지 못했던 측면, 그러니까 숨겨진 내적 자원, 잠재력과 만나는 것이다. 나도 모르는 또 하나의 나, 셀프를 만나기 위해서는 이 에고를 깨버려야 한다. 에고를 깬다는 것은 때로는 주변 사람들을 실망시킬 수도 있다. 사람들은 누군가 '변했다'는 생각이 들면 불안을 느끼기 쉽다. 하지만 그럼에도 불구하고 내가 나의 블리스를, 진정한 내면의 희열을 찾기 위해 에고를 깨뜨리고 진정한 자기를 만나려고 노력할 때 우리는 아프락사스와 만날 수 있다. 단지 '선'과 '빛'으로만 존재하는 신이 아니라 존재의 그림자도 함께 품는 양면적인 신, 더욱 풍요롭고 다면적인 신, 아프락사스를.

싱클레어가 '그림 그리기'라는 새로운 예술적 활동, 자기발견의 몸짓을 통해 발견하는 것도 바로 이런 자기 안의 양면성이다. 데미안과 떨어져 지내면서도 자신도 모르게 그가 제기한 수많은 화두에 매달리던 싱클레어가 어렵게 완성한 그림이 바로 저 찬란히 날아오르는 맹금류 아프락사스라는 존재다. 찬란하게 타오르는 불사조 같은 이미지가 아프락사스인데 싱클레어는 자신이 무엇을 그리는지 인식하지 못한 채 무의식의 흐름을 따라 알에서 깨어나 날개를 펼치는 아름다운 새를 그린다. 그런데 그것이 아프락사스임을 사후적으로 알게 되는 것이다. 그냥 자연스럽게, 그것이 무엇인지도 모른 채 뭔가를 그렸는데, 그가 무의식 속에서 너무도 간절하게 갈구하던 존재였기 때문에 아프락사스는 그림의 형태로 싱클레어의 무의식을 드러낸 것이다. 싱클레어가 그 아프락사스의 그림을 데미안에게 편지로 보냄으로써 둘 사이의 진정한 우정은 다시 시작된다.

아프락사스로 비상하다

완전무결하고 지고지순한 신이 아니라 가장 어두운 악의 세계와 가장 아름다운 선의 세계를 모두 합일시킨 전체성의 신, 아프락사스를 향하여 비상할 때까지, 싱클레어는 '에고'의 단단한 장막을 깨뜨려야 한다. 싱클레어가 에고의 껍데기를 깨뜨릴 수 있도록 도와주는 또 하나의 인물은, 모든 것을 다 책으로 배워 알고 있는 듯한 엘리트적 지식인 피스토리우스다. 피스토리우스는 싱클레어에게 아프락사스의 의미를 알려주고 해박한 지식과 통찰력으로 그를 훌쩍 성장하도록 돕지만, 싱클레어는 피스토리우스의 나약함이 자신의 성장을 가로막는 장애물임을 알게 된다. 그래서 피스토리우스에게 진짜 당신의 내면의 이야기를 해보라고 요구하는 것이다. 피스토리우스가 정말로 지혜로운 사람이었으면 싱클레어의 도발을 받아들이고 오히려 더욱 성숙한 관계로 나아갈 수 있었겠지만, 피스토리우스는 자존심이 지나치게 강한 사람이기에 에고의 단단한 껍데기를 깨지 못한다. 자신이 남보다 더 우월해야 되고, 자신이 누구보다도 더 똑똑하다는 걸 인정받지 못하면 고통스러워하는 피스토리우스는 마침내 싱클레어가 자신보다 더 뛰어난 가능성을 지닌 인물임을 알게 되자 관계를 끝내버린다. 피스토리우스에게 진짜 내면의 이야기를 해보라고 요구할 때 싱클레어는 이제 진정한 영혼의 독립을 선언한다. '이제 당신이 없어도 나는 할 수 있어요. 당신이 없어도 나는 진정한 나 자신의 자기를, 셀프를 찾을 수 있어요'라고 선언한 셈이다.

싱클레어가 피스토리우스와의 관계를 끝내고 데미안과 가까워진다는 것은 곧 에고의 단단한 껍데기를 뚫고 자신의 깊은 내면, 셀프와 가까워진다는 뜻이다. 싱클레어는 데미안이 자신을 깊이 꿰뚫어 보는 것을 깨달을 때마다 무서움을 느꼈다. '어떻게 내가 말하지도 않았는데, 내가 괴롭힘당하는 걸 알고 있었지? 그리고 어떻게, 도대체 무슨 말을 했기에, 그 무서운 깡패 같은 크로머가 나에 대한 괴롭힘을 멈췄을까.' 이 모든 게 마치 초능력처럼 느껴졌던 것이다. 그것은 초능력이 아니라 데미안이 진심을 다해서 타인에게 관심을 기울였기 때문이다. 그리하여 에고의 차원에서는 자신이 괴롭힘 당하는 것을 숨겼지만, 셀프의 차원에서는 결코 상처 입은 내면아이의 표정을 숨기지 못했던 싱클레어의 그림자를 데미안이 알아챌 수 있었던 것이다. 마침내 싱클레어와 데미안이 서로에게 진심으로 다가가 진정한 우정의 대화를 하게 되자 에고와 셀프는 통합을 이루기 시작한다. 그런데 여기에는 마지막 단계, 더욱 아프고 괴로운 초월의 단계가 필요하다.

"꼬마 싱클레어, 잘 들어! 나는 가야만 해. 너는 어쩌면 다시 내가 필요할지도 몰라. 크로머나 다른 어떤 것에 맞서기 위해서 말이지. 그럴 때 네가 나를 부르면 나는 이젠 그냥 말이나 기차를 타고 오진 않을 거야. 너는 네 안에 귀를 기울여야 해. 그럼 내가 네 안에 있음을 알게 될 거야. 알겠니? 그리고 또 한 가지! 에바 부인이 말했어. 너한테 어떤 나쁜 일이 생기면 나더러 당신이 내게 준 키스를 전해주라고…… 눈을 감아, 싱클레어!"

나는 얌전히 눈을 감았다. 여전히 피가 줄어들 기미 없이 조금씩 흘러나오는 내 입술에 가벼운 키스를 느꼈다. 그리고 나는 잠이 들었다. (……) 붕대를 감는 과정은 아팠다. 그 후로 내게 일어난 모든 일이 아팠다. 하지만 내가 이따금 열쇠를 찾아내 나 자신 안으로 완전히 내려가면 그곳 어두운 거울에서 운명의 모습들이 잠들어 있었다. 그럼 나는 검은 거울 위로 그냥 몸을 숙여 나 자신의 모습을 바라보기만 하면 되었다. 그 모습은 이제 완전히 그와 같았다. 내 친구이며 길 안내자인 그 사람과.

—《데미안》(헤르만 헤세, 안인희 옮김, 문학동네, 2013) 중에서

싱클레어는 원래 밝은 아이였다. 너무 밝은 세계에서 살아 어둠을 동경하기까지 하던 싱클레어를 '그림자에 사로잡힌 아이'로 만든 것은 크로머의 끔찍한 괴롭힘이었다. 하지만 싱클레어는 끝내 이겨낸다. 때로는 그림자가 우리를 괴롭히기만 하는 것이 아닌가 하는 생각이 들 수도 있다. 그러나 그림자의 아픔을 깨닫는다는 것은 자신의 한계를 깨닫는 소중한 체험이기도 하다. 그 한계를 뛰어넘음으로써 또 다른 나로 성장할 수 있는 기회인 것이다.

'나는 한 번도 행복하지 못했다'는 것을 깨달았던 스물아홉의 그 겨울을 기억한다. 그 깨달음은 못 견디게 아프기도 했지만 커다란 해방감도 동시에 가져왔다. 어떻게 해야 '부모님의 착한 큰딸'이라는 감옥을 벗어날 수 있을지, 그것만 생각했다. 나의 삶을 찾아야만 부모님도 제대로 사랑할 수 있었다. 나는 엄마가 날리는 방패연

이었다. 얼레는 엄마가 꼭 붙들고 있었다. 엄마가 실을 잡아당길 때마다 나는 더 높이, 더 빨리 하늘을 날아야 했다. 내가 날고 싶어 나는 게 아니었다. 엄마의 기대와 집착이라는 얼레가 나를 억지로 날게 했다. 나는 엄마의 기대만큼 훌륭한 사람이 될 수 없을 것 같았다. 부모님은 지극히 착한 사람들이었지만, 나를 향한 사랑에는 '네가 잘 되어야 우리가 잘 살 수 있다'라는 기대감이 떠나지 않았다. 그 기대감이 나를 무시무시한 힘으로 옥죄고 있다는 사실을 부모님은 몰랐다.

엄마, 이제 제발 나를 붙잡고 있는 그 얼레의 실을 끊어줘. 나는 그렇게 부탁하고 싶었다. 아직 그럴 용기가 없었다. 엄마를 실망시키는 딸이 되고 싶지 않은 마음이 내 안의 단호함을 가로막았다. 얼레가 절대 날 놓아주지 않으니, 내가 갑자기 하늘 높은 곳에서 강력한 돌풍을 만나 홀로 갑자기 끊어지는 수밖에 없었다. 그러려면 일단 높이 올라가야 했다. 내가 아무리 멀리 날아가도 엄마가 얼레를 계속 돌리는 듯한 느낌이 들었다. 한 번도 부모님의 뜻을 거슬러본 적 없는 모범생, 착한 큰딸, 집안을 일으켜야 하는 존재라는 부담감으로 얼룩진 이 얼레의 줄을 끊을 기회가 찾아왔다. 첫 번째 유럽여행이었다. 아르바이트로 열심히 돈을 모아 간신히 첫 번째 유럽여행을 떠날 수 있었다. 태어나서 그렇게 멀리, 그렇게 오랫동안 가족을 떠나본 적은 처음이었다. 미치도록 좋았다. 유럽이 좋아서만은 아니었다. 엄마의 집착 어린 사랑이라는 얼레로부터 탈출할 기회를 찾았기 때문이었다. 나는 이렇게 자유롭게 살 수 있는 존재인데, 아무런 직업도, 아무런 계획도 없이 살아도 이토록 행복할 수 있는 존재인데, 그동안 집과 학교밖에 모르는 갑갑한 모범생으로 살아왔던 것이다.

지금 생각해보면 '엄마의 얼레' 때문만은 아니었다. 내 고통을 전가할 대상이 필요했던 것이다. '모든 게 엄마 탓'이라고 생각하면 조금 나아졌으니까. 내 문제가 무엇인지 몰랐던 것이다. 그 누구도 아닌 바로 내가, 스스로 착한 딸이 되고 싶었다. 내가 모범생이 되고 싶었다. 칭찬만 받고 싶었다. 비난은 죽어도 싫었다. 학교를 벗어나서는 친구를 사귀어본 적도 없었다. 아는 사람은 모두 학교와 연관된 사람이었고, 소개팅도 한 번 해본 적 없었으며, 학교를 벗어나서는 새로운 인연을 만들 생각조차 하지 못했다. 그제야 그런 나 자신이 너무 싫어졌다. '나를 이렇게 만든 건 엄마'라고 생각했고, 엄마를 원망하는 마음으로 탈출을 계획했다. 사실 언제든 그 착한 딸의 굴레에서 도망칠 수 있었는데, 착한 딸이 되고 싶은 나의 욕망이 나를 막아 세웠다. 내가 도망간다 해서 엄마가 설마 칼을 들고 쫓아오겠는가. 그저 나의 에고가 착한 딸이 되고 싶었던 것이다. 적어도 착해 보이는 딸은 되고 싶었다. 이 세상 큰딸들은 대부분 그런 엄청난 기대 속에 살아간다. 동생들은 부모 속을 좀 썩여도 되지만 나라도 속을 좀 덜 썩이자. 집안이 어려우면 큰딸부터 소녀가장이 된다. 그래서 나 또한 더욱 부모님께 잘해야겠다는 생각을 했던 것 같다. 그렇지만 그런 삶은 결코 행복하지 않았다. 나도 독립을 해야 했지만, 부모님도 나로부터 독립을 해야 했다. 도대체 언제 나는 진짜 나의 삶을 살지. 언제 진짜 나만의 삶을 살 수 있지. 그런 생각을 하면 너무나 아팠다. 그러다 첫 번째 유럽여행을 떠났을 때 탈출의 길을 깨달은 것이다. 나는 학교가 없어도 살 수 있겠구나, 어쩌면 학교가 내 행복을 가로막고 있었구나 하는 것을.

첫 번째 유럽여행에서 나는 인간이 만들어낸 위대한 예술작품의 아름다움을, 카페나 서점의 아기자기한 일상의 아름다움을, 그리고 살아 있다는 사실 자체의 기적 같은 아름다움을 깨닫게 되었다. 아름다움이 무엇인지 처음으로 관심을 갖게 되었고, 교과서에서 나오는 아름다움, 시험을 보기 위한 아름다움이 아니라 진정으로 인류의 삶을 바꾸는 아름다움이 무엇인지 알게 되었다. 인간에게는 정말 예술의 아름다움, 건축의 아름다움, 그림의 아름다움, 음악의 아름다움이 필요하구나. 이게 없다면 우리는 아무것도 아니구나. 이런 생각을 하면서 매일 눈물을 펑펑 흘렸다. 어떤 해방감이었다. 사회적 에고의 껍데기가 깨지면서 마침내 진정한 내면의 셀프와 만나는 기쁨이었다. 한 시간이라도 더 미술관에 있기 위해 잠을 아껴가며, 발에서 피가 나도록 걸어다녔다. 그 아픔마저 아름다웠다. 새로운 세계에 눈뜨는 시간은 싱클레어가 크로머의 굴레로부터 벗어나는 해방감만큼이나 통쾌하고 아름다웠다. 아름다움의 본고장을 찾아 헤매면서, 우리가 되찾아야 할 삶의 아름다움을 상상하는 것만으로도 행복했다. 그 짧은 여행 기간 동안 처음으로 '그냥 나 자신'으로 살아볼 수 있었다. 문학 작품을 읽으며 상상만 하던 인간의 행복이 처음으로 내 것이 된 느낌이었다. 처음으로 '충만함'을 느꼈다.

마음 가득 차오르는 기쁨. 이것으로 완전히 충분하다는 느낌을 처음으로 알게 되었다. 그렇게 깨달은 '셀프'의 힘은 실로 막강했다. 나는 그해 겨울 엄청난 투쟁 끝에 마침내 '독립'에 성공했고, A4 한 장 크기의 귀여운 창문이 달린 원룸으로 이사했으며, 부모님의 온갖 반대에도 불구하고 '글쟁이'가 되었고, 이제 내가 스스로 그 '절대 끊어지지 않을 줄로만 알았던' 방패연의 얼레, 엄마라는 이름의 굴레로부터 해방되었다.

엄마는 내가 떠난 뒤 빈 둥지 증후군을 심하게 앓으셨지만, 다행히 동생들이 집에 있어 내가 떠난 빈자리의 아픔을 채워주었다. 내 안의 빛을 찾아내기 위해 마침내 내 그림자와 화해한 사건, 그것은 엄마의 눈물을 쏙 빼놓은 뒤 생애 최초의 원룸으로 독립한 그 순간이었다. 마치 오래 앓던 이가 한 번에 확 뽑히는 것 같은 '속 시원한 고통'을 엄마와 나는 함께 느꼈던 것 같다. 사랑하지만 놓아주어야 한다는 것을 깨달았을 때, 엄마 또한 나처럼 성장했다. 사랑을 '같이 꼭 붙어 있는 것'으로밖에는 표현하지 못했던 엄마는 내가 떠난 뒤에야 깨닫게 되었을 것이다. 멀리 있어도 사랑이 어딘가로 도망가지 않는다는 것을. 어떤 존재는 더 멀리 있어야 더 높이 날아갈 수 있음을.

그해 겨울 나는 처음으로 '나의 글'을 쓰기 시작했다. 부모님의 도움과 기대와 집착으로부터 벗어나 나만의 삶을 살기 시작하자 비로소 내가 쓰고 싶은 글이 어떤 것인지 보이기 시작했다. 나의 에고를 끊임없이 공격하는 '논리적인 글쓰기'가 아니라, 나의 셀프를 충분히 드러낼 수 있는 '감성적인 글쓰기'가 나에게 맞다는 것을 처음으로 인정하기 시작했다. 타인의 글을 논리적으로 분석하는 글이 아니라 '아무 꾸밈없는 나의 삶'을, 때론 환한 미소를 얼굴 가득 머금고, 때론 눈물이 그렁그렁한 채로, 그냥 내가 나인 채로 글을 써야 내가 숨다운 숨을 쉬고 살 수 있음을 깨달았다. 나는 내 안에도 찬란한 데미안이 있음을 깨달았다. 싱클레어처럼 방황하고 슬퍼하는 나를 넘어, 데미안처럼 자신의 길을 오직 자기 안에서만 묻는 강인함이 내게도 분명히 존재하고 있음을 비로소 깨달은 것이다. 어렸을 때 크로머라는 악동에게 끔찍한 괴롭힘을 당하며 극단적인 생각까지 했던 아이가 그 상처로부터 치유되어 다른 사람을 치유할 수 있는 위대한 내면의 힘을 갖게 되기까지의 이야기, 자신의 상처를 치유하여 마침내 다른 사람의 아픔까지 치유할 수 있는 존재로 비상하게 되는 이야기. 그것이 바로 《데미안》이다. 당신 또한 결코 멈추지 않기를. 싱클레어처럼, '고집불통의 에고'로부터 '무한한 가능성을 지닌, 찬란한 셀프'를 향해 나아가는 그 길을 멈추지 않기를. 당신 안에 숨어 있는 아프락사스가 눈부신 날개를 펼치며 비상하는 그날까지.

Q5

내 안에 아직 제대로 펼치지 못한 잠재력이 있나요?
그 잠재력을 어떻게 펼치고 싶은지 구체적으로 묘사해봅시다.

6장

잃어버린 통과의례의 아름다움
—프시케와 에로스, 모든 것을 걸어야만 쟁취할 수 있는 그 무엇

이끌림, 매혹, 홀림

나에게 심리학과 신화학의 필연적인 연결고리의 아름다움을 가르쳐준 신화학자 조지프 캠벨. 그는《신화의 힘》(빌 모이어스 공저, 이윤기 옮김, 21세기북스, 2020)에서 '그 누구의 관점으로도 대체할 수 없는, 나만의 독특한 관점'을 획득하는 길을 알려준다. 이것은 '사회화'의 중력에 맞서 '개성화'를 달성하는 과정과 비슷하다. 남들이 뭐라 하든, 그저 내 마음을 두드리는 작가를 골라서 그 사람이 쓴 것을 닥치는 대로 읽고, 그 사람이 읽은 다른 책을 모조리 찾아 읽으라고. 그동안 다른 작가는 기웃거리지 말라고. 분석 따윈 집어치우고 사랑에 빠져버리라는 주문처럼 달콤하게 들린다. 그가 어떤 면에서 옳고 그른지, 그에게 어떤 결점이 있는지, 그런 복잡한 사리분별과 똑똑한 계산법은 저 멀리 치워버리고, 오직 그 작가가 만들어낸 세계 자체와 사랑에 빠지는 것. 이런 독서법은 이 최첨단 멀티미디어 시대에는 매우 어려운 것이다. 우리는 너무도 다양한 자극 속에서 자주 길을 잃어버리고, '멀티태스킹의 유혹'에 빠지니 말이다.

하지만 돌이켜보면 나를 빠져들게 했던 작가들은 하나같이 이런 순수한 몰입의 기쁨을 주었다. 헨리 데이비드 소로, 프리드리히 니체, 질 들뢰즈, 미셸 푸코, 칼 구스타프 융, 지그문트 프로이트, 헤르만 헤세, 수전 손택, 버지니아 울프, 그리고 리베카 솔닛……. 이런 사람들은 내가 일부러 몰입하지 않아도 저절로 몰입할 수 있게 했고, 다 읽고 나서는 그 책들을 알기 전의 나로 절대 돌아갈 수 없는 나를 선물해주었다. 그 책들의 숲을 통과하고 나면 나는 어느새 예전보다 훌쩍 자란 나, 과거보다 훨씬 덜 상처받는 나, 언젠가 꼭 만나보고 싶었던 미래의 나로 탈바꿈한 나를 발견할 수 있었다. 나는 이런 내면의 모험을 '동굴 속의 통과의례'라고 이름 붙여본다.

수많은 작가들이 저마다 자신의 인생을 걸고 모든 지혜와 고통의 순간을 쏟아부어 빚어낸 책들은, 저마다 한 권씩 보이지 않는 신비로운 동굴이 되어 나를 삶의 폭풍우 속에서 지켜주었다. 수많은 동굴 속의 통과의례를 통해 나는 조금 더 편안한 삶을 위해 미루어두었던 체험들, 인생에서 꼭 필요했지만 요리조리 핑계를 대며 도망치기에 바빴던 삶의 과제들을 뒤늦게 풀어나갔다. 그 과정은 고통스러운 나 자신의 그림자와 대면하는 일이기도 했지만, 느리지만 소중한 변신의 체험 속에는 결코 '월반'이나 '속성재배'로 해결할 수 없는 내면의 통과의례가 기다리고 있었다. 한 작가를 사랑하고, 그 작가에 대해 오래오래 생각하고, 마치 사랑에 빠졌을 때 그 사람과 함께 있지 않은 순간에도 늘 그와 함께하는 듯한 느낌 속에 빠져 있는 것처럼, 그 작가가 '나에게 말을 걸어오는 지점'에 대한 글을 쓰다 보면, 어느 순간 '내가 생각하는 나의 모습', '내가 앞으로 되고 싶어 하는 나의 모습'을 뜨겁게 만나고 있는 나 자신을 발견하게 된다. 읽고, 쓰고, 또다시 읽고, 작가가 지닌 사유의 강물 속으로 깊이 빠져들어 마침내 그 강물 밖으로 나올 때는 완전히 새로운 사람으로 부활하는 것처럼, 더욱 새롭게 글을 쓰는 과정을 통해 나는 내가 인생에서 놓친 모든 통과의례를 하나하나 체험하고 있는 중이다.

'나'와 '책'이었던 관계, '주체'vs'대상'이었던 관계가 읽기와 쓰기를 통해 마침내 '또 다른 나'라는 변신으로까지 고양될 수 있는 것은, 바로 그 안에 '사랑'이라는 계기가 들어 있기 때문이다. 작가의 생각과 사랑에 빠지고, 작가가 만든 인물과 사랑에 빠지고, 작가가 살아온 삶과 사랑에 빠지는 동안, 우리는 점점 다른 존재가 될 수 있다. 읽기와 쓰기뿐 아니라 인간을 성장시키는 또 하나의 강력한 통과의례 중 하나는 바로 '사랑'이다. 사랑에 빠지지 않으려고 해도 결코 내 마음대로 되지 않고, 그가 나를 사랑한다고 해서 나의 뜻대로 따라주지도 않는다. '이제 좀 알 것 같다' 싶다가도 돌아보면 여전히

알 수 없는 타인을 사랑한다는 것. 사랑이란, 소유할 수도 분석할 수도 없는 타인을 아무런 조건 없이 내 삶의 가장 중요한 위치에 올려놓는 것이다. 때로는 그 사람 때문에 마음이 갈기갈기 찢어지는 듯한 아픔을 느낀다 해도, 사랑에 빠진 사람은 그 아픔마저도 자신의 일부로 받아들인다.

사랑은 본질적으로 자기파괴적인 측면을 품고 있다. 그 사람을 진정으로 사랑한다고 느낄 때, 기존의 내 삶이 하찮고 안쓰럽게 여겨지고 나는 그 사람 앞에 서면 한없이 작아지는 듯한 아픔을 느낀다. 하지만 그 아픔을 이겨내고, 그 아픔마저 사랑하며 또 다른 자신을 만들어나가는 동안, 사랑은 더욱 깊어져 있고, 어느새 그가 나를 얼마만큼 사랑하는지, 과연 내 사랑이 그 노력에 보답받고 있는지, 이런 계산은 아예 통하지 않게 되어버리는 경지에 이른다. 이성의 계산을 뛰어넘는 사랑, 삶의 안정과 평화조차 자발적으로 놓아버리게 만드는 사랑, 그리하여 마침내 나 자신을 다른 존재의 차원으로 비상하게 만드는 사랑. 이런 사랑의 뿌리 깊은 원형을 가장 잘 보여주는 그리스 로마 신화 중 하나가 바로 프시케와 에로스의 사랑 이야기다.

안락함을 거부한 프시케의 눈부신 성장

프시케는 인간이고 에로스는 신이다. 처음부터 이루어질 수 없는 사랑이었다. 에로스는 올림포스 신들의 사랑을 듬뿍 받는 존재이자, 사랑과 미의 여신 아프로디테의 자랑스러운 아들이었다. 올림포스 신들마저도 이 에로스가 쏘아대는 '사랑의 화살'에 한번 맞기만 하면 꼼짝달싹할 수 없이 사랑의 포로가 되어버리곤 했다. 에로스는 마치 피터팬처럼 영원히 자라지 않을 것만 같은 장난꾸러기였고, 남을 사랑에 빠지게 할 수는 있어도 정작 자신은 사랑의 아픔을 느껴본 적 없는 무책임한 존재였다. 에로스 또한 아직 고생 한번 해본 적 없는 프시케처럼, 순진하지만 철없는 상상계의 차원에 머물러 있는 셈이었다. 하지만 프시케와 사랑에 빠지는 순간, 에로스의 운명은 돌이킬 수 없는 소용돌이 속에 빠지고 만다. 신의 아들로서 무소불위의 권력을 휘두를 수도 있었던 에로스가 프시케를 사랑한 뒤 조심스러워지고, 비밀이 생기고, 가슴 졸이는 순간들이 점점 늘어간다. 에로스는 프시케와 사랑에 빠진 뒤에야 상징계의 현실적인 측면, 즉 사랑의 슬픔과 아픔을 온몸으로 견뎌야 하는 철든 어른의 세계로 입문하게 된다.

한편 프시케의 운명은 에로스보다 더욱 드라마틱하다. 프시케는 온 나라가 칭송하는 미녀였다. 부족함 없이 자랐고 그리하여 무엇이 자신에게 결핍되어 있는지도 알 수 없었다. 하지만 이상하게도 이 아름다운 여인 프시케에게 아무도 청혼을 하지 않았다. 사람들은 미의 여신 아프로디테조차도 프시케보다는 아름답지 않을 거라고 했지만, 이상하게 그녀를 찬양하는 사람은 많아도 진심으로 사랑해주는 사람은 없었다. 미의 여신 아프로디테를 위협하는 프시케의 아름다움,

신의 위대함을 위협하는 인간의 탁월함은 신들조차 긴장시켰다. 아프로디테는 프시케를 향해 증오를 불태우고, 이 증오의 불씨는 아들 에로스가 프시케를 사랑하게 됨으로써 더욱 활활 타오르게 된다.

슬픔, 고난, 깨어짐, 부서짐

그리스 로마 신화 속 신과 인간 사이의 '게임이 되지 않는 게임'이 손에 땀을 쥐게 할 때가 있다. 신과 인간 사이에서 태어난 헤라클레스가 헤라의 미움을 받아 온갖 불가능한 미션을 하나하나 해치울 때가 그렇고, 뛰어난 바느질 기술과 놀라운 예술적 감성으로 신들의 세계를 풍자한 아라크네와 지혜의 여신 아테네의 대결이 그렇다. 헤라클레스는 신들조차 놀라워하는 엄청난 힘과 무술을 자랑했고, 아라크네는 신들의 솜씨를 위협하는 뛰어난 기술을 지니고 있었다. 그런데 프시케는 가진 것이 없었다. 그녀의 아름다움은 오히려 아프로디테의 질투를 사게 했을 뿐이다. 프시케에게는 마법도 기술도 재능도 없었고, 온실의 화초처럼 곱게 자랐기에 세상 물정조차도 잘 몰랐다. 심지어 아프로디테가 왜 자신을 미워하는지도 처음에는 몰랐다. 프시케 입장에서는 매우 불공평하고 억울한 상황이다. 내가 어떻게 할 수 없는 이유로 누군가가 나를 미워한다는 것. 그것 때문에 내 삶이 잘못될 수 있다는 것을 세상 물정 모르는 프시케가 알 리 없었다. 그러나 프시케는 에로스의 사랑을 쟁취해내기 위해 진정한 영웅적 인물로 변모해나간다. 영웅의 시련은 이렇게 전혀 예측하지 못한 상황에서 일어나기 시작한다.

아름답지만 누구에게도 사랑받지 못했던 프시케는 스스로 '정상적인 삶'을 거부하고 인간 세상과 멀리 떨어진 곳에 홀로 남는다. 가족과도 이별하고, 사람이 살고 있는 세계 전체에서 떨어져나온 프시케는 인간 세상과 절연된 높다란 산봉우리에서 두려움에 떨다가 아름다운 숲속 궁전에서 에로스를 만나게 된다. 고통만이 기다리고 있을 줄 알았던 외딴 장소에서 비로소 운명적 사랑과 대면한 것이다. 하지만 신과 인간의 사랑은 허락될 수 없는 것이었기에 에로스는 자신의 로맨스를 어떻게든 숨기고 싶었다. 때문에 프시케에게 절대로 자신의 얼굴을 보여주지 않지만, 프시케를 누구보다도 행복한 신부로 만들어준다. 밤이 되어서야 나타나고, 동트기 전에 사라져버리는 남편이었지만, 프시케는 있는 그대로의 에로스를, 얼굴을 보여주지 않는 남편을 사랑했다. '얼굴'과 '시선'이 없는 상태에서도 진실한 사랑의 울림과 온도는 충분히 전해졌기 때문이다. 프시케는 은밀한 사랑의 언어로 가득한 에로스의 아름다운 목소리를 들었고, 그 목소리에서 진심 어린 사랑을 느꼈다. 그의 따스한 손길과 포옹 속에서 사랑의 열정을 느꼈다. 모두가 프시케는 불행할 것이라 예상했지만, 그렇지 않았다. 프시케는 최고의 행복 한가운데 있었다.

더할 나위 없이 행복했기에 순수한 프시케는 에로스와의 약속을 지키고 싶었다. 가끔 '제발 얼굴을 보여달라'고 조르기도 했지만 에로스는 경고한다. 내 모습을 보아서는 안 된다고. 내 모습을 본다면, 나를 두려워하게 될 것이라고. 자신을 신으로 숭배하지 말고 당신과 대등한 자리에서 사랑해달라고. 에로스가 이렇게 말한 또 다른 이유가 있었다. 첫째는 인간이 신의 얼굴을 직접 보게 되면 살아남을 수 없기 때문이다. 제우스가 백조나 황금 빗물로 변신하여 여성들에게 접근하는 이유도 그의 진짜 모습을 인간이 보면 죽음을 면치 못하기 때문이었다. 둘째, 에로스는 바로 그 이유 때문에 프시케와의 사랑을 잃어버릴 것을 두려워하고 있었다. '신과 인간 사이의 결혼 불가'라는 올림포스의 규칙을 자신이 깨뜨린 것이 만천하에 밝혀지면, 프시케를 영원히 잃어버릴까봐 두려웠던 것이다.

하지만 프시케의 행복을 질투한 언니들이 그녀를 사악한 목소리로 유혹하고 신과 인간 사이의 불평등한 사랑에 프시케는 만족하지 못한다. 에로스는 자신의 모습을 결코 보아서는 안 된다고 계속 주장했지만 프시케는 자신의 행복을 언니들과도 나누고 싶다고 생각한다. 프시케는 언니들을 보고 싶어 했고, 언니들은 프시케가 과연 정말로 멋진 사람과 만나 행복하게 살고 있는지 못 견디게 궁금해했다. 프시케는 언니들을 향한 순수한 그리움 때문에 에로스에게 부탁한다. 제발 언니들을 만나게 해달라고. 프시케는 인간이었기에 '사회화'의 열망이 있었던 것이다. 하지만 인간과의 어울림이 굳이 필요없었던 에로스는 프시케를 이해하지 못하면서도 그녀가 너무 간절하게 원하니 소원을 들어준다. 그렇게 프시케는 또 한 번 질투의 희생양이 된다. 이제 아프로디테의 질투가 아니라 언니들의 질투의 늪에 빠진 것이다. 프시케는 '신랑이 괴물이면 어떻게 할 거냐, 신랑의 얼굴을 꼭 확인해보고 만약 그가 괴물이면 꼭 죽여야 한다'는 언니들의 유혹에 넘어가 에로스가 잠든 사이에 에로스의 얼굴을 확인하고야 만다. 순수하고 꾸밈없는 사랑에 '의심의 싹'이 움트자마자, 사랑은 무시무시한 고통의 그림자를 드러내고 만다. 끔찍한 괴물일지도 모른다고 생각했던 에로스는, 너무도 아름답고 신비로운 신의 모습을 한 에로스였다.

> "아! 어리석은 프시케여, 그 꼴이 내 사랑에 보답하는 길이던가? 어머니 명령을 거스르면서까지 그대를 아내로 삼았는데! 그대는 나를 괴물로 생각하고 목을 자르려 하다니. 이제 어쩔 수 없으니 그대가 내 말보다 더 소중히 여긴 언니들에게로 돌아가라. 나는 그대와 영원히 이별하는 것 이외의 다른 벌을 그대에게 주고 싶지는 않도다. 사랑은 의심과 함께 있을 수 없는 것이니라."
>
> —《그리스 로마 신화》(토마스 불핀치, 오영숙 옮김, 일송북, 2007) 중에서

상상계의 단순함 속에서 아직 헤어나지 못한 에로스는 여전히 '신'의 입장에서만 말하고 있다. 신을 이해할 수 없는 인간의 입장,

상대방의 입장에서 상황을 살펴보려 하지 않는다. 그러나 에로스는 중요한 지적을 한다. 사랑은 의심과 공존할 수 없다는 것. 다른 신들은 인간이 신의 얼굴을 보았을 때 무시무시한 죽음의 형벌을 내리는 경우가 많았으므로 이것조차 프시케로서는 다행이었다. 아직 기회가 남았기 때문이다. 프시케는 그제야, 자신이 잃어버린 것이 무엇인지를 깨닫는다. 아직 성숙한 사랑으로까지는 무르익지 않았던 막연한 설렘의 감정이, 에로스를 눈앞에서 허무하게 잃어버리자 비로소 그것이 진정한 사랑이었음을 깨닫게 된다. 에로스는 프시케를 노려보며 나와의 약속을 지키지 않았다며 천상으로 날아가버리고, 프시케는 처참한 고독 속에 홀로 남는다. 프시케는 자신이 넘어야 할 장애물이 무엇인지도 모른 채 홀로 남게 된다. 쓰라린 고독은 프시케가 감당해야 할 최초의 시련, 최초의 장애물, 그리고 최초의 시험장이 되어 프시케를 성숙하게 한다.

사실 에로스가 처음부터 사랑에 빠진 건 아니었다. 시작은 '프시케를 혼내주라'는 아프로디테의 명령을 받고 그녀에게 접근한 것이기 때문이었다. 아프로디테는 프시케를 가리켜 '교만한 미녀'라 지칭하며 그녀에 대한 질투심을 불태운다. 엄마의 충실한 아들이었던 에로스는 프시케를 단단히 혼내줄 요량으로 언제나처럼 장난스럽게 미션에 임한다. 그야말로 아무런 진지함 없이, 지나치게 명랑하고 조심성 없게, 그녀에게 접근한다. 그러나 프시케를 본 순간 에로스는 사랑에 빠지고 만다. 에로스는 부족함 없이 자랐기에, 게다가 아프로디테의 아들이기에 무서울 것이 없었다. 신들조차 '에로스의 화살'을 맞으면 사랑의 주술에 걸려 꼼짝 못한다는 것을 알고 있었기에 에로스는 매우 기고만장한 상태였다. 그런데 그는 처음으로 엄청난 실수를 한다. 아름다운 프시케 앞에서 넋을 잃었던 것이다. 자신의 화살을 잘못 건드려 프시케와 사랑에 빠지고 만다. 그리고 프시케가 홀로 잠들어 있는 모습을 보고 '연민'을 느낀다. 이것이 그의 '약점'처럼 보일 수도 있다. 분명 에로스에게 사랑은 '약점'이 되지만, 바로 그 약점 때문에 그는 더욱 성숙한 존재가 될 수 있는 기회를 맞이한다. 이 사랑의 게임에서는 프시케의 성장속도가 훨씬 빠르다. 에로스는 신과 인간의 경계를 분명히 하고, 갑자기 가부장적인 태도를 보이며 프시케가 자신의 세계로 절대 들어오지 못하도록 경계망을 친다. 하지만 프시케는 그 어떤 장애물 앞에서도 굴하지 않고 매순간 자신의 한계를 뛰어넘으며 견디고, 극복하고, 마침내 인간의 한계조차 뛰어넘는다.

프시케는 자신의 미모를 자랑스러워 하지 않는다. 출중한 미모로 인해 오히려 세상에서 가장 외로운 존재가 되어버렸기 때문이다. 모두들 프시케를 칭송했지만, 누구도 그녀를 진심으로 사랑하지 않았던 것이다.

너무나 아름답지만 아무에게도 사랑받지 못하는 프시케. 그것은 프시케가 감당해야 할 저주였지만, 그녀는 이 저주받은 운명을 딛고 오히려 더 커다란 사랑을 향해 날아오른다. 인간의 사랑을 받지 못한 그녀가 오히려 신의 사랑을 받게 된 것이다. 자신에게는 아무 잘못이 없음에도 불구하고 처벌받고, 고통받고, 저주받아야 하는 프시케의 운명은 가혹해 보이지만, 프시케는 그 참혹한 고통을 스스로 견뎌냄으로써 신들의 예상조차 뛰어넘는 깊고 거대한 사랑을 쟁취하게 된다. 죽음이 기다리고 있는 줄 알았던 곳에서 비로소 아름답고 신비로운 운명의 사랑이 기다리고 있었다. 참혹한 고통이 기다리고 있는 줄 알았던 곳에서 뜻밖에 소중한 성장의 기회가 기다리고 있었던 것이다.

견딤, 깨어남, 마침내 다시 태어남

> 프시케는 데메테르의 지시를 따라 아프로디테의 사원으로 갔다. 무슨 말을 어떻게 해야 노한 여신의 마음을 풀게 할 수 있을까 고민했지만 결과가 좋지 않을 것 같은 예감이 들었다. 아프로디테는 성난 얼굴로 그녀를 대했다. "이제 네 위에 내가 있다는 것을 깨달았느냐? 너의 병든 남편이라도 만나러 온 것이냐? 사랑하는 아내에게서 받은 상처로 아직 자리에 누워 있는 남편 말이다. 너같이 가증스럽고 불쾌한 존재가 애인을 다시 찾을 수 있는 길은 부지런히 일하는 것밖에 없다. 네 살림 솜씨를 시험해봐야겠다."
>
> —《그리스 로마 신화》(토마스 불핀치, 오영숙 옮김, 일송북, 2007) 중에서

프시케는 아프로디테의 노여움을 풀기 위해 아프로디테의 가혹한 미션을 수행하기로 한다. 아프로디테는 자신의 분신이자 상징인 비둘기에게 줄 밀, 보리, 조, 완두콩, 편두콩 등이 산더미처럼 쌓인 창고로 프시케를 데려가 그것들을 '분류'하라고 명한다. 프시케는 아프로디테의 가혹한 미션을 통해 오히려 더욱 성숙하고 믿음직한 존재로 거듭난다. 아프로디테가 수많은 곡식을 '분류'하라고 한 첫 번째 미션은 인생에서 '중요한 것'과 '중요하지 않은 것'을 스스로 분별해낼 지혜를 기르게 해준다. 무서운 감시망을 뚫고 황금 양털을 채취하게 한 두 번째 미션은 때로는 원하는 것을 얻기 위해 죽음을 불사할 가치가 있음을 가르쳐준다. 세 번째 미션은 매우 유혹적이면서도 가장 위험하다. 하데스의 아내 페르세포네가 살고 있는 저승세계로 내려가 '미의 비밀'이 담긴 상자를 가져오는 것이다. 이 길을 가기 위해서는 '죽음의 세계'를 통과해야 했는데, 프시케는 온갖 역경을 뚫고 마침내 무사히 그 '미의 비밀'이 든 상자를 가져오지만 에로스에게 아름답게 보이고 싶다는 열망 때문에 상자를 열어보고 만다. 그 아름다움의 비밀은 바로 '죽음처럼 달콤한 잠'이었다. 죽음과 같은 잠에 빠져버린 프시케를 보고 에로스는 그제야 정신을 차린다. 그는 마침내 프시케를 안아 올려 그녀를 구해주고, 제우스에게 청해 신과 인간 사이의 불가능한 결혼을 한 번만 허락해주기를 부탁한다. 에로스가 상징계의 고통을 극복하고, 즉 현실 속에서 프시케와의 사랑을 쟁취하기 위해, 자신의 익숙한 습관과 결별해야 한다는 것을 깨닫고, 제우스에게, 가장 강한 자에게

탄원을 올린 것이다. 모든 걸 다 내 마음대로 좌지우지할 수 있다고 생각하던 천방지축 에로스가 사랑하는 여인을 살리기 위해 그 무서운 제우스에게 간절하게 도움을 청할 정도로 유연하고, 정중하고, 성숙해진 것이다.

프시케는 홀로 불가능해 보이는 미션에 도전했으며, 마침내 자신의 힘으로 사랑을 쟁취했고, 그 모습에 감동한 에로스는 자신의 아집을 깨닫고 그녀를 사랑하는 것만이 자신의 진정한 삶임을 이해한다. 두 사람은 이렇게 상징계의 고통을 넘어 실재계의 기적 같은 사랑으로 진입한다. 프시케와 에로스는 불평등한 관계로 사랑을 시작하지만 나중에는 신과 인간 사이의 경계가 허물어지고 여성의 사랑이 오히려 남성의 편견을 극복하는 경지로 나아간다. 프시케는 운명의 장애물을 뚫고 비로소 자신이 진정으로 원하는 삶을 쟁취하고, 신들조차 감동시켜 인간들 중 그 누구도 해내지 못한 일, 즉 신과의 사랑과 결혼을 쟁취해낸다. 바로 이것이 실재계의 기적이다. 상징계의 온갖 고통과 장애물을 뚫고 이겨낸 사람만이 실재계의 신비와 기적을 쟁취할 수 있다. 타인의 눈에는 그것이 신비나 기적처럼 보일지라도, 당사자에게 그것은 철저히 열정과 노력의 결과물이다. 프시케는 운명 앞에서 도피하지 않는다. 도전하고, 추구하고, 포기를 모르며, 전진하고, 실수하더라도 다시 일어선다. 바로 그런 용기야말로 프시케의 후예들인 우리들이 여전히 필요로 하는 진정한 영혼의 자유가 아닐까.

현대사회에서 점점 더 '이해할 수 없는 갑질'이 늘어나는 것도, 의사도 감당하기 힘든 정신이상이 늘어나는 것도, 현대인이 진정한 통과의례를 경험하지 못하도록 점점 편리함과 안락함에 길들어가기 때문은 아닐까. 안락함에 길들면 절대 성장할 수 없다. 편안함에 항복하면 결코 행복해질 수 없다. 프시케가 편안한 귀족으로서의 삶을 선택했다면 에로스를 만나지 못했을 것이고, 에로스가 명령하는 세계, 즉 '아무것도 알려고 하지 마, 그냥 내가 시키는 대로 해'라는 명령에 복종했다면 그녀는 절대로 새로운 인생의 주인공이 될 수 없었을 것이다.

프시케와 에로스의 이야기가 여전히 내게 새로운 감동을 주는 이유는 이것이 단지 '신과 인간의 불가능한 사랑'을 말하는 것이 아니라 '사랑에 대한 사랑', 즉 사랑에 빠지는 순간 누구나 겪을 수 있는 보편적인 고통에 대해 이야기하고 있다고 느끼기 때문이다. 사랑에 빠지는 모든 순간 우리는 상대방의 눈에서 불타오르는 에로스의 힘을 본다. 상대방이 아프로디테보다 아름다워 보이고, 에로스보다 강력하게 느껴진다. 우리는 사랑에 빠지는 순간, 상대방에게서 신적인 어떤 것, 인간을 뛰어넘는 어떤 차원을 느낀다. 그 체험은 너무 강력하기 때문에 현실을 뛰어넘은 마법처럼 느껴지기도 한다. 우리는 그것을 평범한 인간의 언어로 '설렘'이라 부르고, 심리학에서는 이런 사랑의 마법을 '투사projection'라고 말한다. 내 마음속 이상형이 현실에 나타난 것은, 사실 이상형이 실제로 나타난 것이 아니라 내가 생각하고 있는 이상형의 이미지를 상대방에게 덮어씌우거나 영상처럼 비추는 것인데, 이것이 바로 심리학적 투사다. 그러나 이 투사의 설렘은 너무도 강렬해서, 어느 순간 일상의 반복(상징계의 고통)이 사랑의 마법을 깨뜨려버리면, 그 고통 또한 너무도 끔찍하다. 우리가 사랑의 환상에서 깨어날 때의 고통, 그것이 바로 '투사의 마법'이 끝나는 순간의 아픔이다. '그 사람은 내가 생각하던 그런 사람이 아니었구나'라는 깨달음. 그럼에도 그 사랑을 멈출 수 없는 자신의 '본래 그러함'에 대한 깨달음인 것이다.

한때 에로스의 신비로운 마법처럼 느껴졌던 사랑의 설렘이, 한때 프시케 못지않게 아름답게 느껴졌던 상대방의 미소가, 더할 나위 없이 끔찍한 권태의 이미지로 추락해버린다. 상징계의 고통에 마비되어버린 것이다. 이 순간 우리가 진정으로 필요로 하는 것이 실재계의 초인적 용기다. 상대방의 매력에 빠지는 것, 즉 투사로 물든 사랑의 감정을 뛰어넘어 진정한 자기 자신만의 사랑을 소박하고 지혜롭게 창조해나가는 것, 여기서 진정한 성숙의 갈림길이 시작된다. 그것이 실재계적인 사랑이며, 온갖 현실의 장애물을 뚫고 끝내 살아남는 사랑의 아름다움이다. 투사가 끝났다고 해서, 설렘이 시들었다고 해서 사랑을 저버린다면, 그것은 진정한 사랑이 아니거나 아직 사랑할 준비가 되지 않은 것이다. 생이 끝나도 지속되는 사랑, 함께 있음이라는 현실의 제약을 뛰어넘는 사랑. 그런 사랑의 주인공이 된다는 것은 곧 인간의 한계를 뛰어넘는 것이고, 사랑을 통해 마침내 자신의 인생까지 바꿀 수 있는 용기가 있는 사람이라는 뜻이며, 그 순간이야말로 한 존재가 이 세계의 한계를 뛰어넘어 마침내 또 다른 차원의 존재로 눈부시게 비약하는 순간이다. 사랑을 포기하는 법을 모르는 프시케, 진짜 나 자신이 되기 위해서라면 죽음보다 깊은 잠에 빠지는 것도 두려워하지 않는 프시케. 그녀가 낳은 사랑스러운 쌍둥이의 이름은 바로 '희망'과 '기쁨'이었다.

Q6

인생에서 가장 어려운 미션을 수행해야 했던 순간은 언제였나요?
그 어려운 통과의례를 통해 무엇을 배웠는지, 글로 써봅시다.

7장

페르소나를 넘어 그림자의 세계로
—그림자를 통합할 때 우리는 진정 '자기 자신'이 된다

맥베스: 이제 결심했소.

이 끔찍한 일에 모든 능력을 동원하겠소.

가서 아름다운 겉치레로 사람들을 속이시오.

꾸민 얼굴로 거짓된 마음이 알고 있는 것을 감춰야 하오.

—《맥베스》(윌리엄 셰익스피어, 권오숙 옮김, 열린책들, 2010) 중에서

내 안의 어두운 그림자를 '대면'함으로써 내적 성장을 이룬다는 것

피할 수만 있다면 영원히 피하고 싶다. 내 안의 어두운 그림자와 만나는 일을. 내면의 그림자는 수치심과 취약성이 자리하는 곳이다. 내 안의 그림자, 즉 트라우마와 콤플렉스와 대면하는 것은 누구에게나 되도록 최대한 미루고 싶은 일이다. 자기 안의 그림자를 들여다

보는 순간 우리는 본능적으로 위축되기 때문이다. 나를 슬프게 하는 모든 것들, 나를 아프게 하는 모든 것들과 내 안에서 다시 만나는 것이 바로 그림자와의 만남이다. 많은 사람들은 그림자로부터 도망친다. 수치스러웠던 기억, 폭력에 노출되었던 기억, 공포에 질렸던 기억으로부터, 우리는 도망친다. 이것이 순간적으로 우리를 고통으로부터 지켜주는 방어기제이지만, 방어기제만으로는 근본적 치유가 되지 않는 것이 문제다. 오히려 방어기제는 진정한 치유를 가로막는다. 상처와 대면하는 것 자체를 기피하게 만듦으로써 문제의 해결보다는 고통으로부터의 도피에 에너지를 쏟게 만들기 때문이다. 우리를 괴롭혔던 문제들은 마치 몸속에 잠복하고 있는 바이러스처럼, 정신의 면역력이 떨어지는 순간, 즉 마음이 한없이 약해지는 순간 다시 폭발하고 만다. 비슷한 트라우마를 앓고 있는, 전혀 예상치 못한 타인으로부터 트라우마가 촉발되기도 한다. 해결되지 않는 트라우마는 언젠가는 재활성화된다. 그런데 과거의 트라우마는 예전과는 다른 모습으로 돌아온다. 왜곡되고, 강화되고, 더 많은 분노와 억압의 감정들이 연루된 채로, 트라우마는 반드시 귀환한다.

그렇다면 콤플렉스와 트라우마로 얼룩진 그림자를 대면하여 그를 없애버려야 할까. 그것은 거의 불가능할뿐더러, 그림자에 대처하는 지혜로운 방식은 아니다. 그림자 자체를 삭제해버릴 수는 없지만, 그림자를 바라보는 '마음의 눈'을 보다 유연하고 지혜롭게 만들어나갈 수는 있다. 즉 처음에는 '무시무시했던 것'이 나중에는 '이해

될 만한 대상'으로, 더 나아가 궁극적으로는 '마침내 내가 받아들여야 할 내 취약성'으로 그림자를 길들여가다 보면, 그림자가 처음처럼 무섭고 아프지만은 않게 된다. 나는 초등학교 때 왕따를 당한 기억과 어머니와의 오랜 불화에 대해 여러 번 글을 쓰면서, 그것이 내 영혼에 '어두운 그림자'를 드리웠지만 내 영혼을 '파괴'하지는 않았음을 깨달았다. 언제 어디서 또 초등학교 시절의 그 힘없는 소녀처럼 속수무책으로 왕따를 당할지 모른다는 공포, 이 세상에서 얻지 못한 모든 것을 나를 통해 대리충족 하기를 바라는 어머니와 그런 어머니의 과도한 기대를 충족시키지 못하는 나 사이의 갈등은 나만의 특별한 트라우마가 아니라 수많은 사람들이 겪고 있는 상처임을 알게 되었다. 그러면서 초등학교 때 왕따를 당한 상처를 치유하지 못해 아직도 밤마다 울고 있는 내 안의 내면아이, 한 번도 자신의 인생에 만족해본 적 없는 내 안의 히스테리컬한 내면아이와 만나게 되었다. 그런데 참으로 신기한 것은 트라우마에 대해 글을 쓰고 강의를 할수록, 내 상처는 희미해지고 타인의 상처가 더 아프게 다가오기 시작했다는 점이다. 내가 용기를 내어 내 트라우마에 대한 강의도 하고, 글도 쓰고, 사람들과 이야기를 나누기 시작하자 끔찍했던 그 그림자가 조금씩 옅어지고, 말랑말랑해지고, 친근해졌다. 이제 그 상처를 가지고 농담을 하기도 하고, 오히려 그 상처로 인해 더 많은 사람들과 이야기를 나눌 수 있다. 이렇듯 대면함으로써 오히려 트라우마 상태 이전보다 더 유연해지고 성숙해지는 현상이 바로 앞서 이야기했던 '트라우마 이후의 성장'이다. 내가 심리학을 통해 간절히 배우고 싶은 부활의 에너지였던 것이다. 트라우마 이후에 우리가 성장을 할 수 있다면, 위축되고 좌절하고 절망하는 것이 아니라 오히려 트라우마와 싸우는 과정에서 더욱 강인해지고 유연해질 수 있다면, 언젠가 내 안의 그림자와 춤을 추게 되는 그날이 오지 않을까. 그림자를 '적'이 아닌 '파트너'로 만들 수 있다는 것, 그림자를 완전한 자기 것으로 받아들일 수 있다는 것, 그것은 어떤 장애물에도 끝내 굴하지 않고 자기를 지킬 수 있는 내적 자원을 키우는 일이다. 나아가 내면의 그림자를 대면하는 사람은 진정한 자기인식에 다다를 수 있으며, 그 발견의 에너지로 또 다른 창의적인 일을 해낼 수 있는 가능성이 높아진다. 우리는 자기 안의 내적 자원, 특히 회복탄력성을 키워나가는 훈련을 하여 '그림자를 당당히 대면하면서도 언젠가는 여유롭게 미소 지을 수 있는 시간'을 꿈꿀 수 있다.

인정하고 싶지 않은 나 자신의 그림자와 만난다는 것

괴테의 《파우스트》는 완벽해 보이는 인격의 배후에 숨어 있는 위험한 욕망을 그림자로 다루었다. 파우스트는 그 그림자와의 통합을 통해 전혀 다른 삶의 가능성을 모색하는 주인공이 된다. 파우스트가 자기 인격의 그림자를 형상화한 인물, 즉 메피스토펠레스와 계약을 맺지 않았다면 그는 아주 평범하고도 지루한 인생을 살았을 것이다. 요컨대 '그림자와의 만남'은 자신의 숨은 전체성wholeness과 만나기 위한 전초전이다. 그림자와의 대면은 단지 위험한 모험에 그치는 것이 아니라, 의식과 무의식의 통합이라는 '개성화'의 과업을 달성함에 있어 반드시 거쳐가야 할 정신의 모험이다. 그림자와의 만남이 없다면 전체성과의 조우도 불가능하다. 자신의 그림자와 온전히 대면하고 합일하는 사람들은 지혜로운 통찰력과 창조적인 재능을 꽃피우는 데 성공한다.

우리는 우리를 작아지게 만드는 것들과 싸워야 한다. 우리가 전체성에 다다르지 못하게 가로막는 모든 것들과 싸워야 한다. 우리는 자기 안에 분명히 존재하지만 아직 발현되지 못한 눈부신 가능성들을 바로 지금부터 실현해야 한다. 우리를 작아지게 만드는 것들을 자세히 살펴보면, 주로 에고를 공격하는 것들이다. 예컨대 성공한 사람들에 대한 질투와 열패감, 내가 가질 수 없는 것을 당연한 듯 차지하고 그것에 대해 전혀 고마움을 느끼지 않는 사람들에 대한 분노 같은 것들은 우리의 에고를 공격한다. 그러나 셀프의 차원에서는 '타인이 가졌으나 내가 못 가진 것'에 대해 진심으로 좌절하지는 않는다. 셀프는 에고보다 훨씬 강인하고 지혜롭다. 셀프는 우리 안에 존재하고 있는 내면의 현자이기도 하고, 우리가 이미 알고 느끼고 해낼 수 있는 것임에도 불구하고 아직 우리가 에고의 차원에서 실현하지 못한 자기의 또 다른 가능성이기도 하다. 이렇듯 에고와 셀프, 그리고 페르소나와 그림자를 제대로 구분해보는 것은 스스로의 심리를 분석하고 이해하는 데 커다란 도움이 된다.

타인으로부터 상처를 받았을 때는, 이것이 에고 수준의 상처인지 셀프 차원의 상처인지 돌아보면 어떨까. 타인의 지독한 말 때문에 상처를 입었을지라도, 셀프의 차원으로까지 아픔을 느끼지 않는다면 당신은 아직 심리적으로 건강한 것이다. 조금 아프지만 웃어넘길 수 있는 일들, 자존심이 상하지만 내 깊은 자존감까지는 건드리지 않는 일들에 대해서는 너무 오래 붙들고 고민하지 말고 대범하게 털어버릴 필요가 있다. 또한 자신이 잘못했을 경우에도 잘못을 진심으로 인정하고 사과할 용기가 있는 사람들은 일을 크게 만들지 않는다. 에고의 차원에서 처리할 수 있는 일을 셀프의 그림자로까지 확장해버리면 정신의 에너지가 크게 소진되고, 스트레스 차원의 고통이 트라우마 차원으로까지 확장되어버릴 수 있다. 자신의 그림자를 바라보는 훈련을 오래 해본 사람들은 무엇이 문제인지, 어떤 콤플렉스 때문에 자신이 실수를 하거나 괴로워하는지 빨리 깨닫기 때문에 사과도 빨리, 자기 성찰도 깊이 해낼 수 있다. 그림자와 친밀한 사람은 인격적으로 더욱 풍요롭고 자기 안의 더 깊은 전체성과 만나고 있는 것이다.

한편, 에고의 차원을 넘어 셀프의 차원으로까지 깊은 내상을 입었다면 단지 페르소나의 문제가 아니라 자기 자신의 그림자 문제와 연관된 것이다. 그림자를 돌봐야 할 시간인 것이다. 그림자 관리가 안 되는 사람들은 잘못을 저질러놓고도 뭐가 문제인지 모른다. 판사나 법관처럼 타인의 잘못을 판단하는 권력을 지닌 사람들이 가끔 신문 사회면에 노출되어 '남부끄러운 행동'으로 망신살이 뻗칠 때가 있다. 그런 경우가 바로 '그림자 관리'가 안 되는 것이다. 그림자

를 돌보는 삶은 어딘가 어둡고 뒤떨어진 삶이 아니라 자신의 결점과 콤플렉스를 인정하는, 보다 성숙한 삶이다.

여러 개의 파티션으로 '진짜 나'를 가리다

융은《꿈의 분석》(정명진 옮김, 부글북스, 2016)에서 자기 그림자를 제대로 인식하지 못할 경우 어떤 일이 일어나는지에 대한 매우 재미있는 사례를 든다. 우리가 하는 모든 행동은 우리의 정신 안에 세워진 일종의 '구획' 안에 간직되어 있다는 것이다. 이 구획들로 인해 우리는 자신의 행동을 냉철한 시선으로 바라볼 기회를 잃어버릴 수 있다. 구획에 가려져 있어, 구획 건너편의 나 자신의 모습이 보이지 않는 것이다. 자신의 삶을 너무 많은 구획 속에 감추어놓으면 우리 자신도 그 구획에 눈이 멀어 자신의 삶을 거시적으로 조망해볼 기회를 잃게 된다. 융은 여러 여자들과 혼외 관계를 유지하면서 그 여자들을 '각각 다른 구획' 속에 저장해두는 한 남자의 사례를 든다. 각각의 구획 안에 여러 명과의 관계가 가려져 있기에, 그 모든 복잡한 관계를 맺으면서도 남자는 그것이 잘못이라고 생각하지 않는다는 것이다. 심지어 그 남자는 자신을 꽤 괜찮은 사람, 멋진 사람으로 생각한다는 것이다.

융이 '구획'이라고 말하는 것은 일종의 보이지 않는 가림막, 파티션 같은 것이다. 그러니까 '착하고 성실한 남편'이라는 페르소나를 만들어놓고, '여러 상대를 만나며 아내를 저버리는 행동을 하는 자신'과 '착하고 성실한 페르소나' 사이에 일종의 가림막(구획)을 설치한 뒤, 아내에게 들키지만 않으면 이 평화로운 일상은 유지될 수 있다고 착각하는 사람인 셈이다. 심지어 자신은 아내에게도 다른 연인들에게도 '좋은 사람'이라는 자기만족까지 얻는다. 이것은 '에고 차원의 만족'이다. 아무리 자유분방한 카사노바의 페르소나를 자랑하는 사람일지라도, 셀프의 차원에서는 자신의 거짓된 삶을 알고 있다. 즉 에고를 속일 수는 있어도 셀프를 속일 수는 없다. 이럴 때 자신도 모르게 무의식의 그림자가 짙어지는 것이다. '나는 나를 사랑하는 모든 사람들을 속이고 있다'는 사실, '나는 나를 사랑하는 사람들에게 결코 온전한 내 마음을 주어본 적이 없다'는 사실이 그의 마음에 어두운 그림자를 드리운다. 누군가를 때리거나 죽이지 않아도, 사람을 속인다는 것은 이렇듯 타인뿐 아니라 스스로의 내적 에너지를 갉아먹는 일이고, 궁극적으로는 진정한 자기실현의 길을 가로막는 일이다.

때로는 '이 일을 정말 해야 할 것인가, 그만둘 것인가'를 고민할 때, 에고와 셀프의 목소리를 비교해서 들어보는 것이 도움이 된다. '이 일을 꼭 지금 맡아야 할까' 하는 고민이 밀려들 때, 나는 이것이 '에고의 열망인가, 셀프의 열망인가'라고 질문한다. 어떤 일을 결정할 때, 그 일을 해내기 위해 무언가를 무리하게 사야 한다거나 그 성과를 남에게서 인정받아야 한다면 그것은 에고의 요구다. 에고는 실패를 두려워하고 타인에게 반드시 인정받기를 원한다. 반면 셀프는 판단의 기준점을 타인의 시선이나 외적인 성공에 두지 않는다. 그렇다고 셀프가 아무것도 원하지 않는다는 뜻은 아니다. 셀프는 금욕적인 것이 아니라 오히려 에고보다 더 크고 깊은 것을 원한다. 예컨대 '이 상품이 팔릴 것인가, 안 팔릴 것인가'를 고민하는 것이 에고의 욕구라면, '이 프로젝트를 통해 내가 진정으로 성장할 수 있을 것인가'를 묻는 것이 셀프의 열망이다. 셀프는 에고보다 훨씬 깊은 차원에서 자기실현을 꿈꾼다. 에고의 차원에서 커다란 성공을 거둔 사람이 정작 심한 내적 방황을 겪으며 우울증에 빠지는 사례가 빈번한 이유도 바로 그 성공이 '셀프의 차원'에서 진정한 만족을 주지 못했기 때문이다. 셀프의 나침반을 따라 걸어가는 사람은 겉으로 보기에는 느리고 답답해 보일지라도, 내적으로는 충만한 인생을 살고 있다. 셀프를 추구하는 삶은 때로는 에고의 실패까지도 대담하게 허용한다. 실패를 허용할 수 있다는 것은 절망을 품어 안을 용기가 있음을 증명한다.

맥베스가 만약 '셀프의 목소리'를 들었다면……

융은 《칼 융, 차라투스트라를 분석하다》(김세영·정명진 옮김, 부글북스, 2017)에서 이렇게 말한다. 원형적 이미지에 사로잡히면 에고가 팽창한다고. 원형archetype에 사로잡힌다는 것은, '영웅'이나 '여신' 같은 인류의 보편적이고 신화적인 이미지와 자신을 동일시한다는 의미다. 예컨대 회사에서 진행한 프로젝트에서 경쟁사를 크게 이겼을 경우, 그 프로젝트의 팀장은 자신을 '영웅'처럼 생각할 수 있다. 무명 가수가 온갖 파란만장한 고생 끝에 마침내 히트곡을 내고 슈퍼스타가 되면, 사람들이 정말 그를 '왕자'나 '공주'처럼 떠받들어주게 되고, 그는 자신이 대단한 존재가 된 것 같은 환상에 빠질 수 있다. 그는 온갖 불법적인 일, 초법적인 행위를 저지르면서도 자신은 왕과 같은 존재이니 아무도 자신의 행동을 제지하지 않을 것이라 착각하게 된다. 에고가 성공의 화려한 이미지에 사로잡힐 때, 자신이 신화나 역사 속의 원형적 인물들처럼 위대한 존재로 떠받들어질 때, 오히려 셀프는 위험에 빠진다. 에고가 팽창되면 셀프는 위축되기 때문이다. 셀프와 에고가 균형을 이루지 못하고 에고가 과잉된 자기만족을 추구하면, 셀프는 오히려 자기의 내면에서 소외된다. 마이클 잭슨 같은 세계적인 슈퍼스타가 심각한 우울과 방황을 겪은 것도 에고가 과하게 팽창된 상태에서 셀프는 소외되고 억압되었기 때문이다. 어린 시절에 아버지로부터 온갖 학대를 당하며 '노래하고 춤추는 기계'로 성장한 마이클 잭슨은 '한 번도 어린아이처럼 티 없이 해맑게 살아본 적이 없다'는 내면아이의 트라우마를 간직한 채 어른이 되었다. 화려한 성공의 무대 뒤편에서 오히려 '셀프'는 한없이 외롭고, 작아지고, 움츠러들게 된다.

같은 책에서 융은 원시 부족의 일원 중 한 사람이 뛰어난 무공을 발휘하여 적을 죽였을 경우, 그 사람은 한때 자신이 동일시했던 원형적인 영웅의 이미지에서 빠져나오는 의식을 치러야 한다고 말했다. 이런 의식을 치르지 않으면 이 원시인은 자기 부족의 사람을 죽이거나, 재앙을 불러일으키거나, 무례한 행동을 하게 된다는 것이다. 마침내 자신이 원하는 것을 얻었을 때 한없이 자만에 빠져 안하무인 격의 행동을 하는 사람들은 자신이 롤모델로 삼았던 원형적 영웅과 자신을 동일시하게 된다. 원시 부족들은 전투에서 훌륭한 무공을 세우고 돌아온 용감한 전사를 뜨겁게 환영하기보다는 오히려 외딴 장소로 보냈다고 한다. 그곳에서 전사는 두 달 동안 오직 채소만 먹으면서 자기 안의 뜨거운 혈기를 죽인다. 그런 식으로 '영웅의 흔적'을 지우고, 원형에 사로잡힌 에고의 과잉된 자의식을 다 내려놓고, 온순하고 소박한 마음을 되찾은 후에야, 전사는 자신의 부족으로 다시 돌아간다.

이런 과정이 필요했던 문학작품 속 주인공이 바로 맥베스가 아니었을까. 맥베스의 무공을 칭찬하는 사람들은 영웅적 전투 뒤에 숨은 그의 야망을, 그가 원형적 영웅의 이미지에 사로잡혀 있다는 사실을 미처 눈치채지 못한다. 전쟁에서 이기고 돌아온 맥베스는 자신의 업적만큼 더욱 대접받아야 한다고, 자신이 충분히 대접받지 못한다고 느꼈을 수 있다. 문학작품 속의 주인공에게도 이렇게 '셀프에게 길을 물어야 하는 시간'이 자주 보인다. 내가 가장 안타까워하는 주인공 중 한 사람이 바로 맥베스다. 그는 본래 매력적이고 지적이며 심지어 성찰적인 사람이었다. 권력에 눈이 먼 속물이 아니었다. 그런데 맥베스가 타락하는 결정적 계기 중 하나는 '자기 안의 영웅'을 발견하는 순간 찾아온다. 그는 전쟁에서 화려한 승리를 거두고 모든 사람의 환영을 받으며 돌아온 뒤, 이전의 맥베스가 아닌 '에고의 성공에 사로잡힌 인격'으로 변모한다. 그는 자신의 성공에 도취되었고, 자신의 성공이 더 높은 자리, 즉 왕위와 어울리는 것이라고 생각하게 되며, 왕을 죽이는 것이 사악한 행동임을 뻔히 알면서도, 셀프의 성찰이 아닌 에고의 탐욕을 따른다.

그림자에 사로잡힌 영웅의 고독

맥베스에게도 자기 안의 영웅을 죽이는 상징적 통과의례가 필요했던 것이 아닐까. 그의 무의식에서는 어쩌면 이런 자만심이 꿈틀거리고 있었던 것은 아닐까. 전쟁에서 이긴 것은 왕이 아니라 나라고. 저토록 태평스럽게 아무런 노력도 하지 않고 왕위를 지키고 있는 자가 아니라 바로 나처럼 용맹스러운 전사가 왕이 되어야 해. 그의 이 원형적 전사의식을 더욱 부추기는 것은 그의 약한 의지를 꼬집으며 단도를 달라고 말하는 맥베스 부인의 충동질이다. 맥베스 부인은 처음에는 남편보다 더 강력한 권력의지를 보이며 남편의 망설임을 멈추려고 노력하지만, 막상 던컨왕이 죽고 나자 참혹한 죄책감에 신음한다. 헨리 푸젤리의 〈맥베스 부인〉은 왕을 죽였다는 죄책감에 사로잡힌 맥베스 부인의 표정을 소름끼치게 묘사한다. 그것은 악령에 사로잡힌 영혼의 모습처럼 보이기도 하고, 그림자에 잡아먹혀 마침내 하이드가 되어버린 지킬의 모습을 닮기도 했다.

맥베스에게 자기 안의 그림자를 돌보는 혜안이 있었다면, 왕이 되고 싶은 욕망을 자극하는 마녀들의 불길한 예언으로부터 자신을 분리했을 것이다. 그가 자기 안의 그림자를 보살필 줄 아는 사람이었다면, 왕이 되고 싶은 욕망이 있음을 인정하더라도 새파랗게 살아있는 던컨왕을 죽여서까지 왕위를 찬탈해서는 안 된다는 상식을 깨뜨리지 않았을 것이다. 맥베스는 던컨왕의 피가 흥건히 묻은 자신의 두 손을 바라보며 질문한다. 바닷물이 과연 내 손에 묻은 피를 씻어줄 수 있을까, 오히려 나의 손이 광대한 바닷물을 핏빛으로 물들여 푸른 물이 붉은 물로 변하지 않을까. 위대한 바다의 제왕 포세이돈의 바닷물을 다 끌어온다 해도, 맥베스의 손에 묻은 피를 깨끗이 씻어낼 수는 없을 것이다. 그것은 분명 던컨왕의 피지만, 관객의 눈에는 마치 맥베스가 피를 철철 흘리며 죽어가는 것처럼 느껴지기도 한다. 맥베스의 탐욕스러운 에고가, 지혜롭고 강인한 맥베스의 셀프를 죽인 것인지도 모른다. 맥베스 부인은 아주 적은 양의 물로도 그 피를 씻어버릴 수 있다고 호언장담하지만, 그녀는 몽유병과 환청, 환각에 시달리며 자신이 저지른 죄의 그림자에서 결코 벗어나지 못한다.

맥베스의 그림자는 무엇이었을까. 맥베스의 첫 번째 그림자, 그것은 던컨왕에 대한 콤플렉스, 자신보다 쉽게 원하는 것을 얻은 사람들에 대한 열등감이 아니었을까. 왕이 되지 못했다는 콤플렉스, 내가 아무리 위대한 영웅일지라도 아직 왕이 되지는 못했다는 콤플렉스가 그를 참혹한 살인마로 만드는 결정적인 그림자 역할을 한다. 맥베스가 자신의 콤플렉스, 즉 그림자를 인식하고 이해하고 마침내 받아들였다면 자신이 이미 가지고 있는 것들이 얼마나 소중한지 분명 깨달았을 것이다. 하지만 그는 그림자를 무시했고 꿈에서 들려온 무의식의 목소리를 무시해버렸다. 셀프의 목소리, 그림자의 목소리, 자기 안의 깊고 따스한 현자의 목소리를 들어야 할 시간에, 그는 에고의 탐욕스러운 목소리, 타인의 시선이 만들어낸 성공과 집착의 목소리에 마음의 주파수를 내어주고 말았다. 그는 에고의 껍데기 안에 갇힌 더 깊은 셀프의 목소리에 귀기울이려 하지 않았다. 그는 결코 자기 안의 깊은 죄의식의 그림자와 화해할 수 없을 것을 본능적으로 깨달았고, 그 예감은 적중했다. 그는 왕이 되었으나 결코 행복한 인간이 될 수 없었으며, 마침내 더욱 참혹한 파국의 주인공이 되고 말았다.

맥베스의 두 번째 그림자, 그것은 그가 삶의 기쁨을 즐길 줄 모른다는 것이다. 맥베스는 왜 삶을 즐기지 못할까. 그는 자신의 위대한 승리를 축하하는 자리에서도 진정으로 그 기쁨을 향유하지 못한다. 분명히 주인공은 맥베스인데 그는 타인의 시선과 자신만의 깊은 번민에 빠져 그 승리의 기쁨을 만끽하지 못한다. 삶을 있는 그대로 즐기지 못하는 것, 그것이 맥베스가 지닌 또 하나의 그림자였던 것이다. 자신이 가장 빛나고 있는 자리에서도 자신의 빛을 알아보지 못하는 사람, 그가 맥베스다.

맥베스의 세 번째 그림자, 그것은 자신의 삶에서 '의미'를 찾지 못했다는 것이다. 맥베스는 장군으로 사는 것에서 커다란 의미를 찾을 수 없었던 것이 아닐까. 전쟁과 승리에서 의미를 찾고 자신을 위대한 전사로 인정해주는 사람들의 마음을 받아들였다면 왕이 되기 위해 그토록 잔인한 폭력을 행사하지는 않았을 것이다. 삶의 의미를 찾지 못하는 고통 속에서 맥베스의 마음의 질병이 시작됐을 수 있다.

맥베스의 권력의지는 너무도 강력했지만 사랑이 부족했다. 맥베스에게 부족한 사랑, 그것은 한 사람에 대한 열정적인 사랑을 가리키는 것이 아니라 모든 면에 걸친 보편적 사랑이었다. 아내와의 사랑, 동료들과 부하들과의 사랑, 왕과의 사랑, 그리고 자신의 삶 자체에 대한 사랑. 그 모든 것이 자리해야 할 곳을 권력의지와 콤플렉스가 점령하고 말았다. 융은《분석 심리학에 대한 두 편의 에세이Two Essays on Analytical Psychology》에서 '사랑'의 반대말은 '증오'가 아니라 '권력의지'라고 선언한다. 논리적으로 본다면 사랑의 반대말은 증오겠지만, 심리학적으로 보면 권력의지라는 것이다. 융은 이렇게 설명한다. 사랑이 지배하는 곳엔 권력의지가 없고, 권력의지가 중요한 곳엔 사랑이 부족하다고. 권력의지는 사랑의 그림자에 불과하다고. 나는 맥베스에게 가장 부족한 것이 삶에 대한 사랑이라고 믿는다. 삶에 대한 사랑은, 결핍이 있는 삶, 부족한 삶을 나무라지 않는다. 삶에 대한 사랑은 부족함으로 가득한 삶을, 삐걱대는 인생 그 자체를 아무런 거리낌없이 끌어안는 것이다. 사람에 대한 사랑, 인연에 대한 사랑, 운명에 대한 사랑, 그리고 삶에 대한 사랑만이 권력의지로 가득한 이 세계를 치유할 수 있으리니.

Q7

극복하고 싶은 죄책감이 있나요?
있다면, 그 죄책감에서 벗어나기 위해 어떤 노력이 필요할까요?

8장

그림자를 극복한 순간, 마침내 자유로워지리라
—블리스, 개성화의 황금열쇠

에고-인플레이션ego-inflation을 넘어서

프로이트에게 무의식이 온갖 골치 아픈 트라우마의 박물관이었다면, 융에게 무의식은 아직 밝혀지지 않은 무한한 잠재력의 보물창고였다. 프로이트에게 무의식이 상처의 치유를 위해 반드시 해결해야만 하는 난제였다면, 융에게 무의식은 인간의 온갖 눈부신 가능성들이 겨울잠을 자고 있는 미지의 공간이었다. 프로이트에게 무의식이 과학적 분석의 대상이었다면, 융에게 무의식은 의식의 궁극적인 파트너이자 영혼의 동반자였다. 두 사람은 각자의 자리에서 무의식이라는 광대한 비밀의 공간을 탐사했고, 그들의 모든 작업은 아직 '무의식'이라는 것의 존재 자체를 부정하던 사람들에게까지 깊은 영향을 미쳤다. 두 사람 다 의사였고 과학자였지만, 그들의 또 다른 비밀병기는 바로 '문학'이었다. 프로이트와 융을 훌륭한 학자로 사회화시킨 무기는 과학이었지만, 세상에 유일무이한 프로이트, 세상에 하나뿐인 융으로 각자를 개성화시킨 무기는 바로 문학이었기 때문이다. 프로이트의 전매특허처럼 알려진 '오이디푸스 콤플렉스'는 그리스 비극과 셰익스피어의 작품을 깊이 탐독했던 그의 오랜 독서체험에서 비롯된 사유의 씨앗이었다. 융은 인류의 집단무의식을 이해하고 분석하기 위해 항상 동서양의 신화를 깊이 탐독했다. 융에게 우리가 밤마다 꾸는 꿈이 개인의 무의식을 증언하는 메신저라면, 신화는 집단의 무의식을 증언하는 메신저였던 것이다.

프로이트는 이렇게 말한다. "내가 갔던 모든 장소에는 시인들이 나보다 앞서 가 있었다." 그의 무의식을 매혹했던 수많은 장소들엔, 항상 시인들이 먼저 도착해 있었음을 깨달은 프로이트. 프로이트는 과학자였지만 시인들이 자신보다 훨씬 본능적이고 감각적으로 인간의 무의식 깊은 곳에 숨겨진 수많은 화두와 은밀히 접속하고 있음을 눈치챈 것 같다. 융은 무의식을 단지 해결해야 할 수많은 트러블이 모여 있는 장소나 억압된 감정들이 모여 있는 곳이 아니라, 일종의 잠재성의 공간이라고 본다. 무의식의 공간 안에는 우리가 이루지 못한 꿈과 가능성, 아직 발산하지 못한 폭발적인 에너지와 우리가 미처 깨닫지 못한 잠재력과 재능이 담겨 있다. 대기만성형인 사람들, 사십대 이후에 자기의 진짜 재능과 적성을 찾는 사람들은 융 심리학의 관점에서 보면 매우 정상적이고 건강한 '개성화'의 길을 걷고 있는 것이다. 청년 시절까지는 또래 압력, 즉 사회화의 압력에서 자유롭기 어렵고, 타인의 시선에 의해서, 주변 사람들이 어떤 사람이냐에 따라서 나의 에고가 결정되기 쉽기 때문이다. 그런데 중년 이후에는 '타인의 시선과 관계없이 진짜 나의 삶을 살고 싶다, 나의 진정한 정체성을 찾고 싶다'는 욕망에 눈뜨게 되고, 이것이 바로 본격적인 개성화의 신호탄이 된다.

사회적 자아인 '에고'가 사회화를 지향한다면, 내면적 자기인 '셀프'는 개성화를 지향한다. 에고는 끊임없이 다른 사람의 인정을 받고 싶어 하고 성공하지 못할까봐 두려워한다. 에고에만 빠져 있으면 실패나 스트레스에 취약해진다. 에고는 타인의 시선으로 내 삶을 판단해버린다. 에고는 진정한 주체성에 기반한 의식이 아니라, 타인의 칭찬이나 비난에 일희일비하기 쉽기 때문에 셀프, 즉 내면의 자기라는 영혼의 나침반을 필요로 한다. 에고는 나르시시즘을 지향하고, 셀프는 나르시시즘으로부터의 해방을 지향한다. 셀프는 타인이 규정하는 자아 이미지로부터 탈피하여 내가 꿈꾸는 나, 내가 오래전부터 한 발 한 발 내딛어왔던 진정한 개성화의 길로 나아간다.

에고에게 길을 묻는 사람은 인기나 성공, 대중의 시선에 영향을 받을 수밖에 없다. 그런데 셀프에게 길을 묻는 사람은 성공에도 들뜨지 않고 실패에도 좌절하지 않게 된다. 자기 안의 중심이 더 견고해지고 풍요로워지는 길이 열리는 것이다. 항상 '눈에 보이는 나'보다 훨씬 더 중요한 '또 하나의 나'가 있다는 걸 알기 때문에. 우리는 평생 사회화되고, 동시에 평생 개성화될 수 있다. 현대인은 과잉된 사회화를 추구하고, 화려한 에고를 과시하는 '에고—인플레이션'의 위험에 노출되어 있다. 에고가 증가할수록 셀프는 위축된다. 에고—인플레이션을 촉발하는 원인은 '뭐가 유행이고, 뭐가 대세고, 어떻게 해야 다른 사람들이 좋아하는지'에 더 많이 신경 쓰는 삶이다. 눈에 보이는 성공만이 중요해져버리는 삶, 그 극단적인 사례가 소시오패스이다. 소시오패스에게는 에고밖에 없다. 셀프가 죽어버린 것이다. 에고와 셀프가 언제든 풍요롭게 대화를 나눌 수 있어야 우리는 에고—인플레이션, 즉 과도한 나르시시즘의 위험으로부터 스스로를 지켜낼 수 있다. 우리가 심리적으로 건강하기 위해서는 에고와 셀프가 끊임없이 대화를 나눠야 한다. 에고 없이는 '사회 속의 나'가 될 수 없고 셀프가 없으면 '삶의 궁극적인 지향점'을 잃어버리게 된다.

에고와 셀프가 균형을 이루는 것, 개성화와 사회화의 황금비율을 찾는 것이 중년 이후의 심리학적 과제다. 자신이 어딜 가나 '대접받아야 한다'고 생각하는 사람들은 바로 에고의 과잉으로 셀프의 목소리를 듣는 일을 소홀히 하게 된다. 이런 과잉된 에고가 쓸데없는 갑질과 감정노동을 낳는다. 셀프가 강한 사람들은 누가 나를 어떻게 대접해주는지 상관하지 않는다. 내가 나 자신을 소중하게 생각하니까. 그냥 나의 길을 가고 있을 뿐이다. 그들은 자신의 길을 뚜벅뚜벅 매일 조금씩, 조금씩 걸어간다. 그런데 에고가 과잉된 사람들은 쓸데없이 자존심을 세울 때가 많다. 아주 작은 이익에도 일희일비하고, 식당 종업원들에게 지나치게 서비스를 요구하거나 폭언을 하기도 한다. 진정한 자기 자신을 가꾸고 돌보는 일을 하지 않았기 때문에 에고가 과잉되어버리고, 그렇게 되면 진정한 자기 자신과 멀어지게 되는 것이다.

에고에서 셀프로 가는 길에는 수많은 갈림길과 장애물이 있다. 나는 문학연구자에서 평론가로, 평론가에서 작가로 변신하는 과정 속에서 점점 더 에고에서 셀프로 나아가는 기쁨을 느꼈다. 한 권 한 권, 이전보다 더욱 짙은 나만의 빛깔을 담은 책을 낼 때마다, 나는 점점 더 '나다운 나, 더 깊고 향기로운 나 자신'이 되어가는 느낌이다. 연구자일 때는 "넌 너무 주관적이야. 감상적이야"라는 비판을 많이 들었지만, 작가가 되고 난 뒤 그런 '그림자'는 오히려 나의 '빛'이 되었다. 《그때 알았더라면 좋았을 것들》이라는 책은 최초로 내가 '아 이제 나는 문학평론가가 아니라 작가다'라는 생각을 하게 만들어준 책이다. 사회화된 자아를 내려놓고 내면화된 자기와 만날 수 있는 순간은 바로 '내 인생에 대한 나의 이야기'를 쓰는 순간이었다.

에고와 셀프의 대화적 관계를 위하여

블리스는 고통을 허용하는 기쁨이다. 슬픔조차도 감수하는 희열, 죽을 것같이 힘들다가도, 너무 고된 나머지 '다시는 이 짓 말아야지'라고 투덜거리다가도, 어느새 '그다음에는 어떻게 해야 더 잘 할 수 있을까' 나도 모르게 연구하고 있는 그런 일이 우리의 진정한 희열이다. 잠깐의 쾌락보다 오래가는 희열, 타인의 비판에 주눅들지 않는 기쁨의 특징은 '나만의 고립된 즐거움'이 아니라 내가 그 일을 함으로써 '이 세상을 구성하는 작은 벽돌 하나를 쌓아 올리는 느낌'을 주는 것이 아닐까. 내가 세상과 연결되어 있다는 느낌, 힘든 순간에도 이건 '의미 있는 고통'이라는 믿음을 주는 고생, 그런 블리스에 우리 마음을 기쁘게 내어주자.

—정여울, 「그림자 위안으로부터 탈주하라」 중에서(〈중앙일보〉, 2018. 10. 13)

개성화의 과정이란 궁극적으로 의식과 무의식이 하나되는 것이다. 무의식의 그림자 공간에서 끊임없이 잠자고 있었던 내 숨은 욕망을 의식의 환한 빛으로 끌어내는 것이다. 연구자에서 평론가로, 평론가에서 작가로 변신하는 과정이 나에게는 개성화였다. 무의식은 의식보다 먼저 알았다. 진짜 열망의 맨얼굴, 그것은 내가 글을 쓰지 않으면 제대로 살 수 없을 것 같다는 자각이었다. 그런데 그 자각을 현실화하고 의식화하기에는 나의 재능이 부족하다고 생각했다. 내 무의식의 열망은 창조적 글쓰기였지만, 내 의식의 방어기제는 '넌 현실에 적응해야 해, 취직을 해야 해'라고 무의식의 열망을 억눌렀다. 이렇게 자신 없는 자아, 도전을 포기하는 내가 바로 '방어기제'의 포승줄에 묶여 있는 것이다. 내가 나를 만날 수 있는 용기가 없는 것이다. 내 안의 용과 싸워 이기기 위해서는 일단 매일 매일 그 자리에, 꿈을 추구하는 그 자리에 있어야 한다. 작가가 되고 싶다면, 잘 되든 안 되든 매일 글을 써야 한다. 우리가 새로운 도전을 포기하는 이유는 자기 자신이 스스로에 대한 가장 가혹한 평론가가 되기 때문이다. 그 마음속의 냉정한 평론가가 바로 방어기제이다. '너 왜 그렇게 못하니, 넌 그렇게 책을 많이 읽었는데 이것밖에 못 쓰니.' 이런 식으로 생각하는 것이 프로이트적으로 말하면 초자아superego가 내면화된 상태다. 초자아는 자기 안에서 자유롭게 분출하는 열망을 억압하고, 자신의 부정적인 측면만 계속 확대해서 바라본다.

슈퍼에고superego와 에고ego, 그리고 이드id의 차원에서 보면 가장 억압받고 있는 것은 이드다. 이드는 주로 충동이나 욕망으로 번역되지만 우리 무의식의 숨은 가능성이기도 하다. 이드가 건강하게 발현되는 사람들은 자기가 하고 싶은 대로 행동해도 다른 사람들이 함께 기뻐하고 좋아한다. 자기의 욕망과 사회의 요구가 일치한다. 그런데 이드가 사회와의 접점을 찾지 못하고 충동대로 행동했을 때 사고가 나고 타인의 지탄을 받게 된다. 프로이트의 시선에서 보면 에고가 슈퍼에고와 이드 사이에서 중재를 해줘야 한다. 무의식의 충동인 이드와 우리 내면의 경찰관인 초자아, 즉 슈퍼에고의 명령이 충돌하지 않게 에고가 협상을 이끌어야 한다. 에고가 균형감각을 찾지 못하면 어떻게 될까. 에고가 초자아에 짓눌려버리면, 창조성을 발휘하지 못하는 재미없는 모범생이 된다. 반대로 에고가 이드에 사로잡혀버리면 충동의 고삐를 제어하지 못해 사고를 일으킬 것이다. 베토벤이나 고흐 같은 창조적 예술가들의 특징은 '이드의 잠재력'을 뛰어난 수준으로 끌어올렸다는 점이다.

이드를 활성화시키는 최고의 전략은 바로 트라우마를 극복하고 승화시켜 마침내 그림자조차 창조적인 에너지로 전환시키는 것이다. 트라우마를 극복하는 것은 무척 어려운 일이다. 사람들은 '그림자와 대면하는 고통'을 피하느라 이드의 가능성, 무의식의 잠재력과 만나지 못한다. 융도 그림자를 극복하고 자기 안의 빛과 만나는 것은 너무 어렵기 때문에 대중적으로 인기가 없는 과제라고 했다. 사람들이 지레 겁을 먹고 포기한다는 것이다.

그림자는 간절히 기다린다, 당신이 불러주기를

사실 우리의 그림자는 언젠가는 에고가 불러주기를 기다리고 있다. 우리의 트라우마와 콤플렉스는 자신을 불러주기를, 대화를 나눠 치유되기를 기다리고 있는 것이다. 그 작업을 하지 않으면 에고 수준에서 그저 행복한 척, 괜찮은 척하면서 살아가게 된다. 하지만 아무리 괜찮은 척해도, 아무리 피하려 해도 트라우마와의 만남은 피해지지 않는다. 나와 비슷한 상처를 앓고 있는 또 다른 사람들을 언젠가는 마주치게 되기 때문이다. 어떻게든 우리는 우리 자신의 상처와 닮은 사람들을 만나게 되어 있다. 학대나 폭력에 관한 뉴스를 볼 때마다, 그런 트라우마를 지닌 사람들의 그림자는 계속 재활성화된다. 화려한 페르소나의 단단한 껍데기를 뚫고 들어가면 누구에게나 뼈아픈 트라우마의 흔적이 있다. 그리고 그 트라우마가 아주 단단하게 화석처럼 굳어 있는 상태가 바로 회복탄력성이 극도로 낮은 상태다.

글쓰기를 비롯한 수많은 창작활동은 우선 '그림자와의 진정한 대면'을 필요로 한다. 특히 내 마음의 상처에 대해 글을 쓴다는 건 반드시 자신의 그림자와 만나야만 가능해진다. 그림자와의 대면이 안 되면 한 문장도 제대로 쓰지 못한다. 나에게 이런 상처가 있다고, 아직도 벗어나지 못했다고, 페르소나의 온갖 연기를 잠시 멈추고 자신의 그림자를 완전히 끌어안아야만 진정 자신과 대면하는 글을 쓸 수 있다. 그런데 대면을 통해서 상처의 존재를 인정하고, 그것에 대해 글까지 쓸 수 있다는 것은 나에게 자기 치유력이 있다는 뜻이다. 그 글을 씀으로써 내가 그 상처를 대면해 마침내 스스로 괜찮아질 수 있는 회복탄력성이 있다는 의미이기도 하다. 콤플렉스의 특징은 숨길수록 더 크고 깊어진다는 점이다. 자기 안의 상처와 대면하지 않으면 콤플렉스는 점점 더 어두워지고 짙어진다. 예를 들어 말하기 공포증이나 무대공포증이 있다면 이것을 숨기고 싶은 마음이 더 해진다. 그러면 이것을 숨기기 위해 자꾸 '괜찮은 척, 아무렇지 않은 척' 연기를 하게 된다. 페르소나가 점점 두꺼워지는 것이다. 그렇게 본심을 숨기는 가면이 두꺼워지면 방어기제도 더 강해진다. 에고와 셀프의 거리가 점점 멀어지고, 나 자신의 진정한 모습을 스스로 잃어버리게 되는 것이다.

소설《책 읽어주는 남자》의 여자 주인공 한나는 글을 읽지 못한다. 한나는 자신이 문맹인 걸 숨기는데, 사랑하는 남자친구 미하일에게도 자기가 글을 못 읽는다는 사실을 감춘다. 엄청난 나이차에도 불구하고 그들의 사랑은 불꽃같이 타올랐지만, 그들의 갈등은 그녀가 자신의 문맹 콤플렉스를 숨기려는 과정에서 폭발한다. 한나보다 열여섯 살이나 어린 남자친구가 그녀에게 다정한 연애편지를 써놓고 잠시 외출을 하자, 그녀는 마치 일방적인 결별의 편지를 받고 철저히 버림받은 여인처럼 괴로워하고 화를 낸다. 남자친구는 '애정'을 표현했지만 한나는 '배제'와 '결별'을 읽어낸 것이다. 콤플렉스는 이렇듯 상황 자체를 왜곡하고 상대방의 진심조차 곡해하게 만든다. 솔직하게 '나는 글을 못 읽는다'고 말했다면 남자친구는 분명 글을 가르쳐줬을 거고 두 사람은 더 깊은 이해와 공감의 관계로 나아갈 수 있었을 것이다. 하지만 자신이 문맹인 것을 숨기기 위해 그녀는 자신의 인생 전체를 점점 더 낭떠러지로 밀어넣게 된다. 내가 콤플렉스를 소유하는 것이 아니라 콤플렉스가 나를 소유하는 단계로 가버린 것이다. 이렇게 되면 나중에는 의지가 아니라 콤플렉스가 시키는 대로 인생을 움직이게 된다. 한나는 결국 문맹임을 숨기기 위해 징역살이까지 한다. 한나는 나치의 유대인 학살에 가담하게 되는데, 동료들은 단순 가담자였던 한나를 주동자로 몰아붙인다. 사실 자신의 이름을 직접 서명할 수 있어야 주동자가 될 수 있는데 한나에게는 서명 자체가 없었다. 이 사람은 자기 이름도 쓰지 못했기 때문이다. 그런데 스스로 서명을 했다고 거짓말을 한다. 문맹인 걸 숨기기 위해. 이게 콤플렉스의 극단적인 형태, 콤플렉스를 숨기기 위해 더 높은 방어기제를 쌓아올려 결국 더 큰 트라우마를 남기게 되는 경우다.

이런 식으로 방어기제가 너무 강하면 끝까지 나 자신이 되지 못한다. 인생이 에고에서 셀프로 나아가는 길이라면, 사회적 자아에서 내면의 자기로 나아가는 길을 스스로 가로막는 것이 바로 방어기제다. 방어기제가 가로막고 있으면 내면의 자기를 만날 수 없다. 내면의 자기로 나아가기 위해서는 더 열심히 우리 안의 방어기제와 싸우고, 내 안의 두려움과 싸워야 한다. 나는 사회성이 부족하긴 하지만 사회성을 획득하기 위해 개성화를 포기하기는 싫다. 사랑받는 내가 되기보다는 솔직한 나 자신이 되는 것을 택하고 싶다. 작가로서, 평생 프리랜서로 산다는 건 불안하기 이를 데 없지만, 그 '에고의 불안'을 이겨내는 것이 '셀프의 믿음'이다. 내가 나를 '더욱 흥미롭고 대중성 있는 존재'로 만들어야 한다는 에고의 강박을 벗어던졌을 때, '있는 그대로의 나 자신으로 사랑받을 수 있다'는 셀프의 믿음이 찾아왔다. 더 나다워지는 길, 더 깊고 풍요로운 자기 자신에 가까워지는 길을 찾기 위해서는 다른 사람의 눈치를 볼 시간이 없다. 더 나은 셀프의 모습을 찾아가는 기쁨은 타인의 시선에 일희일비하는 불안한 에고의 강박을 마침내 이겨낸다.

내적 자원, 마침내 눈부신 블리스를 향하여

내 안의 블리스, 내면의 기쁨을 찾아가는 길은 꼭 멀리 있는 것이 아니다. 우리를 완전한 도취 상태로 이끄는 모든 기쁨은 블리스다. 얼마 전 나는 글렌 굴드의 바흐 연주에서 찬란한 블리스의 힘을 발견했다. 얼마나 흥에 겨워야, 이토록 홀린 듯한 표정으로 콧노래를 부르며 바흐를 연주할 수 있을까. 완전한 도취 같기도 하고, 음악에 대한 경의를 표하는 것 같기도 한 그의 허밍 소리와 어우러진 영롱한 타건은 듣는 것만으로도 어떤 위대한 깨달음과 치유의 시간을 선물하는 듯하다. 글렌 굴드의 연주를 듣고 있으면, 그가 바흐를 미친 듯이 사랑한다는 것을 느낄 수 있다. 애석하게도 살짝 미쳤지만 그럼에도 불구하고 매우 혁신적이라는 평가를 들었던 글렌 굴드의 연주. 그의 연주는 지금은 전혀 미치지 않고 오히려 매우 건강하고 활기차게, 죽은 바흐를 살아 있는 우리들의 친구로 만드는 '블리스'로 들린다.

스스로 자신을 치유할 수 있는 내적 자원, 고통으로부터 스스로 나아질 수 있는 회복탄력성을 지키기 위해서 우리는 내면의 기쁨, 즉 블리스를 되찾아야 한다. 시간을 잊게 만드는 것, 지금이 어디인지, 내가 무엇 때문에 괴로워하는지조차 잊게 만드는 진정한 내면의 희열. 그것이 블리스다. 어린 시절 나는 책을 읽는 것만으로도 이 세상 모든 슬픔이 사라지는 듯한 기적 같은 위안을 얻곤 했다. 아무리 힘든 때에도 책을 읽는 순간에는 모든 고통을 잊을 수 있었다. 형편이 어려워도 항상 '딸들의 책'을 사줄 돈만은 아끼지 않았던 아버지 덕분에 나는 '책을 읽을 자유' 속에서 나의 첫 번째 블리스를 찾을 수 있었다. 학교에서 따돌림을 당해도, 엉망인 성적표를 들고 집으로 돌아와 부모님께 혼쭐이 난 뒤에도, 이 세상에 내 친구는 한 명도 없다는 생각 때문에 괴롭고 아플 때조차도, 나는 책 속에서 잃어버린 그 모든 것들을 보상받을 수 있었다. 친구라고는 마룻바닥을 갉아먹는 생쥐밖에 없을지라도 그 생쥐에 '멜기세덱'이라는 기상천외한 이름을 붙여주며 다락방의 혹독한 추위와 배고픔을 이겨내는 '소공녀 세라'를 보며 나는 용기를 얻었다. 세라처럼 용감해져야지, 세라처럼 외로운 사람들에게 아주 아름다운 이야기를 밤새도록 들려줄 수 있는 사람이 되어야지, 세라처럼 어떤 무시무시한 상황에서도 사랑과 지성과 기품을 잃지 않는 사람이 되어야지. 이런 책 속 인물들과의 대화와 다짐이 나의 회복탄력성의 원동력이 되어주었다.

이런 것이 바로 내적 자원이다. 내적 자원은 우리가 가장 힘든 순간에 생각나는 것이다. 가장 힘든 순간에 '한때 나를 행복하게 해주었던 그 모든 추억들'은 마치 내 안에서 솟아오르는 가장 따스한 타인의 손길처럼 위로와 치유의 힘을 발휘한다. 내적 자원은 끊임없이 갈고 닦을수록 더 커다란 회복탄력성을 자아내고, 더 커다란 자기치유력을 발산한다. 노래를 좋아하는 사람은 노래실력을 더욱 갈고닦을수록, 더 아름다운 음악을 마음을 열고 들을수록, 그 내면의 블리스를 활용하여 내적 자원을 더욱 확장해나갈 수 있다.

나의 두 번째 블리스는 상처를 창조의 영감으로 승화시키는 글쓰기다. 글쓰기뿐만 아니라 트라우마를 창조적 에너지로 승화시키는 모든 활동이 나에게는 블리스다. 그림자는 결코 나쁜 것이 아니다. 그림자와 대화하지 못하는 황폐한 영혼, 그림자를 피하기만 하려는 방어기제가 나쁜 것이지, 그림자 자체는 나쁨과 좋음을 벗어나 있는 대상이다. 그림자와 대면하는 용기, 그림자와 대화하는 공감 능력을 키운다면 무의식의 그림자는 오히려 우리의 의식에게 끊임없이 영감을 선물해주는 축복 같은 존재가 될 수 있다. 나는 매일 내 그림자와 대면하는 글쓰기를 통해 조금씩 강인하고 유연해지는 나 자신을 실험하고 싶다. 신기하게도 그림자를 탐구할수록, 자신의 고통과 자신의 콤플렉스와 트라우마를 탐구할수록 진정한 나 자신에게 더 다가가게 된다.

타고난 환경을 원망하는 것에서부터 벗어나야만, 트라우마를 뚫고 자기의 길을 뚜벅뚜벅 걸어가야만 진정한 개성화에 다다를 수 있다. 나 또한 이십대 시절에는 오랫동안 그림자 이야기를 피했다. 내 그림자를 남들 앞에서 말하면 더 아플 것 같았으니까. 그런데 짐작과는 다른 일들이 일어났다. 그림자에 대해 글을 쓰고 강연을 할수록, 내 그림자는 점점 더 견딜 만한 것, 나를 성장하게 해준 것, 마침내 언젠가는 또 다른 창조성의 에너지로 승화될 수 있는 내적 자원이 되었다. 언어나 그림, 음악이나 무용으로 승화시키고 표현할수록 그림자는 더 이상 무섭지 않은 실체, 나를 공격할 수 없는 또 하나의 나 자신의 일부가 된다. 아픔을 언어로 표현할수록, 아픔은 만지고 다듬고 마침내 넘어설 수 있는 존재가 된다.

그림자를 뚫고 나아가고, 그림자와 싸워 이겨내면 예전보다 훨씬 나은 나 자신이 될 수 있다. 상처는 더 나은 방식으로, 더 정제된 방식으로 표현할수록 결국에는 나아진다. 나의 상처를 글로 쓰거나 이야기로 풀어내어 더 많은 사람들의 공감을 얻을수록 상처는 어느 순간 내 살을 찌르는 아픔이 아니라 '언제나 나와 함께해도 좋은 친구 같은 그림자'가 된다.

그림자를 만나야 비로소 열리는, 내 안의 창조성

그림자는 알면 알수록 신비롭고 난해한, 우리 정신의 숨은 가능성의 영역이다. 그림자를 마주하면 고통스럽지만, 그림자와 싸우는 사람만이 삶의 절실함을 올올이 느낄 수 있다. 자신의 그림자, 즉 트라우마와 콤플렉스를 만나지 못하면 자신의 창조성, 숨은 가능성과도 제대로 만날 수 없다. 우리 안의 가장 깊은 부분, 그림자는 단지 열등하고 부정적인 에너지만 모여 있는 것이 아니라 '의식화되지 않은 모든 잠재력'을 품어 안고 있는 거대한 잉여와 다채로운 가능성의 공간이다. 아직 분출되지 않은 모든 에너지가 모여 있는 영역, 그곳이 바로 그림자이기도 하다. 외부의 억압이나 초자아의 강력한 통제로 꽉 막혀 있는 그림자의 공간을 자극하는 힘. 그것은 바로 문학이나 예술 같은 '타인의 삶'이 분출하는 에너지다. 나보다 더 고통받는 타인의 삶을 향한 강렬한 동경과 사랑이 내 안의 그림자를 자극할 때, 사랑, 우정, 예술, 나아가 인간이 아직 창조하지 못한 모든 가능성의 영역이 열린다.

고통받는 타인의 삶에 대한 공감을 바탕으로 비로소 자기 안의 그림자와 만나는 끝없는 '대면'의 과정을 통해, 인간의 개성화는 진전된다. 그림자로부터 도망치지 않고 진정으로 친밀해질 때 그림자의 유독성을 치유할 수 있는 회복탄력성도 커진다. 나는 나의 아픈 그림자조차 나의 내적 자산으로 만들어가고 싶다. 나의 뼈아픈 그림자조차 나의 잠재력으로, 나의 진정한 가능성으로 만들어낼 수 있는 용기. 그것이 그림자와 춤추는 경지, 그림자와 함께하는 시간조차 눈부신 블리스로 만들어내는 경지다. 이런 경지까지 다다르면 그림자는 결코 우리의 영혼을 파괴할 수 없다. 그림자의 에너지조차 창조성의 에너지로 승화시키는 사람, 그림자조차 자신의 성장을 향한 에너지로 흡수하는 사람이야말로 인생의 빛과 그림자를 모두 끌어안고 궁극적인 '전체성'의 길로 나아갈 수 있다. 그 모든 상처와 슬픔에도 불구하고 끝내 살아남은 나와 만나는 일. 그렇게 살아남은 끈질긴 나를 일깨워 더욱 풍요롭고 아름다운 세상을 만들어가는 일. 그것이 우리의 삶을 더욱 눈부시게 이끌어주는 블리스의 힘이다. 트라우마를 완전히 없앨 수는 없지만, 트라우마에 결코 지지 않는 나, 트라우마가 끝내 무너뜨리지 못하는 더욱 강인한 나를 만들어갈 수

는 있다. 요새 나의 새로운 블리스는 방울토마토 키우기다. 유난히 더디 자라는 방울토마토이지만, 싹이 나는 순간부터 새 잎사귀가 돋아나는 모든 순간들을 함께하니 어느덧 깊이 정이 들었다. 그 가녀린 잎사귀에 언젠가는 새빨간 방울토마토가 탐스럽게 열리기를 기대하며, 그러나 열리지 않아도 충분히 있는 그대로 아름답다고 생각하며, 나는 방울토마토에 물을 주고 공기가 잘 통하도록 문을 열어준다. 무언가를 사랑하고 깃들이는 순간, 우리는 그렇게 '나'라는 존재로 지나치게 집중된 리비도를 청산하고 '나 아닌 다른 존재를 향한 사랑'에 닿을 수 있다.

Q8

시간의 흐름조차 잊게 만드는 '블리스'가 있나요?
그런 블리스를 추구할 때 어떤 느낌이 드나요?
블리스를 사랑하는 이유에 대해서도 써봅시다.

9장

내향성과 외향성
—우리는 자기 안의 편향성을 극복할 수 있을까

'내 것'을 자꾸 빼앗기는 내향적인 사람들

남편이 세계적인 작가로 발돋움하는 동안 그를 그림자처럼 내조하는 데 평생을 바친 여자 조앤의 이야기, 《더 와이프》를 읽으면 가슴에 먹구름이 드리운다. 왜 이 주인공은 스스로 성공할 수 있는 충분한 능력을 갖추었으면서도 그 모든 업적을 남편에게 돌리고 자신은 당당하게 세상으로 나서지 않는 것일까. 아내가 글을 대필하고, 남편이 아내의 소설을 통해 '작가 행세'를 하다니. 내향적인 아내가 자신의 재능을 최대한 발휘해 글을 쓰면, 외향적인 남편이 온갖 인터뷰와 강연을 도맡아 하고 심지어 아내의 글을 통해 수많은 독자들의 사랑은 물론 세계적인 문학상까지 받게 된다. 이들의 은밀한 팀플레이는 자신의 작품을 사랑하는 독자를, 나아가 세상 모든 사람들을 속이는 것이다. 물론 조앤이 대학을 다녔던 1950년대 미국 사회의 분위기가 '여성이 글을 쓴다'는 것에 대해 호의적이지 않았던 것은 맞다. 작가로서 성공하고 싶었던 그녀의 꿈이 꺾이게 된 결정적인 이유는 '나는 남성중심 세계에서 그들처럼 적극적으로 내 재능을 펼칠 수 없다'라는 자괴감이었다. 하지만 그녀가 성숙하여 세 아이의 어머니가 되고, 자기 남편의 모든 비리와 불륜에 당당히 맞설 수 있게 된 이후에도 계속 참고 또 참고 살아가며 자신의 정체성을 숨겼던 것은 너무도 안타까운 일이다. 그녀는 남편이 죽기 전까지는 자기 자신이 되지 못했던 것이다.

> 나도 거들먹거리며 돌아다닐 수 있었다. 나도 호전적이고 서정적이며 아이디어들로 가득 차 있어서 번쩍이는 네온사인처럼 으스댈 수 있었다. 나는 여자 버전의 조가 될 수도 있었다. 그랬으면 사랑스러운 게 아니라 혐오스러웠을 것이다. (……) 나는 그런 관심을 원하지 않았다. 그런 것들은 나를 겁먹게 하고 자신감을 잃게 만들었다. 스포트라이트의 둥근 불빛이 조에게로 향한 것을 보고 얼마나 안심이 되었던가.
>
> —《더 와이프》(메그 월리처, 심혜경 옮김, 뮤진트리, 2019) 중에서

그녀는 의심한다. 과연 자신의 재능을 충분히 발휘하며 자신감 넘치게 살아가는 여자가 어떤 남편의 사랑을 받을 수 있을까 하고. 어떤 남자가 아내의 성공에 주눅들지 않을 수 있겠느냐고. 아내가 아무리 성공을 해도, 아내가 아무리 세상의 주목을 받아도, "여전히 매

력적이고 강인해서 전혀 위협받지 않는 남편"은 단지 여성의 환상 속에만 존재하는 것이 아닌가 하고. 주인공 조앤은 자신의 내성적인 성격과 화해하지 못한다. 출판사 사람들을 만나고, 기자들과 인터뷰를 하고, 독자들 앞에서 낭독회를 하고 미소 지으며 사인을 해주는 작가의 사회활동을 자신은 잘해내지 못할 것이라고 생각한다. 어디서부터 단추가 잘못 끼워진 것일까. 교수와 제자 사이로 만난 그들의 관계에는 처음부터 강력한 위계가 존재했다. 남성(교수)은 여성(학생)의 빛나는 재능을 간파했고, 그녀의 재능을 칭찬하면서 동시에 그녀를 유혹한다. 게다가 그는 유부남이었다.

조앤은 학생 시절부터 조의 글이 형편없다는 것을 알았다. 조가 아닌 조앤 자신에게 글쓰기 재능이 있다는 것을 분명 알고 있었다. 그럼에도 조앤은 자기 자신을 믿지 못한다. 그녀의 과도한 내향성이 자신에 대한 믿음을, 최소한의 자존감마저 파괴했던 것이다. 조앤의 첫 번째 실수는 '불완전한 자기 자신'이 '나보다 더 중요하고, 나보다 더 대단한 남자'를 통해서 완성되어야 한다고 생각했다는 점이다. "나는 아직도 우리 둘 중에서 그가 더 중요한 사람이고 나는 아직 미완성이라는 느낌이 들었다. 그가 나를 완성시킬 수 있다고 나는 생각했다. 그는 내가 실질적으로 완전한 사람이 되는 데 필요한 것들을 나에게 줄 수 있으니까." 더 대단한 누군가가 아직 부족한 나를 완성해야 한다는 이 치명적인 의존성이 그녀의 삶을 파괴하기 시작했던 것이다.

하지만 자기완성을 향한 그녀의 달콤한 환상은 처참한 실패로 끝난다. 남편이 성공할수록, 즉 그녀가 쓴 글들이 남편의 이름을 달고 세상에 나가 점점 더 커다란 갈채를 받을수록, 그녀의 삶은 더 깊은 우울과 자괴감으로 물들어간다. '군림하는 남자'와 '보호받는 여자', '사랑받는 아이들'로 이루어진 전형적인 스위트 홈은 철저히 위장된 이 가족의 페르소나다. 실상은 걸핏하면 아내를 속이고 불륜을 저지르는 남편, 남편 대신 글을 써주며 자기혐오감에 시달리는 아내, 아버지의 진심 어린 애정을 받지 못해 어딘가 치명적인 결핍을 안고 살아가는 자녀들이 그 번지르르한 스위트 홈에서 살아가고 있다. 아무도 자신의 상처를 입 밖으로 꺼내지 못하지만, 그 가족 안에는 '거짓으로 만들어낸 세계'라는 어두운 그림자가 짙게 그늘을 드리우고 있었다. 남편 조가 세계적인 문학상을 받고 뛸 듯이 기뻐하며 '이 모든 것이 나의 아내 조앤 덕분이다'라는 식의 위선적인 태도를 취하자 아내 조앤은 격렬한 반발심을 느낀다. 더 이상 참을 수 없는 자기 자신을 발견한 것이다. 아내는 마침내 남편의 비밀을 폭로하려 한다. 모든 게 거짓이었다고 폭로하고 자유로워지려 한다. 그런데 비밀의 공모자였던 남편 또한 그동안 엄청난 스트레스로 폭발 직전의 상태에 있었고, 아내가 그들의 그림자를 만천하에 드러내려는 순간 심장마비로 세상을 떠나고 만다.

'대면'이라는 것은 이토록 무서운 것이다. 일상 속에서 자연스럽게 자신의 상처를 스스로 대면하지 못하고 외부의 충격으로 갑자기 대면하게 되었을 때 그 여파는 어마어마하다. 자기 안의 그림자와의 대면은 목숨을 위협할 정도로 참혹한 고통이 될 수도 있다.

> 나는 도대체 어떤 사람들이 재능을 과시하는 여성 작가를 사랑할 수 있을지 알지 못했다. 도대체 어떤 부류의 남자가 그런 여자 곁에 머물면서 그녀의 과함, 그녀의 분노, 그녀의 영혼, 그리고 그녀의 능력에 위협받지 않을까? 여전히 매력적이고 강인해서 전혀 위협받지 않는 남편, 이런 환상 속 존재 같은 남자는 누구일까? 바위 아래 어딘가에 살면서, 눈부신 아내의 빛나는 아이디어를 축하해주기 위해 이따금씩 슬그머니 등장했다가, 다시 그림자로 돌아가는 남자.
>
> —《더 와이프》(메그 월리처, 심혜경 옮김, 뮤진트리, 2019) 중에서

우리는 살아남기 위해 어떻게 자신의 성격을 '디자인'하는가

《더 와이프》에서 아내의 콤플렉스는 단지 젊은 시절 남편의 글을 대신 써주었고, 그 습관이 몸에 배어 '남편의 명성과 아내의 대필'이라는 기묘한 파트너십을 유지해온 사실 자체에만 있는 것이 아니다. 아내의 더 깊은 그림자는 바로 자기 자신의 과도한 내향성이다. 스포트라이트를 받으면 견디지 못하는 성격. 조용히 자신의 일에 열중하는 것을 좋아하고 남들이 자신에게 주목하면 어쩔 줄 몰라 숨고 싶어 하는 성격. 세상의 풍파에 당당하게 맞서며 자신의 의견을 언제든 당차게 말할 수 있는 그런 저돌성이 그녀에게는 없었다. 아니, 없다고 믿었다. 극도로 내향적인 성격과 자기혐오. 바로 그것이 그

녀의 콤플렉스다. 그 콤플렉스가 그녀의 발목을 평생 붙들고 있었던 것이다. 성공할 수 있고 행복해질 수 있는 능력을 이미 자기 안에 갖고 있으면서 그 능력을 평생 '다른 사람, 그것도 남편의 가면' 뒤로 숨겨버린 여자. 그런데 이 은밀한 공동체는 단지 남성 가부장 혼자만의 이기심으로 구축되고 유지되는 곳이 아니다. 아내 역시 남편의 당당하고 화려한 페르소나를 자신도 모르게 이용한 측면이 있다. 그녀는 남편의 성공을 바라보며 '저 엄청난 성공이 사실은 바로 내 것이다'라는 은밀한 쾌감을 느꼈고, 세상과 직접 맞서기 싫은 자신의 성격을 커버하기 위한 오랜 방패막이로 남편을 이용했다. 바로 이 은밀한 반사이익 때문에 그녀를 완전한 피해자라고 보기 어려운 것이다.

《더 와이프》가 나의 관심을 끈 이유는 '내향성과 외향성의 공존은 가능한가'라는 화두를 던져주기 때문이다. 아내는 극도로 내향적인 수줍은 사람이고 남편은 극도로 외향적인 나르시시스트인데, 이 두 사람은 마치 한 사람의 두 인격처럼 서로의 인생을 지탱해주며 살았다. 서로의 부족한 면을 완벽하게 보완한 것은 맞지만, 아이들에게까지도 거짓된 인생을 숨기며 살았던 것이다. 그리고 그 거짓 인생으로 인한 수치심은 그들의 부부 생활에 그림자를 드리웠다. 남편에게는 하나의 일에 집중하여 자기 자신의 내면으로 깊이 침잠할 수 있는 내향성이 부족했고, 아내에게는 자신의 정체성을 타인 앞에서 적극적으로 드러내며 온전한 자기 자신으로 살아갈 수 있는 외향성이 부족했다. 그런데 내향성과 외향성은 '자기 각인'의 효과가 크다. '내가 내향적인 사람이다'라는 자기규정이 그 사람을 더욱 내성적으로 만든다. 한편, 외향적인 사람으로 소문이 나면, 조금만 우울한 표정을 지어도 '너 무슨 일 있냐? 너답지 않게 왜 그러냐?'라는 주변의 반응 때문에 피곤해진다. 우리가 외향성과 내향성이라는 지나친 자기규정을 벗어날 수만 있다면, 이 문제가 우리를 이토록 피곤하게 만들지는 않을 것 같다. 때로는 내향적일 수도 있고 때로는 외향적일 수도 있는 자유가 현대인에게는 사라져버린 것일까.

우리는 살아남기 위해 자신의 성격을 디자인한다. 내성적인 성격을 은폐하기 위해 억지로 명랑한 페르소나를 만들기도 하고, 우울한 감정과 대면하는 것을 피하기 위해 과도하게 미소 짓는 표정을 연출하기도 한다. 나는 살아남기 위해 외향성을 연기할 때가 있지만, 대체로 내향적인 나 자신이 편안하게 느껴진다. 나는 마음껏 내향적일 수 있을 때 자유로움을 느낀다. 나의 내성적인 모습이 남들에게 불편함을 주지 않을까 걱정하지 않을 수만 있다면 나는 마음껏 내성적인 사람으로 살아가고 싶다. 하지만 때로는 나도 모르는 외향성이 튀어나와 깜짝 놀라기도 한다. 사랑받고 있다는 느낌이 들 때, 지금 여기 모인 사람들에게는 완전히 솔직해도 좋다는 생각이 들 때, 나는 당당해지고 명랑해진다. 하지만 나는 대체로 내향성을 있는 그대로 간직하는 편이 좋다. 내성적인 본성을 숨기지 않고, 말하고 싶지 않을 때는 말하지 않는 것이 훨씬 편안하다. 내가 나의 페르소나를 단장하지 않아도 좋은 순간, 진정으로 편안해지는 순간, 그 순간에는 외향성과 내향성의 구분이 없어진다. 요컨대 나는 스스로를 '내향적인 사람'이라고 규정하지만, 가장 편안한 순간은 내향성과 외향성의 경계마저 사라질 정도로 자유로워지는 순간이다. 그렇게 마음의 빗장이 풀어질 때까지 정말 오랜 시간과 다양한 조건이 필요하다는 것이 문제이긴 하지만, 내 마음 깊은 곳의 나는 내향성에 고착되기를 바라지 않는다는 것을 깨달았다.

완전히 외향적인 사람도 없고 완전히 내향적인 사람도 없다. 남성성과 여성성처럼, 내향성과 외향성도 한 인격의 두 가지 측면이다. 여성에게도 남성성이 필요하고 남성에게도 여성성이 필요하지 않은가. 융 심리학에서는 남성의 여성성과 여성의 남성성이 균형을 이룰 때 더욱 건강한 인격을 발현할 수 있다고 본다. 외향성과 내향성도 그렇지 않을까. 남성성과 여성성이 균형과 공존을 이룰 때 심리적으로 더욱 건강한 사람이 되는 것처럼, 외향성과 내향성도 그때그때 자유로이 자신의 날개를 펼칠 수 있다면 우리는 훨씬 행복한 사람이 될 것이다. 나의 내향성을 있는 그대로 받아들이지 않았더라면, 계속 '다른 사람 앞에서는 적당히 외향적이어야 한다'라는 강박관념에 시달렸을지도 모른다. 나는 '분위기 파악 못하는 눈치 없는 사람'이 되지 않기 위해, '너무 예민해서 건드리기 어려운 존재'가 되지 않기 위해, 나의 내향성을 최대한 억압했다. 나는 나의 내성적인 성격을 부끄러워하면서 오랫동안 '내 성격에는 뭔가 문제가 있다'라고 생각하며 살았다.

억압된 내 안의 외향성과 마침내 화해하다

그런데 이상하지 않은가. 외향적인 사람들은 아무리 나대도 별로 비난받지 않는다. 적극적이고 당당한 사람들은 사랑받는 방법을 아는 사람들이다. 외향적이고 적극적이고 사교적인 사람들은 그저 그 성격 자체만으로도 사랑받는다. 그 삶 속에 아무런 참신한 내용이 없을지라도. 반면 내향적인 사람들은 깨지기 쉬운 물건처럼 취급받을 때가 많다. "저 사람 건드리면 안 돼, 엄청 예민하거든." 이런 따가운 시선을 단지 내향적인 사람이라는 이유만으로 견뎌야 할 때가 있다. 아이디어는 많은데 쉽게 남들 앞에서 이야기하지 못하는 사람들은 이런 말을 들으면서 차별을 받는다. "넌 도대체 왜 그러니. 뭐가 그렇게 불만이니?" 그것이 우리 사회의 문제점이기도 하다. 사람을 외향성과 내향성으로 구분하면서 내향적인 사람을 과소평가하는 분위기가 있다. 하지만 내향성과 외향성이 중요한 것이 아니라, 그 사람이 어떤 생각을 갖고 있는지, 그 사람이 어떤 아이디어로 이 세상을 헤쳐나갈지가 중요하다. 그 사람의 재능보다 그 사람의 성격을 문제삼는 분위기는 개인의 창조성을 억압한다. 성격을 문제삼아 차별을 하는 것은 모두 불합리한 것이다. 그런데 그 불합리에 맞서 싸울 힘이 내향적인 나에게는 없었다. 뭔가 분명히 잘못되었는데, '왠지 내가 잘못한 것 같으니까, 내가 문제인 것 같으니까' 참고 또 참았다. 나는 이것이 세상의 불합리에 맞서지 못하는, 내 안의 또 다른 불합리임을 깨달았다.

나는 글쓰기를 직업으로 선택한 내가 내 안의 내향성을 최대한 활용하며 살아간다고 생각했지만, 돌아보니 그것은 또 하나의 편견이었다. 많은 사람들 앞에서 말하기가 두려워 혼자만 글을 쓰는 지극히 내향적인 직업, 글쓰기를 택한 것이라고 스스로를 방어했던 것이다. 하지만 글쓰기 또한 아주 적극적인 자기표현이다. 무언가를 표현하고 싶다는 간절한 열망이 없는 한, 인간은 글쓰기를 계속할 수 없다. 또한 글을 계속 쓰다 보면 강연과 인터뷰가 늘어나고, 결국 예전보다 말하기의 기회가 더욱 많이 생기게 된다. 나는 강연과 인터뷰를 통해 마치 걸음마하듯 다시 말하기를 배우는 듯한 느낌을 받았다. 이 두려움을 극복하지 못하면, 내 안의 내향성을 극복하지 못하면 살아남을 수 없다는 공포가 밀려왔다. 그 순간 나는 나의 내향성과 화해해야 함을 깨달았다. 내향성과 외향성의 구분을 내 안에서 폭파하지 못하면 나는 '말하기가 두려워 글쓰기로 도망친 나'라는 또 하나의 단단한 자기규정을 벗어날 수 없었다. 그때부터 나는 이 두려움을 극복하기 위해, 청중 앞에서 말을 할 수 있는 모든 기회를 놓치지 않기로 했다. 말하고, 글을 쓰고, 듣고, 읽는 모든 것이 결국 하나임을 깨달았다. 나는 전적으로 내향적인 사람도 아니고 완전히 외향적인 사람도 아니고 그냥 나일 뿐인데 왜 사람들이 나의 내향성을 공격할 때마다("너는 왜 그렇게 분위기 파악을 못하니, 넌 왜 그렇게 예민하니, 분위기 좀 맞춰봐.") 자책감을 느꼈을까. 무턱대고 집단의 분위기를 맞추라고 강요하는 사람들을 향해 왜 한 번도 저항을 못했을까. 이제는 더 이상 그렇게 살고 싶지 않았다. 나의 성격을 원망하면서 살고 싶지 않았고, 나의 인격을 억지로 수리하지 않은 상태에서도, 있는 그대로의 나로서도 행복한 삶을 살고 싶었다. 온전히 내면의 세계 속에서 집중할 수 있는 내향성이 글쓰기에는 도움이 되었지만, 때로 글쓰기를 넘어 말하기나 다른 활동을 통해 나를 표현해야 할 때는 자꾸만 '편안한 곳에서 나 혼자 있고 싶다'라는 퇴행적 욕망이 나를 가로막았다. 나의 내향성은 나의 빛이기도 하면서 동시에 그림자이기도 했다.

나는 글쓰기를 통해 내 안의 내향성과 외향성이 화해하는 모습을 바라보고 싶다. 가끔은 그런 기적 같은 순간을 경험한다. 내가 이 들끓는 마음, 변화무쌍한 마음을 표현하지 않으면 안 될 것 같을 때, 설령 혼자 볼 수밖에 없는 글일지라도 폭풍우처럼 휘갈겨 쓰고 싶을 때, 마치 절대로 보내지 않을 연애편지를 쓰는 마음으로 글을 쓸 때가 있다. 내 안의 외향성에게 잠시 곁을 내주는 것이다. 며칠 후 그 글을 다시 다듬고, 과감하게 삭제하고, '내가 감당할 수 있는 내용'으로 바꾸어본다. 나의 차분한 내향성이 나의 불같은 외향성에게 말을 걸어주는 것이다. 마음껏 표출하는 게 중요한 것이 아니라 더 나은 표현으로 승화시키는 것이 더 좋은 글쓰기임을 설득한다. 그러면 외향성이 볼멘소리로 화답한다. 이것 자르고 저것 잘라내면, 도대체 남는 게 무엇이냐고. 오직 감당할 수 있는 부분만 글로 쓰는 것이 과연 정직한 것이냐고. 그럼 나는 슬쩍 못 이기는 척, 내향적 자아가 수줍게 삭제해버린 문장 중 몇 개를 복원해낸다. 이제 만족하니? 이렇게 나의 내향성과 외향성은 끊임없이 대화를 하고 엎치락뒤치락 서로의 존재를 주장하며 점점 더 사이좋은 파트너가 되어간다.

나의 오래된 내향성을 깜짝 놀라게 한 외향성의 절규는 이것이었다. '계속 침묵만 한다면 누가 너의 생각을 이해하겠니. 표현하지 않으면 아무도 이해해주지 않는다. 네가 표현을 하기 싫은 게 아니라 다르게 표현하고 싶다는 것을 이해시켜야 해.' 이렇게 절규하는 외향성을 향해 내향성은 이렇게 화답한다. '크게 떠들어서 말하거나 요란하고 시끌벅적하게 얘기하고 싶은 것이 아니라, 글이든 예술 작품이든 뭔가 다른 방식으로 조용히 표현하고 싶어. 나만의 생각을. 나만의 느낌을.' 외향성은 쿨하게 이렇게 대답해주었다. '그 마음도 밖으로 표현을 해야 알지.' 이제 이 대화는 좀 더 깊고 간절한 에고와 셀프의 대화로 발전해갔다. 나의 셀프(내면의 자기)는 나의 에고(사회적 자아)에게 이렇게 말했다. 내향적이라는 이유만으로 네가 진정으로 하고 싶은 걸 포기해서는 안 돼. 이 문턱을 뛰어넘어야 해 너의 성격이라는 장애물을, 너의 내향성이라는 장벽을. 글 쓰는 사람뿐 아니라 어떤 것이든 새로운 일에 도전하고 싶은 사람들은 이 내향성의 장벽에 부딪친다. 예를 들어 공모전에 응모하고 싶거나, 콘테스트에 나가고 싶거나, 때로는 뭔가를 발표하고 싶을 때가 있을 것이다. 그런데 이런 중요한 일들을 수줍음 때문에 포기해버린다면 자신의 삶을 망치고 만다. 내향적인 사람들도 끊임없이 도전하는 삶을 포기해서는 안 된다. 내 안의 우울한 내향성을 편애해서는 안 된다. 과도한 자기애는 타인을 향한 증오보다 위험할 때가 있다. 내향적인 자신을 너무 사랑하고, 내향적인 자신을 과보호하려고 하는 태도 또한 우리의 치유를 가로막는 방어기제이다.

그것은 페르소나일 뿐, 우리의 본질은 아니다

먼저 내성적인 사람들은 자기 한계를 뛰어넘어야 된다. '난 이걸 할 수 없어'라는 어두운 생각, 내가 나를 가로막는 이 거대한 마음의 장벽. 내 안의 이 거대한 용과 싸워서 이기지 못하면 어떤 새로운 일도 해낼 수 없다. 내향성과 외향성은 페르소나일 뿐이다. 그것은 결코 우리 자신의 본질을 규정할 수 없다. 나는 글을 쓸 때 '내향성의 집중력'과 '외향성의 표현력'을 모두 활용하는 법을 훈련한다. 내향성이 정신의 구심력이라면 외향성은 정신의 원심력이다. 나라는 존재가 끊임없이 세상 속에서 자전과 공전을 멈추지 않기 위해서는, 마치 지구처럼, 구심력과 원심력, 내향성과 외향성 모두가 필요하다. 우리는 사회에 적응하기 위해 억지로 만들어낸 자신의 페르소나에 갇힐 것이 아니라, 오히려 적극적으로, 마치 배역에 따라 팔색조처럼 변신하는 최고의 배우들처럼, 자신의 페르소나를 유연하게 활용할 줄 알아야 한다. 오늘은 소름 끼치게 차분한 포커페이스의 가면을 쓰고 어려운 프로젝트를 냉정하게 처리해낼 수도 있고, 내일은 천진한 장난꾸러기 꼬마의 모든 무지갯빛 아우성을 표현할 수 있는 화려한 가면을 쓰고 사람들과 뛰놀 수도 있다. 페르소나에 갇히는 것이 아니라 페르소나를 과감하게 활용하고, 페르소나를 이용해 '창조적인 연기력'을 발휘할 수 있는 사람이 자신의 내향성과 외향성을 조화시킬 수 있다. 진정으로 창조적인 사람들은 페르소나에 갇히지 않고 페르소나를 매번 새롭게 창안해낼 수 있다.

'나는 내성적이니까 이런 일은 못해.' 이런 식의 자기규정에서 벗어나야 한다. '나는 ~하니까 못해'라는 태도는 나쁜 방어기제이다. 내가 나를 발전시키지 못하도록 스스로 검열하고 있는 그릇된 초자아인 것이다. 내 안의 내향성과 외향성의 경계를 뛰어넘어야 한다. 내향성과 외향성의 경계 같은 건 처음부터 없었다. 에고와 셀프가 분리되면서 우리는 점점 불행해진 것이다. 그러나 에고와 셀프는 처음에는 하나였다. 우리가 점점 문명화·사회화되면서, 세상에 보여줄 수 있는 모습과 아무에게도 보여주기 싫은 모습을 분리하기 시작하면서 에고와 셀프가 분열되기 시작한 것이다. 내향적인 사람만 자기 안의 분열을 겪는 것이 아니다. '성격 좋다'는 말을 듣는 외향적인 사람도 다른 사람들과 함께 있을 때는 행복한 듯 웃고 있지만 정작 집에 돌아가면 텅 빈 외로움과 맞닥뜨릴 때가 있다. 그 내면의 공허함은 어쩔 것인가. 내면의 공허함. 그것이 외향적인 사람들의 말 못할 그림자이다. 외향적이고 적극적인 사람들은 때로는 그 쾌활한 성격이 장벽이 되어 자신의 그림자를 마주하지 않으려고 한다. 내향성과 외향성 자체가 무엇을 해낼 수 있는 것이 아니라, 어떤 상황에서도 진정한 나 자신으로 살아갈 수 있는 담대함이 인생을 바꿀 수 있다.

자신의 트라우마를 글로 쓰는 연습은 '그림자와 대면하는 용기'를 길러줌으로써 결국 자기 내부의 장애물을 뛰어넘을 수 있는 디딤돌이 되어준다. 나 자신의 상처와 거리를 두는 힘을 글쓰기에서 배운다. '상처를 바라보는 나'와, '상처 속에서 아직 허우적거리고 있는 나'를 분리해야 글을 쓸 수 있기 때문이다. 우리가 상처 속에서 헤어나오지 못할 때는 계속 누군가 나를 구해주길 바랄 때이다. 그러면 상처를 바라보는 내가 객관화되지 않는다. 내가 두 가지 역할, 즉 '상처받은 자아'와 '상처를 바라보는 자아'의 연기를 모두 해낼 수 있을 때 글쓰기가 가능해진다. 말하자면 '물에 빠진 나'와 '물에 빠진 나를 바라보는 나'의 역할을 동시에 할 수 있을 때, 글쓰기가 가능해진다. 상처와 거리를 두지 못하면 트라우마가 시키는 대로, 콤플렉스가 시키는 대로, 그야말로 기분대로 살아가게 된다. 트라우마가 화석화되어 더 이상 건드릴 수 없는 사람, 스스로 변화할 수 없는 사람이 되는 것이 가장 위험한 상태다. 더 늦기 전에 자신의 상처를 똑바로 바라보아야 한다. '그 시절 그렇게 다치고 힘들었던 나'와 '이제는 조금 괜찮아진 나, 이제는 나를 구할 수 있는 나'를 분리해서 생각할 수 있어야 한다.

글을 쓸 때 '누구든 깜짝 놀라게 잘 써야 된다'는 생각이 우리를 가로막는다. 글을 쓴다는 건 자고로 문장이 아름다워야 하고, 내놓을 만한 무언가가 있어야 한다는 방어기제가 '글을 쓰고 싶은 마음'을 가로막는다. 하지만 상처가 마음속에 가시처럼 박혀 있어 자신과 화해하지 못하는 사람들에게는 '잘 쓰는 것'보다 '쓰는 것' 자체가 중요하다. 소박하고 불완전할지라도 말이다. 지금까지도 잊히지 않는 수업이 있다. 국문과 대학원 재학 시절, 나는 학부 시절보다 더 글을 못 쓰는 나 자신을 발견했다. 아무리 열심히 공부해도 나아지지 않는 느낌이었다. 고시생이 법전에 매달리는 것처럼 나는 온갖 문학 이론서와 소설책에 매달렸지만, 내 글이 나아지고 있다는 느낌이 안 들었다. 그때 한 교수님이 수업 중에 이런 말씀을 해주셨다. "여러분들이 쓴 글이 울퉁불퉁하고, 말이 안 되는 것 같고, 도대체 내가 왜 이런 글을 쓰는지 모르겠다는 생각이 들면, 그게 맞는 길입니다." 오히려 "왜 이렇게 잘 써지지? 왜 이렇게 나는 똑똑하지?" 이런 생각이 들면 그건 잘못된 길이라는 것이다. 끝없이 자신을 의심하고, 뜻대로 되지 않는 것 같고, 이 길이 과연 맞는지 의심하는 것이 글쓰기의 정상진로다. '난 왜 이렇게 잘 쓸까' 하며 오만방자해지는 것이 더 위험한 길이었다.

나를 치유하는 최고의 무기, 글쓰기

목적의식적이고 효율적인 도구가 아니라 감정을 증폭하고 작품을 창조하는 언어. 에고와 페르소나에 종속되는 것이 아니라 셀프와 그림자와 춤을 출 수 있는 언어. 약을 먹지 않고 병원에 가지 않고도, 책을 읽고 글을 씀으로써 마음을 치유하는 길을 찾는 것이 내가 꿈꾸는 '글쓰기의 치유'다. 읽고 씀으로써 우리는 분명 나아질 수 있다는 믿음. 끊임없이 읽고 쓰는 것을 포기하지 않을 때, 끊임없이 도구적 언어를 창조적 언어로 변형시킬 때, 우리는 자기 안의 내적 자산, 그러니까 '스스로 치유될 수 있는 힘'을 기를 수 있다.

내면아이의 안부를 다정하게 물어봐준다는 것은 무척 중요한 일이다. 피카소는 열다섯 살 때 이미 벨라스케스처럼 그릴 수 있었다고 한다. 그런데 어린아이처럼 그림을 그릴 수 있게 되기까지는 60년이 걸렸다고 한다. 나는 피카소가 60년 동안 찾아 헤맨 것이 바로 '내면아이'가 아닐까 생각해본다. 평생을 헤매도 결코 완전히 다다를 수 없는 것, 자기 안의 개성화의 씨앗, 내 안에 숨 쉬고 있는 나만의 신화의 새싹 같은 것. 이것이 개성화의 가능성이고 내면아이의 청사진이다. 개성화를 통해 내면아이를 되찾는 것은 기교만으로는 되지 않는다. 기교는 재능과 훈련으로 갈고닦을 수 있으니까. 기교는 학습할 수 있다. 하지만 내면아이의 창조성은 학습될 수 없다. 학습만으로도, 노력만으로도 불가능하다. 자신의 인생을 던져 자기 안의 숨겨진 가능성을 찾아 헤매는 사람만이 내면아이의 원석을 발굴해낼 수 있다. 자신의 가장 깊은 무의식, 그림자와 접촉해야만 채굴해낼 수 있는 것이 내면아이다. 그러기 위해서는 우리가 내면아이의 빛과 그림자를 동시에 다 끌어내야 하는데, 그림자를 끌어내는 이유는 그림자를 건드려야 빛도 같이 나오기 때문이다. 내 안의 무의식에서 좋은 것만 끌어내려고 하면 나오지 않는다. 그건 무의식이 용서해주지 않는다. 때로는 무의식이 이렇게 속삭일 것이다. 빛만도, 그림자만도 선택할 수 없어. 빛과 그림자를 다 같이 끌어내야 해. 그

것만이 진짜야. 그림자를 끌어내야, 나의 상처와 대면할 수 있는 용기가 있어야 무의식은 재능과 잠재력을 동시에 보여준다.

버지니아 울프의 자전적 이야기 《존재의 순간들》(정명진 옮김, 부글북스, 2013)을 읽다가 그녀 또한 내성적인 우리와 비슷한 고통을 앓고 있었음을 이해했다. 그녀가 자신의 그림자, 자신의 내향성과 싸워 이길 수 있었던 힘은 바로 글쓰기였다. 그녀는 《존재의 순간들》에서 무엇이든 언어로 바꾸어놓았을 때 비로소 온전한 것이 되고 나를 다치게 할 힘을 잃는다고 말한다. 트라우마를 글로 쓰는 것은 자기와의 사투다. 상처와 대면하는 순간, 견딜 수 없는 아픔이 우리를 사로잡기 때문이다. 그렇지만 그 고통의 순간, 멈추지 않고 그것을 새로운 나만의 언어로 표현할 수 있다면, '트라우마를 글로 표현할 수 있는 또 다른 나'의 탄생이 시작된다. 트라우마와 대면하고 그것을 마침내 글로 썼을 때의 후련함은 이루 말할 수 없다. 울퉁불퉁한 상처를 나만의 언어로 언어화하는 순간, 그것을 내가 이해할 수 있고 매만질 수 있는 언어로 바꾸는 순간, 그 상처는 나를 다치게 할 힘을 잃는다. 똑같은 상처가 나를 두 번 세 번 다치게 하는 그 반복적 자기징벌의 악순환을 끊어낼 수 있는 힘. 그것은 트라우마를 직시하고 그 트라우마를 언어화할 수 있는 힘에 달려 있다. 상처와 당당히 대면하여 마침내 그것을 '글로 표현할 수 있는 나'를 탄생시키는 순간, 우리는 비로소 발견한다. 트라우마에 두 번 쓰러지지 않는 나를, 그 어떤 트라우마도 결코 완전히 굴복시킬 수 없는 강인하고 지혜로운 또 하나의 나를. 그럼으로써 더 나은 나 자신, 더 깊고 지혜로운 또 하나의 나와 만나는 것. 그것이 바로 개성화의 과정이며 내 안에 꿈틀거리는 또 하나의 나를 향해서 떠나는 최고의 여정이다. 나는 나의 내향성과 싸우고, 내 안의 '할 수 없음'과 싸우고, 내 안의 무기력과 싸운다. 내 안에 울고 있는 내면아이의 어깨를 부드럽게 안아주기 위해, 그리고 내 안에 여전히 숨 쉬고 있는 눈부신 내면아이의 잠재력을 찾기 위해.

Q9

자신의 성격 중에서 고치고 싶은 것이 있나요?
있는 그대로의 나를 그 자체로 받아들이고 싶을 때는 언제인가요?
두 가지 모두 자세히 써봅시다.

10장

아니마와 아니무스
—자기 안의 결핍과 화해하는 개성화의 길

아니마와 아니무스를 깨우다

내 안의 아니무스가 깨어나는 순간이 있다. 아니무스는 무의식 안에 억압된 남성성이다. 예컨대 자신의 의견을 제대로 표현하지 못하고 답답하게 남들의 생각에만 따르며 괴로워하는 사람을 볼 때, 여성을 일방적으로 괴롭히고 학대하는 남성을 볼 때, 약한 사람을 괴롭히며 쾌감을 느끼는 사람들을 볼 때, 나는 이 안타까운 상황을 바꿀 수 없는 내가 싫어지고, 마침내 내 안의 억눌린 공격성이 튀어나와 무엇이라도 내 힘으로 해결해야 할 것만 같은 충동에 사로잡힌다. 그럴 때 나는 좀 더 강인해지고 용감해지고 싶다. 평소에 억압되어 있던 남성성, '그런 생각은 너무 공격적이야, 나와는 어울리지 않아'라는 자기검열 때문에 포기해온 아니무스가 깨어나는 것이다. 반면 내 안의 아니마가 깨어나는 순간도 있다. 무의식 안에 억압된 아니마는 뚜렷한 목표의식 아래 짓눌려 있던 치유와 배려의 에너지다. 그저 앞만 보고 달려가며 밀려드는 스케줄 하나하나를 그야말로 간신히 막아내느라 정신이 없을 때, 문득 '내가 왜 이러지, 꼭 이렇게 바쁘게 살아야 하나'라는 생각이 들며 주변을 돌아보게 되는 순간. 곁에 있는 사람에게 무심하지는 않았는지, 내 목표만 생각하느라 다른 사람에게 상처를 주지는 않았는지, 지나온 삶을 돌아보고 타인의 아픔에 귀를 기울이는 순간에 깨어난다. 이렇듯 아니마와 아니무스는 자기 안에 존재하면서도 우리가 미처 의식적으로 보살피지 못하는 무의식의 잠재력을 가리키는 말이다.

아니무스는 여성 안의 남성성, 아니마는 남성 안의 여성성으로 정의되지만, 사실 모든 사람에게는 아니무스와 아니마가 공존할 수 있다. 융은 남성의 무의식 안에 억압된 여성성을 아니마라고 규정하고, 여성의 무의식 안에 억압된 남성성을 아니무스라고 규정했지만, 그것은 다소 편의적이고 이분법적인 측면이 있다. 그런 단순한 규정만으로는 인간의 복잡 미묘한 다성성을, 나아가 젠더의 다채로움을 설명하기 어렵기 때문이다. 동성애, 트랜스젠더, 양성애 등 다채로운 인간의 섹슈얼리티를 고려하지 않은 융과 프로이트 시대의 감수성으로 보면, 아니마는 주로 남성에게 부족하고 아니무스는 대체로 여성에게 부족한 것이었다. 하지만 이제 여성들에게도 아니마가 부족할 수 있고, 남성들에게도 아니무스가 부족할 수 있음을, 우리는 일상 곳곳에서 느끼고 있다. 여성들도 슈퍼맘과 알파걸의 가치관을 강요받으면서 무조건 '어디서든 무엇이든 이겨내야 한다'는 스파르타적 감수성을 내면화하고 있기 때문이다. 한편 아니무스가 부족한 남성들의 사례는 어머니를 향한 정신적 의존 관계를 극복하지 못한 경우에서 찾을 수 있다. 결단력과 돌파력이 부족하여 무슨 일이든 '어머니와 상의하겠다, 어머니에게 허락을 받아야 한다'라고 생각하는 남성들은 남성이면서도 아니무스가 부족한 상태인 셈이다. 아니마가 부족한 사람들은 남성이든 여성이든 상관없이 치유와 배려의 에너지가 결핍되고, 아니무스가 부족한 사람들은 결단력과 의지력이 부족해 맡은 일을 끝까지 과단성 있게 해내지 못한다. 요컨대 아니마와 아니무스는 우리 모두가 저마다의 섹슈얼리티와 상관없이 더 나은 삶을 위해 필요로 하는 내면의 정신적 에너지인 것이다.

아니마와 아니무스는 인간 안의 양극성이며 한 인간 안에 공존할 수 있는, 모순적이면서도 결국은 조화를 지향하는 본성이기도 하다. 아니무스가 강한 존재들을 신화 속에서 찾아본다면 곧바로 제우스나 헤라클레스, 아킬레스 같은 이들을 떠올릴 수 있다. 모든 것을 자신의 힘으로 바꿀 수 있다고 생각하는 자신감 넘치는 캐릭터들, 자신이 있어야만 이 세상 일이 제대로 돌아간다고 믿는 의욕 충만한 주인공들이 바로 아니무스형 인간이다. 그러나 아니무스든 아니마든 지나치게 한쪽으로 치우치면 극단적인 상황으로 치닫을 수 있다. 아니무스가 과열된 사람들은 좌고우면하지 않고 오직 목표만을 향해 전진하는 외골수 성향이 강할 수 있고, 아니마가 과잉된 사람들은 어떤 상황에서도 지나치게 남을 돌보느라 정작 결정적인 순간에 자기 자신을 돌봄 에너지가 고갈되어버릴 수도 있다. 그러나 아니무스와 아니마 자체는 본질적으로 긍정적인 에너지다. 아니무스는 무슨 일이든 끝까지 포기하지 않고 해내는 생의 돌파력이며, 성공적인 리더십을 가능케 하는 핵심적 에너지다. 아니마가 넘치는 사람들은 치유와 배려의 에너지로 타인의 삶뿐 아니라 자기 자신의 삶까지 구원할 수 있는 능력을 가지고 있다. 《데미안》의 에바 부인이나 《파우스트》의 그레트헨처럼 영원한 구원의 여신상이 바로 아니마의 전형적인 모습이다.

아니마와 아니무스는 개인에게만 존재하는 것이 아니라 집단이나 국가의 차원에서도 존재하는 원형적 특질이다. 종교가 없는 사람들조차 '마리아'라는 이름을 들으면 곧바로 성모 마리아의 한없는 모성과 자애로움을 연상하는 것이야말로 아니마의 집단적 원형의 이미지다. 강렬한 아니무스를 근간으로 한 오디세우스의 지략과 리더십은 트로이 전쟁을 승리로 이끌었으며, 제우스가 그 수많은 실수와 어처구니없는 불륜에도 불구하고 올림포스의 제왕 자리를 고수했던 이유 또한 강력한 아니무스의 상징, 모든 것을 일시에 파괴해버릴 수 있는 '번개'라는 무기를 가지고 있었기 때문이다. 과거의 신화나 소설 작품을 현대적으로 각색하고 리메이크한 작품들 속에서 여성의 캐릭터가 점점 더 강력하고 적극적인 모습으로 변모하는 것은 역사 속에서 끝없이 차별받아오던 전 세계 여성들이 집단적 아니무스를 되찾는 과정이라고 볼 수 있다.

〈알라딘〉의 여주인공 자스민은 원작 《천일야화》에서 거의 수동적인 역할에 머물렀지만, 2019년 개봉한 디즈니 실사 영화 〈알라딘〉

에서는 남자 주인공을 뛰어넘는 적극적인 캐릭터로 변신했다. 자스민이 '용감한 알라딘과 결혼하는 아름답기만 한 여주인공'이 아니라 '알라딘을 자신의 의지로 선택하며, 왕국을 직접 다스리는 적극적 캐릭터'로 그려진 것은 여성의 성 역할에 대한 시대적 인식이 바뀌면서 여성의 아니무스가 집단적으로 강화되는 현상이다. 잃어버린 아니무스를 되찾는 사람은 생기발랄하고 활기차고 적극적인 성격으로 변할 수 있으며, 잃어버린 아니마를 되찾는 사람은 삶의 온기와 여유, 평화와 자비의 에너지를 찾음으로써 다른 사람에게 더 사랑받는 존재로 변신할 수 있다.

아니마와 아니무스의 조화를 꿈꾸는 사람들

대중의 잃어버린 아니무스를 자극하는 영화들의 대표 사례는 바로 슈퍼히어로물이다. 〈슈퍼맨〉 〈어벤져스〉 〈스파이더맨〉 같은 강력한 영웅 캐릭터를 주인공으로 삼은 영화들은 '나 같은 평범한 사람에게는 저렇게 뛰어난 영웅적 본성이 없을 거야'라고 생각해온 사람들에게 잃어버린 꿈과 희망을 자극하는 집단적 아니무스의 자극제 역할을 한다. 한편 잃어버린 아니마를 자극하는 영화들 중에는 잔잔한 감동으로 관객의 가슴을 적시는 작품들이 많다. 〈이보다 더 좋을 순 없다〉 〈노팅힐〉 〈러브 액츄얼리〉 같은 따스한 감성을 지닌 영화들은 성공을 향한 갈망과 미디어를 향한 지나친 관심으로 인해 잃어버린 현대인의 소박한 일상에 대한 건강한 애착과 타인에 대한 보편적 공감의 힘을 되찾게 해준다.

예컨대 〈이보다 더 좋을 순 없다〉의 주인공 멜빈은 어디서든 여성을 대놓고 비하할 뿐 아니라 로맨스 소설을 쓰면서도 로맨스의 핵심, 즉 상대방의 감정을 내 감정보다 소중히 여기는 마음을 전혀 이해하지 못하는 냉혈한이자 강박증 환자였다. 이웃집 화가 사이먼이 자신의 집에 침입한 강도로 인해 심각한 부상을 입고 전 재산을 잃을 위기에 처해 있을 때도, 사이먼의 강아지를 돌봐주기는커녕 쓰레기통에 버리기까지 하는 이기적인 주인공에게 관객은 거부감을 느낄 수밖에 없다. 그러다 그가 매일 방문하는 식당 웨이트리스 캐롤에게 반하게 되면서 이야기는 흥미진진해진다. 캐롤이 자신의 억눌린 아니무스를 힘겹게 표출하는 순간, 멜빈의 아니마가 깨어나기 시작하기 때문이다. 늘 자신만의 유난스러운 개인용품에 집착하는 멜빈. 특히 플라스틱 포크와 스푼만을 사용하는 멜빈의 강박적 위생 습관을 캐롤은 용감하게 비판하고, 나아가 심한 천식을 앓고 있는 캐롤의 아들을 멜빈이 비꼬는 듯한 말투로 지적하자 그녀는 더 이상 참지 못하고 그에게 분노를 터뜨린다. '내 아들에 대해 한 번만 더 그런 식으로 말하면 당신을 절대로 가만두지 않겠다'라고 분노를 표출하는 순간, 항상 친절하게 웨이트리스 일을 해내느라 자신의 감정을 누르고 또 눌러왔던 착한 캐롤의 강력한 아니무스가 깨어나고, 그와 동시에 그녀에 대한 연민과 공감의 마음, 즉 멜빈의 아니마가 깨어나게 된다.

누구에게나 친절하고 언제 어디서나 환하게 미소 짓던 캐롤의 마음속에 그토록 무시무시한 분노가 잠자고 있으리라고는 아무도 예상하지 못했을 것이다. 캐롤의 아니무스가 멜빈의 아니마를 자신도 모르게 자극하자(이런 순간은 거의 무의식적으로 이루어진다. 아니마와 아니무스 자체가 무의식에 잠재된 에너지이기 때문이다) 사랑은 시작된다. 물론 캐롤은 이 순간 분노에 사로잡혀 자신에게 홀딱 반한 멜빈의 마음을 알아챌 틈이 없었지만, 이후 멜빈이 캐롤의 아들이 최고의 치료를 받을 수 있도록 훌륭한 의사를 소개해주고 엄청난 치료비까지 지원해주자 그녀의 마음이 점점 움직이게 된다. '아무리 내 아들에게 잘해줘도, 나는 절대로 당신과 잠자리에 들지 않겠다'라고 선언하며 멜빈을 위협하는 캐롤의 모습조차 멜빈의 메마른 감수성을 따스하게 자극한다. 가난한 싱글맘으로서 아픈 아이를 키워오느라 이 세상으로부터 온갖 상처를 받아온 그녀가 자신을 보호하기 위해 더욱 강력한 아니무스를 드러낼수록, 그녀를 지켜주고 싶은 마음, 그녀를 위해 더 나은 사람이 되고 싶은 멜빈의 따스한 아니마가 깨어나게 된다.

이렇듯 사랑은 커플이 서로의 아니마와 아니무스를 깨어나게 만드는 강력한 심리적 자극제가 된다. 캐롤은 멜빈이 유명 작가이거나 부자라서 호감을 느끼는 것이 아니다. 그가 옆집 화가 사이먼을 따스하게 보살펴줄 수 있는 사람이라는 것을 알게 되면서, 그가 사이먼의 반려견을 이제는 너무 사랑하게 된 나머지 강아지를 위해 피아노까지 연주해준다는 것을 알게 되면서, 나아가 자신과 아들을 세상 누구보다도 다정한 눈길로 바라볼 줄 아는 사람임을 알게 되면서 캐롤은 멜빈에게 마음을 열게 된다. 캐롤의 아니무스는 멜빈의 아니마를 깨어나게 하고, 마침내 멜빈이 평생 감추어왔던 내면의 따스함과 공감 능력이 빛을 발하게 된다. 강박증 때문에 바닥 타일의 금 하나도 밟지 못하고, 남을 돕기보다는 무시하느라 바빴던 멜빈이 마침내 캐롤을 사랑하게 되자 다음과 같은 아름다운 문장이 사랑의 고백을 위해 탄생한다. "당신은 나를 더 좋은 사람이 되고 싶게 만들어요." 이것이 바로 사랑으로 인해 비로소 깨어난 아니마의 힘이다.

내 안의 아니무스가 깨어나는 순간, 나는 그동안의 수동성을 극복하고 내 안의 가장 적극적인 에너지를 끌어내어 상황을 멋지게 해결해낼 수 있는 용기를 이끌어낸다. 내 안의 아니마가 깨어나는 순간, 나는 오직 목표를 향해 달리느라 망각해버린 생의 따스한 온기와 타인을 향한 공감의 소중함을 깨닫는다. 그런데 자본주의가 가속화되고, '20대 80의 사회'라는 프레임이 더욱 강고해지는 현대 사회에서는 아니무스보다 아니마가 절실해지고 있다. 개인의 차원에서는 아니마와 아니무스가 조화를 이루는 것이 좋지만, 집단의 차원에서 여전히 부족한 것은 아니마가 아닐까. 목소리 큰 사람들, 영향력 있는 사람들, 재력과 권력을 모두 갖춘 사람들이 승자독식을 당연시하는 사회에서는 강력한 남성성을 꿈꾸는 아니무스보다는 치유와 배려의 에너지인 아니마가 더욱 필요하다. 성공한 사람들조차 더 많이, 더 크게 성공하는 데 혈안이 되어 있는 사회, 플라스틱 쓰레기를 먹이로 착각하여 섭취한 바다 동물들이 끔찍한 사체로 발견되는 이 참혹한 인간중심주의 사회에서는, 타인의 아픔에 공감하는 아니마, 타자의 고통을 나의 고통처럼 아파하는 아니마의 힘이 더 강력한 힘을 발휘하게 될 것이다. 너무 무리한 목표, 너무 과도한 통제, 너무 많은 스케줄의 홍수 속에서 우리는 따스한 아니마의 소중함을 잃기 쉽다. 내 안의 아니마를 깨우는 순간, 그것은 사랑의 힘, 치유의 힘, 타인을 향한 무조건적인 환대의 마음을 삶 속에 깃들이는 시간이다.

융은 중년 이후에 여성들이 잃어버린 아니무스를 되찾고 남성들이 잃어버린 아니마를 되찾는 과정을 '개성화'의 중요한 과업으로 보았다. 젊은 시절에는 사회화를 통해 자신의 자리를 찾고 직업과 가정을 일구는 데 모든 노력을 쏟던 사람들이 사십대 이후에는 '나만의 삶, 나만의 가치'를 찾기 위한 적극적인 노력을 시작하는데, 이것이 바로 개성화를 향한 내면의 에너지이다. 물론 인간의 생로병사 과정 전체가 개성화의 과정이기는 하지만, 융은 인간이 보다 적극적이고 다채로운 방식으로 개성화를 고민하는 시기는 중년 이후라고 보았다. 나는 이 시기를 우리가 조금 더 앞당겨보았으면 좋겠다. 어린 시절부터 '개성화'의 소중함을 깨닫는다면, '부모님이 생각하는 훌륭한 사람이 되기 위해서 저는 저의 삶을 살지 못했어요'라고 생각하며 박탈감을 느끼는 일들은 없어지지 않을까. 어린 시절부터 '나만의 삶, 나만의 가치'를 향한 한 걸음 한 걸음을 소중히 여긴다면, 대세나 유행을 따르며 내 인생의 가치를 내 삶 바깥에 두는 공허한 삶에 에너지를 빼앗기지 않을 수 있다.

아니마와 아니무스의 절묘한 조화를 보여주는 아름다운 영화 중 하나가 캐시 베이츠 주연의 〈프라이드 그린 토마토〉다. 에벌린은 오직 다른 사람의 비위를 맞추고 남들의 비난을 듣지 않기 위해 그저 평범하게 살고 있었다. 마흔이 넘도록 그는 오직 평범한 삶 그 자체를 가치의 중심에 두고 살아왔다. 원작 소설에는 에벌린의 심리가 영화보다 훨씬 날카롭고 섬세하게 묘사되어 있다. 에벌린은 한 번도 원하는 것을 '원한다'고 적극적으로 표현해본 적이 없다. 에벌린은 노처녀 소리가 듣기 싫어 결혼했고, 불감증이라는 소리를 듣지 않으려고 오르가슴을 연기하기도 했다. 그러나 어느 날 슈퍼마켓에서 단지 우연히 몸이 살짝 부딪힌 것으로 화를 버럭 내며 에벌린에게 욕설을 퍼붓는 청년을 만나면서 그녀의 마음속에 엄청난 아니무스의 에너지가 깨어나게 된다. 에벌린은 미친 듯이 그의 팔을 잡고 도대체 왜 처음 보는 자신에게 화를 내고 욕을 퍼붓는지 물어본다. 하지만 청년은 주먹을 들이대며 에벌린을 협박한다. 에벌린은 누군지도 모르는 청년에게 심한 모욕을 당한 뒤, '말로 당한 강간'의 피해자가 된 느낌에 사로잡힌다. 아무 잘못도 없이 여성이라는 이유로 린치와 욕설을 고스란히 당해야 했던 것이다.

에벌린은 자신이 여자라는 이유로, 평범한 주부라는 이유로, 모델처럼 늘씬한 몸이 아니라는 이유로 비난하고, 무시하고, 괴롭히는 모든 남성들을 향하여 강렬한 적개심을 느낀다. 이제까지 참고 또 참아왔던 것이 아무런 소용이 없다는 사실과 함께 지금까지 '정상적인 여자'가 되기 위해 억눌러왔던 자신의 모든 열망을 깨닫게 된다. 애벌린은 남자 열 명의 힘을 한꺼번에 가진 자신의 모습을 상상해본다. 자신에게 끔찍한 욕설을 퍼부은 그 청년을 뼈가 으스러지도록 단단히 혼내주고 싶고, 그동안 자신을 괴롭힌 모든 남성들을 꼼짝 못하게 하고 싶다. 아이들이 굶주리거나 구타당하며 자라지 않도록 이 세상을 바꾸고도 싶다. 어떤 고양이나 개도 안락사당하지 않도록 모든 조치를 다 하고도 싶다. 에벌린은 하고 싶은 일이 너무도 많았는데 한 번도 표현하지 못하며 살아온 지난날이 안타까워진다. 에벌린은 아이를 가지려면 면허를 취득하게 하고 싶고, 재정적으로나 정서적으로나 부모가 될 자격이 있는 사람들만 아이를 가지게 하고 싶다고 생각한다. 가장 힘들게 일하면서도 제대로 된 대우를 받지 못하는 수많은 교사들과 간호사들은 프로 축구 선수들과 같은 봉급을 받을 수 있도록 만들고도 싶다. 에벌린은 유명한 부모를 둔 아이들이 저절로 유명해지지 않도록 유명세의 세습을 막아내고 싶고, 그동안 열심히 일하며 아이들을 자상하게 보살펴온 착한 아빠들을 모두 하와이로 여행 보내주고 싶다. 그녀는 마음속으로 '토완다'라는 가상의 인물을 떠올려본다. 그녀 안의 아니무스를 상징하는 인물 토완다는 슈퍼우먼처럼 모든 것을 다 혼자 힘으로 해내는, 그 누구의 눈치도 볼 필요가 없는 존재이자 두려움에 떨며 자신의 모든 열망을 평생 미루어온 여성들의 열망을 대변하는 존재다. 토완다는 일단 패션의 중심 매디슨가로 가서 온갖 패션잡지들을 관리하며 체중이 60킬로그램 이하인 모든 모델들을 해고하고, 주름살이야말로 아름다움의 조건이 되도록 트렌드의 흐름을 바꿔버린다. 또한 다이어트 식품인 탈지유 치즈를 영원히 제조 금지시키고, 당당하게 국방부로 들어가서 모든 폭탄과 미사일을 제거하는 대신 국방부 사람들이 가지고 놀 장난감을 나눠준다. 상상 속의 영웅 토완다가 국방비를 모두 없애니 예산이 남아돌아 65세 이상의 모든 미국인들에게 골고루 생활비도 나누어 줄 수 있게 된다. 현실 속의 에벌린은 요리를 하고 있지만, 상상 속의 아니무스를 체현하는 토완다는 포르노와 아동 착취 영화 산업 자체를 없애버릴 힘을 가지고 있다. 상상 속의 아니무스, 토완다가 이토록 멋진 일을 해내는 동안 현실 속 에벌린은 지금 당장 실천 가능한 대안을 생각해낸다. 집에만 들어오면 자신의 힘으로는 아무것도 하지 않는 게으르고 가부장적인 남편이 에벌린을 향해 '맥주 좀 더 가져다달라'고 소리치자, 에벌린은 엿이나 먹으라고 답하며 평생 참아왔던 분노를 터뜨린다. 남편은 무슨 큰일이나 난 것처럼 화들짝 놀라 에벌린에게 물어본다. 당신 괜찮으냐고. 그녀는 평생 이보다 더 괜찮았던 적이 없다. 자기 안의 아니무스를 되찾은 에벌린은, 무려 48년 만에 처음으로 진짜 자기 자신이 된 것 같은 해방감에 몸을 떤다. 억압된 아니무스는 이렇듯 진정한 자기 자신을 되찾게 할 수 있는 잠재력을 내장하고 있었던 것이다.

나는 데이빗 핀처 감독의 영화 〈파이트 클럽〉을 보면서 '저 시대 남성들도 저렇게 아니무스를 억압당했는데, 하물며 여성들은 얼마나 자신의 열망을 억누르고 살았겠는가' 하는 생각이 들었다. 남성들이 자신의 적극적인 에너지를 억압하고 살아갔다면, 여성들은 그보다 몇백 배 더 힘겹게 자신의 공격성과 적극성을 억누르며 살아가야 했을 것이다. 〈파이트 클럽〉에서 그야말로 온몸의 에너지를 다해 싸우는 것만으로도 스트레스를 제대로 풀 수 있는 남자들은 서로에게 이렇게 말한다. "나와 대결해줘서 고마워요." 그들은 온몸에 피멍이 들고 코피가 비 오듯 흐를 만큼 신나게 두들겨 맞으면서도 삶의 활력을 느낀다. 제대로 몸을 써서 자신의 힘이 어디까지인지를 느껴보는 것. 그저 신명나게 싸우는 것만으로도 남성들은 그 어떤 일에서도 느끼지 못한 해방감과 자유를 느낀다.

> 우린 제1차 세계대전도 대공황도 안 겪었지만 심각한 정신적 공황을 겪고 있다. 우리의 삶은 우울하다. 텔레비전은 우리에게 헛된 꿈을 꾸게 했지. 누구나 백만장자나 스타가 될 수 있다고. 하지만 우리의 현실은 달랐고, 우리는 지금 매우 심각하게 분노하고 있다.
>
> —데이빗 핀처 감독의 영화 〈파이트 클럽〉 중에서

"싸워봐야 너 자신을 알게 된다"라는 테일러 더든의 말을 듣고 분노를 참지 못해 한 방을 날리는 잭. 두 사람은 한판 시원한 싸움을 통해 지금까지 경험하지 못한 통쾌한 카타르시스를 느끼고 폭력을 통해 세상에 저항하는 비밀 조직을 결성한다. 주어진 삶이 억울한 사람들, 자신의 재능을 발휘하지 못하는 사람들, 스스로를 사랑하지 못했던 사람들이 모여 점점 더 거대한 비밀 조직을 결성하고 폭력을 통해 세상에 저항하는 모임을 키워가지만, 더 많은 사람들이 모일수록 조직은 길을 잃고 모임의 진정한 의미도 변질되어간다. 이렇듯 단지 아니무스를 강렬하게 표출하는 것만으로는 문제가 해결되지 않는다. 당신과 내가 함께 만들어가는 세상에 대한 강력한 공감대, 자신의 이상을 함께 공유할 수 있는 사람들과의 깊은 연대 의식이야말로 아니무스와 아니마를 실현하는 궁극적인 힘이 된다.

〈프라이드 그린 토마토〉는 그런 면에서 아니무스와 아니마의 궁극적인 조화가 다다를 수 있는 가장 아름다운 해답이 사랑임을 증언한다. 이 사랑은 굳이 남녀 간의 사랑일 필요가 없다. 영화에 등장하는 또 다른 인물들인 이지와 루스는 동성애가 좀처럼 용인되지 않았던 1930년대 미국 사회에서 더욱 수많은 장애물을 뛰어넘어야 했다. 1980년대를 살아가는 에벌린보다 훨씬 오래전부터, 여성에 대한 차별은 물론 흑인에 대한 차별과도 맞서온 둘의 이야기는 여전히 감동을 준다. 이지와 루스는 둘 다 백인이었지만 자신들과 함께 살아가는 흑인들의 인권을 위해 목숨을 걸고 투쟁한다. 이 작품은 오직 수동적인 기다림과 기도만으로 일관하던 루스가 자기 안의 강렬한 아니무스를 되찾고, 선머슴같이 살아오던 천방지축 말썽꾸러기 이지가 루스의 사랑을 통해 잃어버린 아니마를 되찾는 이야기이기도 하다.

루스는 한 번도 주어진 운명을 거스른 적이 없었고, 끊임없이 순종하고 인내하는 것을 당연하게 생각해온 여성이었으나 이지를 만

나면서 자신이 끝없이 참고 또 참아온 그 모든 것들이 부당한 차별과 학대였음을 깨닫게 된다. 어느덧 이지를 사랑하게 되어버린 루스는 자신의 마음을 부정하면서 다른 남자와 결혼하지만, 그 남자가 첫날밤부터 무시무시한 완력으로 자신을 성폭행하고 걸핏하면 구타를 일삼는 남자임을 깨닫고 나서도 그를 벗어나지 못한다. 오직 신께 드리는 기도만이 더 나은 삶을 향한 구원임을 믿었던 그녀는 이지와 함께하지 않으면 더 이상 진짜 자신의 모습으로 살 수 없음을 깨닫는다. 그녀는 자기 안의 진정한 사랑, 이지에 대한 그리움이야말로 생을 걸고 지켜내야 할 진정한 자기의 모습임을 알게 된다. 이후 두 사람은 어딜 가든 함께하고, 그들 주변의 모든 사람들에게 사랑과 우정, 치유와 화해의 에너지를 전파한다. 흑인 노예로 살아왔던 '빅 조지'가 살인 누명을 쓰고 감옥에 갇히자 이지와 루스는 온 힘을 다해 그의 구명운동을 벌이고 마침내 빅 조지가 재판에서 이길 수 있도록 자신들의 힘은 물론 동네에서 가장 보수적인 목사님의 힘까지 빌리는 데 성공한다. 이지와 루스의 용감한 삶은 그 어떤 장애물 앞에서도 결코 자신의 아니무스를 잃어버리지 않는 사랑의 길이었으며, 이지는 루스의 따스한 치유와 배려의 에너지인 아니마를 통해, 루스는 이지의 용감무쌍하고 두려움 없는 아니무스를 통해 서로의 결핍을 채워가며 더 커다란 사랑과 희망의 길을 개척하게 된다.

플라톤의 《향연》에서는 본래 남성성과 여성성 모두를 지닌 채 태어났으나 신의 질투를 받아 남성과 여성이 분리되어버리는 최초의 인류에 대한 이야기가 나온다. 《향연》에서 희극작가 아리스토파네스 Aristophanes는 그리스 신화에 등장하는 최초의 인류를 이렇게 묘사한다. 신화 속 최초의 인류는 몸통 전체가 완벽하게 둥근 구의 모양을 갖추었고, 팔다리도 각각 네 개씩이었으며, 머리 하나에 서로 반대쪽을 바라보는 두 개의 얼굴을 지니고 있었다. 그러나 그들이 신들의 권능을 위협할 정도로 뛰어난 지능과 재능을 지녀 온 세상을 휘젓고 다니자 신들이 그 최초의 인류를 질투한 나머지 그들의 힘을 약하게 만들기 위해 그들을 반쪽으로 갈라놓았다. 둥근 공처럼 완전체를 지향하던 최초의 인류는 그리하여 두 개의 반쪽, 즉 여성과 남성으로 쪼개졌고, 필생의 반쪽을 잃어버린 인류는 평생 나머지 반쪽을 찾기 위해 온갖 간난신고를 겪고 있다는 것이다. 융은 인간이 서로에게 강렬한 매력을 느낄 때 작동하는 무의식의 원형이 바로 아니마와 아니무스라고 이야기한다. '아, 저 사람이 내가 오랫동안 찾아 헤매던 바로 그 사람이구나'라는 생각이 들 때, 그 사람은 우리 안의 아니마나 아니무스를 자극하는 존재라는 것이다.

헤르만 헤세의 《크눌프》에는 영혼의 유전과 개성화에 대한 뛰어난 통찰을 보여주는 대목이 있다. 아버지는 자신의 아기에게 외모뿐만 아니라 두뇌까지 유산으로 물려줄 수 있지만, 영혼만은 물려줄 수 없다는 대목이다. 영혼은 각자에게 새로이 부여되는 무엇이기 때문이다. 아니마와 아니무스를 언제 어디서 어떻게 발견하고 창조해낼 것인가는 바로 이 개성화의 과제이기도 하다. 내게 필요한 아니마와 아니무스를 언제, 어떻게, 어디서 발견하고 창조해내느냐에 따라 우리 삶의 모습은 180도 달라질 수 있다.

신화적 상상력에는 과학적으로는 아직 증명하기 어려울지라도 인간이 직관적으로 느끼고 있는 생의 진실에 대한 섬광 같은 통찰력이 번득인다. 여성에게도 남성호르몬이 필요하고 남성에게도 여성호르몬이 필요한 경우가 있다는 사실은 '하나의 신체 안에 존재하는 양성성'이 인간이 지녀야 할 건강성의 본질임을 시사한다. 어쩌면 우리는 신화 속 주인공들처럼 신의 질투를 받아 본래의 반쪽을 잃어버린 채 평생 끊임없이 반려자the better half를 찾아 헤매는 불완전한 존재인지도 모른다. 그러나 바로 그 불완전함이 인간의 존재를 더욱 매혹적이고 신비롭게 만든다. 우리 안의 아니마가 깨어나는 순간 우리는 비로소 잃어버린 존재의 전일성wholeness과 만난다. 우리 안의 아니무스가 깨어나는 순간 우리는 비로소 한 번도 도전하지 못했던 새로운 생의 과제에 도전하게 된다. 무의식에 숨은 아니마와 아니무스를 실현하는 모든 순간, 우리는 보다 크고 깊은 자신의 전일성과 만나게 된다. 아니마와 아니무스를 일깨우는 모든 실험은 궁극적으로 더 크고 깊은 자신의 가능성과 조우하는 정신의 모험이다.

새로운 도전을 향한 모험심이 싹틀 때, 당신 안에 타오르는 아니무스를 두 팔 벌려 환영하기를. 고통받고 있는 타인의 슬픈 얼굴을 바라볼 때, 당신 안에 피어오르는 따스한 아니마의 향기를 가슴 깊이 간직하기를. 당신의 아니마와 아니무스를 자극하는 모든 것들은 소중한 존재이니, 결코 차갑게 스쳐지나가지 말기를.

Q10

자신의 아니마 혹은 아니무스를 발견하는 순간이 있었나요?
아니마 혹은 아니무스를 발견함으로써 어떤 기쁨을 느꼈는지
써봅시다.

11장

내 안의 어두운 그림자와 만나는 시간
―트라우마가 폭발하는 순간, 우리 안의 진심과 만나는 순간

나의 그림자와 타인의 그림자가 만나는 순간

타인의 아픔을 바라보는 것은 고통스럽지만, 바로 그 아픔 때문에 뜻밖의 따스한 소통이 가능해지는 순간이 있다. 저 사람도 나와 비슷한 아픔을 앓고 있구나, 하고 깨닫는 순간. 나는 가만히 그에게 다가가 당신이 혼자가 아님을, 당신과 나는 아주 닮은 아픔을 앓고 있음을 알려주고 싶어진다. 당신과 내가 함께 끙끙 앓고, 함께 아픔을 나누면 모든 것이 더 나아질 수 있다고 이야기해주고 싶어진다. 나와 닮은 고통을 앓고 있는, 나보다 더 아픈 사람. 혹은 나만큼이나 아픈 사람들을 볼 때. 이제는 굳은살이 박혀 전혀 아프지 않을 것만 같은 예전의 그 상처가 새로운 아픔으로 덮쳐온다. 이때 과거의 트라우마는 재활성화되어 우리를 또다시 괴롭힐 수 있지만, 그때야말로 새로운 치유의 기회가 되기도 한다.

첫 번째 트라우마는 속수무책으로 맞을 수밖에 없었지만, 두 번째 트라우마는 피할 수 있기 때문이다. 첫 번째 트라우마는 대부분 어린 시절에 일어나기 때문에 우리에겐 제대로 된 방어 수단이 없었다. 하지만 두 번째, 세 번째 트라우마는 막아낼 수 있다. 신체의 면역력처럼 마음의 면역력을 키우는 힘이 바로 문학작품을 비롯한 '타인의 상처와 대화하는 일'을 통해 길러지기 때문이다. 우리가 더 많은 타인의 이야기와 접속할수록, 우리가 더 깊은 타인의 상처와 대화할수록, 삶은 더 풍요로운 빛깔과 향기로 우리에게 말을 걸어오며 마침내 두 번째 트라우마에는 결코 쓰러지지 않을 용기를 길러줄 것이다.

두 번째 트라우마를 온몸으로 막아내다

영화 〈미쓰백〉은 바로 그 '두 번째 트라우마를 온 힘을 다해 막아내는 이야기'로 다가온다. '미쓰백'은 성폭력과 아동학대의 체험을 모두 가지고 있는 지독히도 아픈 사람이지만, 자신과 비슷한 트라우마를 온몸으로 통과하고 있는 소녀 '지은'을 발견하자 마음이 복잡해진다. 자신이 더 깊은 상처의 나락 속으로 빠져들까봐 두려워진 것이다. 한겨울에도 얇은 옷과 다 뜯어져가는 슬리퍼만으로 칼바람 몰아치는 골목을 유령처럼 배회하는 아이. 매일 아버지와 그 여자친구에게 구타당하고, 물조차 먹을 수 없도록 온몸이 묶이고, 자기 방이나 장난감 같은 것은 구경조차 하지 못한 채 춥고 더러운 화장실에서 살아가는 아이 지은. 미쓰백은 학대당하는 아이를 차마 외면할 수 없어 자꾸만 그 아이에게 맛있는 것을 사주고, 따뜻한 옷을 입혀도 주지만, 그것만으로는 그 아이를 구해낼 수 없다는 것을 안다. 하지만 지은을 바라볼 때마다 자신이 더 깊은 상처의 늪 속으로 빠져들어갈까, 예전의 트라우마가 다시 살아날까 두렵다. 그럼에도 미쓰백은 그 낯선 소녀가 바로 자신이 안아주어야 할 또 하나의 내면아이임을 깨닫는다.

첫 번째 트라우마가 발생했을 때는 아무런 준비가 없는 상태에서 피해자가 되지만, 다행히도 우리에게는 사랑과 우정이라는 아름다운 치유책과 성장의 기회가 열려 있다. 미쓰백은 가진 것도 배운 것도 적지만 오로지 '내 몸 하나 내가 지킨다'는 뼈아픈 생존의 논리를 온몸으로 체득한 사람이다. 세차와 마사지를 비롯하여 온갖 궂은 일은 다 도맡아 하며 살아가는 그녀의 눈빛에는 오직 생존의 의무감만이 번득인다. 그녀의 곁을 항상 지켜주던 장섭의 사랑은 그녀가 아무리 모른 척하려 해도, 아무리 멈추려 해도, 끊임없이 밀려드는 파도의 밀물처럼 아랑곳없이 그녀의 상처 입은 마음을 향해 손을 내민다. 그녀가 한사코 거부하려 하던 장섭의 사랑도, 그녀가 한사코 외면하려 하던 지은의 안타까운 눈빛도, 결국은 지독히도 외로운 미쓰백의 삶을 비춰주는 가녀린 희망의 햇살이 된다. 장섭의 사랑이 없었다면, 지은과의 만남이 없었다면, 미쓰백은 그 누구와도 진정한 관계를 맺지 못한 채 외롭게 표류했을지도 모른다. 미쓰백이 자신의 인생을 걸고 지은을 구해주려는 순간, 그녀의 삶은 '오직 생존뿐인 삶'에서 '사랑과 희망이 있는 삶'으로 바뀐다. '상처 입은 피해자'에서 누군가를 구원하는 '상처 입은 치유자'로 변신하는 것이다. 아주 행복하고 평화로운 삶을 살던 주인공이 이 학대받는 소녀를 도와주는 이야기도 감동적이겠지만, 〈미쓰백〉은 내 아픔도 감당하지 못하는 주인공이 자신보다 더 고통스러운 또 다른 타인의 아픔을 어루만져 마침내 타인은 물론 그 자신까지 구원하는 이야기이기에 더욱 큰 감동을 준다.

그런데 이 구원은 결코 일방적인 것이 아니다. 미쓰백도 소녀를 구원하지만, 소녀도 미쓰백을 구한다. 영화 속에서 끊임없이 고통을 당하기만 하는 무력한 아이처럼 보이던 소녀 지은이, 기적처럼 눈부시게 또 하나의 주인공이 되는 순간이 있다. 자신을 목 졸라 죽이려는 아버지를 피해 사력을 다해 도망친 아이. 온몸이 상처투성이고 영양실조임에 분명한 그 아이를 데리고 무작정 병원으로 뛰어간 미쓰백은 자신이 아이의 보호자임을 증명하기 위해 입원서류를 작성해야 하는 순간 망연자실한다. 미쓰백은 아이와 어떤 관계라고 적어야 할까. 지금은 남의 집 아이를 유괴했다는 죄목을 뒤집어쓰기에 딱 좋은 상황이다. 아버지로부터 살해 협박을 받는 이 아이는 분명 미쓰백의 도움을 필요로 하지만, 법적으로 아직 그 괴물 같은 아버지의 딸이기 때문이다. 이 아이의 엄마도, 이모도, 언니도 아닌 그저 이웃집 여자에 지나지 않는 미쓰백은 도대체 무엇으로 자신의 정체를 증명해야 하는 걸까.

내면아이가 오히려 성인자아를 구하다

그 순간 소녀는 당신의 마음을 다 안다는 듯이, 미쓰백의 손을 꼭 잡는다. "우리 가요." 어디든, 누구도 우리를 감시하지 않는 곳으로 갈 수만 있다면 다 좋다는 듯 해맑게 미쓰백을 바라보는 소녀를 보며, 마치 그 소녀가 분노에 떨고 있는 우리 관객들을 구하는 느낌을 받았다. 나는 이 소녀가 고통받는 피해자에 그치는 것이 아니라 미쓰백의 상처 입은 마음까지 치유해줄 수 있는 힘을 지닌 지혜로운 존재임을 깨달았다. 비슷한 아픔을 앓고 있는 우리가 다만 함께할 수만 있다면, 당신과 내가 이 고통스러운 세상 속에서도 그저 함께할 수만 있다면. 다 괜찮다는 듯, 모든 것이 다 잘될 거라는 듯 어른스러운 표정을 지어 보이는 그 아이가 오히려 우리 의심 많은 어른들을 구해주는 것 같았다. 게임중독에 빠져 아이를 돌보는 일을 완전히 놓아버린 아버지는 자신의 딸을 죽이려고까지 하고, 그의 여자친구조차 이 모든 불행을 소녀의 탓으로 돌리며 어처구니없는 폭력으로 아이를 학대하지만, 소녀의 해맑은 영혼이 결코 짓밟히지 않았음을 깨닫는 순간 나는 희망을 보았다. 바로 그 모든 학대와 폭력 속에서도 살아남은 소녀의 천진무구함이야말로 우리가 되찾아야 할 내면아이의 아름다움인 것이다.

미쓰백은 자신의 인생을 걸고 감옥에 갇힐 위험까지 무릅쓰며 소녀를 구하고, 학대받는 소녀는 온 힘을 다해 그런 미쓰백을 사랑한다. 커플 간의 사랑보다도, 가족 간의 사랑보다도, 상처와 상처가 만나 서로를 완벽하게 이해하는 이 사랑은 강인하다. 미쓰백은 소녀를 통해 자신의 치유되지 못한 내면아이의 그림자(트라우마)와 만나지만, 그 그림자와 만나는 사건을 통해 비로소 아직 누군가를 사랑할 의지가 있는 자신을 만난다. 소녀의 그림자와 만나지 않았더라면 미쓰백은 더 깊은 고립의 늪 속으로 사라져갔을 것이다. 장섭의 청혼을 거절하고 혼자서 머나먼 곳으로 떠나려고 했던 순간, 미쓰백은 소녀를 두고는 차마 떠날 수 없음을 깨닫는다. 그 순간은 자신의 그림자, 즉 구타당하고, 따돌림당하고, 사랑받지 못했던 쓰라린 과거와 '대면'하는 시간이었으며, 그 그림자와의 대면을 통해 미쓰백은 소녀를 구할 수 있는 힘이 바로 자신에게 있음을 깨닫는다. 우리의 그림자가 폭발하는 시간, 우리는 저마다 '결코 혼자가 아닌 나'를 만난다. 그림자와 그림자가 만날 때 우리는 고통만을 보는 것이 아니라 그 안에 깃든 사랑의 가능성을 본다. 그림자와 그림자가 만나 더 큰 사랑으로, 우정으로, 깊은 연대감으로 더 아름다운 치유의 계기를 찾게 되는 것이다. 미쓰백이 구하는 것은 지은이라는 소녀뿐 아니라 '잃어버린 어린 시절의 자기 자신', 즉 상처 입고 학대받아 그 누구도 돌보지 않았던 자신의 내면아이다. 2장에서 자세히 다루었던 '내면아이 입양하기'는 한밤중에 울고 있는 자기 안의 그림자아이(내면아이의 어두운 부분)를 다독이고 보살핀 뒤 환한 세상 속으로 끌어내 햇빛아이(내면아이의 밝은 부분)로 부활시키는 일이기도 하다. 상처 입은 그림자아이의 눈으로 세상을 어둡게

만 바라보던 유아적 퇴행을 끝장내고, 나의 개인적 상처를 뛰어넘어 더 크고 깊은 공동체의 상처를 치유하는 주체로 거듭나는 과정인 것이다.

사랑받지 못한 우리 안의 내면아이를 어루만지다

그때 내가 받고 싶었지만 끝내 받지 못했던 사랑이 평생 내 마음을 짓누를 때가 있다. 그건 바로 어린 시절, 부모님으로부터 받지 못한 사랑이다. 사랑이 가득한 집안에서 자라난 사람에게도 이런 아쉬움이 있다. 부모님이 그때 방황하던 나를 조금만 더 따뜻하게 붙잡아 주셨다면, 부모님이 그때 그토록 외롭던 나를 한 번만 꼭 안아주셨다면. 이런 안타까움이 가끔 마음속에서 반란을 일으켜 아직 치유되지 않은 상처를 건드릴 때가 있다. 트라우마는 꼭 겉으로 드러나 보이는 커다란 아픔이 있는 가정에서만 발생하는 것이 아니다. 대체로 행복해 보이고, 별다른 문제가 없어 보이는 가정에서도 아이들은 곧잘 상처를 받고, 돌이킬 수 없는 트라우마나 콤플렉스에 시달리기도 한다. 우리가 어른이 되어서도 한밤중에 깨어나 홀로 눈물짓게 만드는 마음속의 상처받은 존재, 그것이 바로 내면아이이다.

쥘 르나르의 명작소설 《홍당무》처럼 '천덕꾸러기'로 자라는 어린아이의 이야기는 우리 안의 사랑받지 못한 내면아이를 일깨운다. 이 아이는, 누구에게도 사랑을 듬뿍 받지 못하는 이 아이는, 걸핏하면 실수를 하고 눈치까지 없어 좀처럼 '내 편'을 만들지 못한다. 홍당무는 가족 안에서도 자기 자리를 찾지 못한다. 굳이 홍당무의 자리를 찾는다면 매일 야단맞고, 매일 따돌림당하고, 매일 엄마의 잔심부름을 도맡아 하고도 칭찬받지 못하는, '누구도 앉고 싶지 않은 자리'다. 홍당무의 엄마는 자신의 억눌린 분노를 매번 홍당무에게 쏟아내곤 한다. 홍당무는 엄마의 '감정 쓰레기통'이다. 엄마는 홍당무에게 칭찬이나 애정이 담긴 말을 전혀 하지 않는다. 홍당무의 누나 에르네스틴은 싹싹하고 총명하며, 형 펠릭스는 눈치가 빠르고 기회를 잘 포착하지만, 순진하다 못해 조금은 어리숙한 홍당무는 남들에게 잘 보이는 법, 어른들에게 사랑받는 법을 모른다.

모두가 홍당무라고 불러서 이제 원래 이름은 생각도 나지 않는다는 이 붉은 머리 소년은 자꾸만 주머니에 손을 넣고 빼지 않는 버릇이 있다. 손을 어떻게 해야 할지 몰라서, 또는 누군가의 손을 잡고 싶지만 아무도 손을 잡아주지 않아서, 홍당무는 어색하게 주머니에 손을 넣고 있는 것만 같다. 홍당무가 주머니에 손을 넣는 버릇을 못 고치자 어느 날 홍당무의 엄마 르픽 부인은 홍당무의 두 손을 그대로 넣은 채 주머니를 꿰맨 적도 있을 정도다. 이 장면은 매우 상징적인데, 홍당무의 엄마야말로 홍당무의 두 손을 자유롭지 못하게 하는 장본인이기 때문이다. 실수처럼 보이지만 무의식의 진심처럼 느껴지는 이 '주머니 꿰매기'는 홍당무를 화풀이 대상으로 삼을 뿐 진정으로 사랑해주지 못하는 엄마의 마음, 아들을 자유롭게 해주지 못하고 아들을 끊임없이 구속하는 엄마의 편협한 마음을 상징하는 것처

럼 보인다.

아무에게도 사랑받지 못하는 아이, 홍당무가 처음으로 '자신의 목소리'를 내는 순간이 있다. 바로 계속되는 엄마의 구박과 차별을 참지 못하고, 마침내 엄마에게 저항하는 날이다. '방앗간에 가서 당장 버터를 사오라'는 엄마의 명령에 저항하는 순간 반란은 시작된다. 홍당무는 싫다고 단호하게 거절한다. 엄마는 처음으로 자신의 명령을 거절하는 아들의 반응에 놀라 불같이 화를 낸다. 정말 엄마의 말을 거부하는 것이냐고. 친엄마의 명령에 토를 다는 것이냐고. 홍당무의 엄마는 '친엄마'라는 단어까지 써가며 아들의 반란을 제압하려 하지만 홍당무는 그 말에 더욱 예민하게 반응한다. 친엄마라면, 어떻게 자식을 이토록 미워한단 말인가. 분명 친엄마인데 어떻게 나에게 이럴 수 있느냐는 서글픈 항변처럼 들린다. 너무나도 놀란 엄마는 어처구니없다는 듯 푸념을 한다. 이건 혁명이라고. 르픽 부인은 길길이 날뛰며 온 식구에게 이 사실을 일러바치지만, 형과 누나는 재미있는 구경거리라도 난 것처럼 이 상황을 지켜본다. 지나가던 행인들도 홍당무의 반란을 지켜보게 되는데, 홍당무는 처음으로 자신이 당당하고, 거리낌 없고, 해방된 기분을 느낀다.

뜻밖의 저항으로 인해 도대체 어떤 반응을 보여야 할지 몰라 하는 엄마의 당황스러운 표정이 홍당무에게 오히려 용기를 준다. 형 펠릭스는 동생을 얕잡아 봤지만 이제 홍당무가 멋져 보이기까지 한다. 자신도 한 번도 저항해본 적 없는 엄마에게 이렇게 용감하게 맞서다니. 펠릭스도 폭군 같은 엄마의 신경질적 반응에 지쳐 있었던 것인지도 모른다. 드디어 엄마는 아빠에게 도움을 청한다. 이제 자신은 홍당무를 통제할 수 없으니, 아빠가 나서달라고. 아빠는 상황을 해결하기에는 결단력이 부족해 보이지만, 아들과 함께 산책을 나간다. 홍당무는 아빠에게 고백한다.

아빠가 버터를 사오라고 시킨다면 꼭 가겠다고. 아빠를 위해서라면 어떤 심부름도 하겠다고. 하지만 엄마를 위해서라면 아무것도 하지 않겠노라고. 아빠는 홍당무가 자신을 이토록 사랑하는 것에 대해 놀라기보다는, 홍당무가 엄마를 그토록 싫어하는 것에 놀란다. 그는 아빠의 위신을 차리는 것에 두려움과 쑥스러움을 느낀다. 아빠는 자식들에게 '공평'하려고 노력하지만, 다정하게 뺨을 부비며 사랑을 표현하는 따스한 사람은 아니었던 것이다.

홍당무는 아빠에게 마음 깊은 곳의 진심을 털어놓는다. 그동안 말하지 못했지만 이제는 말해야겠다고. 사실 엄마를 좋아하지 않는다고. 아빠는 홍당무의 이야기에 깜짝 놀란다. 아빠는 아들의 마음속에 그토록 오랜 미움과 원망이 쌓여 있다는 것을 알지 못했다. 네가 자주 토라지는 것은 알고 있었다는 아빠의 말을 듣고, 홍당무는 그것은 단순한 토라짐이 아니라 '모욕당한 기분'이라고 털어놓는다. 엄마에게 받은 수모를 결코 잊을 수가 없다고. 아빠는 홍당무의 분노가 심각하다는 것을 조금씩 받아들이기 시작한다. 아빠는 사업 때문에 집을 비울 때가 많고, 아들의 마음이 그토록 깊은 상처로 물들어 있다는 것을 몰랐던 것이다.

"아빠, 지금 곧 의논할 일이 있어요. 나는 엄마하고 떨어져 따로 살고 싶어요. 어떻게 하면 간단히 끊을 수 있을까요?"

"그런 짓을 하면 세상 사람들은 내가 너를 버린 것으로 생각할 거다. 그러니까 너 자신만 생각하면 안 돼. 그렇게 되면 나도 너와 만나지 못하잖니?"

—《홍당무》(쥘 르나르, 이가림 옮김, 문예출판사, 2005) 중에서

아무도 나를 사랑하지 않는다는 전제가 깨어지고, 단 한 사람이라도 나를 사랑하고 있다는 것을 깨닫자 홍당무의 원초적인 불안은 조금씩 녹아내리기 시작한다. 아빠만은, 아빠만은 나를 사랑하는구나. 지금은 비록 엄마로부터 탈출할 수 없지만, 아빠만은 내 마음을 이해해주시는구나. 아빠는 무뚝뚝해 보이지만 그래도 마음 깊은 곳에서는 나를 생각하고 계셨구나. 이런 믿음이 홍당무로 하여금 다시 살아갈 수 있는 용기를 준다. '아무도 나를 사랑하지 않는다'는 마음속 깊은 장애물이 깨어지자 내면의 성장을 위한 발판이 마련된다. 처음에는《홍당무》가 너무 희망 없이 슬프게 끝나는 것 같아서 마음이 아팠다. 그러나 몇 번 다시 읽어보니, 홍당무는 아버지의 이해와 사랑을 구함으로써 자신의 삶을 조금씩 변화시키는 발걸음을 시작한 것이다. 단 한 명이라도 '기댈 수 있는 어깨'가 있다면, 아이들은 상처를 스스로 치유하는 능력을 키울 수 있다.

나는 가끔 아직 내 안에서 울고 있는 내면아이를 불러내 대화를

한다. 혹시 아직도 버림받은 기분, 아무도 나를 이해해주지 않는 것 같은 기분에 사로잡혀 내 무의식 어딘가를 돌아다니며 홀로 외로워하고 있는 것은 아닌지. 나는 내면아이의 어깨를 감싸 안으며 이렇게 말을 걸어본다. 상처 입은 내면아이야, 이제 그만 눈물 흘리렴. 너는 이제 충분히 사랑받고 있잖아. 그리고 이제는 사랑받기만 할 것이 아니라 누군가에게 사랑을 듬뿍 줄 수 있는 사람이 되어야 한단다. 이제 성장하여 나 스스로를 다독이고 일으켜줄 수 있는 '성인자아'가 있으니, 우리의 내면아이는 더 이상 어두운 내면의 방에서 혼자 눈물 흘리지 않을 것이다. 내 안의 사랑받지 못한 홍당무가, 내 안의 상처 입은 내면아이가 '아직 치유되지 않은 상처가 있다'고 속삭일 때, 우리의 성인자아는 다가가서 그 아이를 꼭 안아주며 위로할 수 있다. 이제는 내가 너를 지켜줄 수 있다고. 세상 누구도 나를 지켜주지 않을지라도, 나는 나를 지켜줄 수 있으며 나를 더 나은 존재로 만들어낼 용기와 희망이 있다고. 당신의 내면아이는 당신의 보살핌과 위로와 응원을 간절히 필요로 한다.

내게 '미쓰백'과 '홍당무'는 모두 자기 안의 그림자와 싸워 이기고 마침내 그림자보다 더욱 강인한 존재로 거듭난 트라우마의 검투사로 다가온다. 그들은 좀처럼 상처를 잘 입지 않는 둔감한 영혼의 소유자도 아니며, 오직 성공을 향해 달려가는 슈퍼맨도 아니다. 그들은 상처의 늪을 통과해야만 비로소 보이는 눈부신 자기 자신과의 만남을 향해 뚜벅뚜벅 걸어가는 영혼의 검투사다. 그들을 나약하다고 믿는 모든 존재들을 향해, 그들에게 상처를 준 모든 폭력적 사건들을 향해, 그 어떤 권력이나 제도로도 억누를 수 없는 우리 안의 햇살 같은 내면아이의 힘을 보여주는 존재들이다. 그림자는 또 다른 그림자와 사랑과 우정으로 연대할 때에만 치유될 수 있다. 나의 그림자는 당신의 그림자와 부딪히고, 얽히고설킴으로써, 비로소 내면아이의 전체성(그림자아이와 햇빛아이의 양면성)을 만날 수 있다. 상처는 이야기의 종착역이 아니다. 상처는 진짜 이야기의 시작일 뿐이다. 우리를 끝내 성장시키는 이야기들은 바로 상처로 시작하여 치유와 깨달음으로 나아가는 이야기, 미움과 분노로 시작하여 끝내 사랑과 연대로 나아가는 이야기일 것이다. 우리의 인생은 우리에게 일어난 사건들의 총합이 아니다. 우리의 인생은 우리의 의지가 온 힘을 다해 선택하고 실천한 일들의 총합이며, 나아가 우리가 트라우마와 싸워 승리한 눈부신 기록들의 총합이다.

Q11

아직 미처 돌봐주지 못한 '내면아이'의 모습은 어떤가요?
당신 안의 내면아이와 어떤 이야기를 나누고 싶은가요?

12장

신화가 사라진 시대, 내 안의 신화를 살아내기

—마음을 들여다보는 삶이 우리에게 가져다주는 선물

충고는 고맙지만 사양할게. 온종일 가만히 집에만 틀어박혀 고양이처럼 지낼 순 없어. 불가에서 꾸벅꾸벅 조는 건 더더욱 싫다고. 난 모험이 좋으니까 스스로 찾아 나설 거야.
—《작은 아씨들》(루이자 메이 올콧, 유수아 옮김, 펭귄클래식코리아, 2011) 중에서

당연한 사랑은 없다 — 평범한 사랑이 '신화'가 되는 순간

어렸을 땐 이 사랑이 당연한 거라고 생각했다. 자매끼리는 이렇게 사랑하는 게 당연하지.《작은 아씨들》을 읽고 또 읽으며 나는 그렇게 생각했다. 어린 시절 내가 사랑했던 책《작은 아씨들》을 보며 느꼈던 감동은 '이토록 당연한 사랑을 이렇게 미치도록 재미있게 표현하다니!'

하는 찬탄과 경이였다. 그런데 살다 보니 그 사랑은 당연한 것이 아니었다. 형제자매들끼리도, 부모자식끼리도, 부부나 연인끼리도, 사랑보다는 증오에 사로잡힌 관계들이 많다. 돈 때문에, 부양의 부담 때문에, 양육 문제 때문에, 서로의 탁월함에 대한 질투와 열등감에서 비롯되는 갈등으로 인해, 가족끼리 의절하고 가족이나 연인끼리 죽이고 죽는 일들이 실제로 발생하는 현대사회에서, 《작은 아씨들》의 끈끈하기 이를 데 없는 자매애는 그 자체로 어떤 불행에도 지지 않는 사랑이라는 이름의 불가능한 신화가 아닐까. 영화 〈더 샤페론The Chaperone〉에는 딸이 무용교사에게 심각한 성적학대를 당하는 것을 알면서도 딸의 출세를 위해, 아니 자신의 명예욕을 위해 그 교사에게 계속 딸을 보낸 엄마가 등장한다. 무용 실력은 늘었겠지만 딸의 마음에는 돌이킬 수 없는 트라우마가 남았다. 딸은 그런 엄마를 원망하며 이렇게 말한다. "세상 모든 엄마들이 《작은 아씨들》의 엄마 같진 않아요."

《작은 아씨들》의 조 마치처럼 자신의 머리카락이라도 잘라서 어머니의 기차비를 마련하는 딸, 그 어떤 상황에서도 절대로 딸들에게 화를 내지 않고 마치 완전무결한 인간처럼 누구에게나 친절하기 이를 데 없는 어머니 마치 부인, 방금 전까지 배가 고프다며 칭얼거리다가도 자기들보다 더 배고픈 가난한 이웃을 위해 크리스마스 아침 식사를 기꺼이 가져다주는 딸들. 할아버지와 함께 외롭게 살아가는 이웃 로리를 덜컥 초대하여 '자매들의 연극놀이'에 끼워주는 따스한 우정. 그런 사랑과 그런 우정은 누군가를 잘 알고 있기 때문에 피어오르는 자연스러운 감정이 아니다. 그것은 깊은 성찰과 뜨거운 용기를 필요로 하는, 아주 적극적인 사랑이다.《작은 아씨들》의 사랑이 아름다운 이유는 이 사랑이 내 가족을 향한 배타적 애정에서 끝나는 것이 아닌, 가족 바깥을 향해 한없이 열린 사랑이기 때문이다.

성홍열을 앓고 있는 이웃집 아기를 돌보다가 자신이 병에 걸린 베스는 후유증 때문에 평생을 고통받았지만 한 번도 그 이웃을 원망하지 않았다.

베스뿐만 아니라 온 가족이 그랬다. 처음 만나는 로리에게도, 그리고 낯선 모든 사람들에게도, 그들의 사랑은 열려 있었고 단 한 번도 소심하거나 비겁하지 않았다.《작은 아씨들》은 새롭게 만나는 낯선 사람들을 향한, 끝없이 열린 사랑의 이야기다. 이런 사랑은 결코 당연한 것이 아니다. 어른이 되어《작은 아씨들》을 다시 읽어보니, 이들이 살았던 마을공동체에는 아직 자본주의가 완전히 침투하지 않았다는 것을 알 수 있었다. 가난 때문에 힘겨운 순간들은 많지만, '돈으로 모든 것을 다 해결할 수 있다'는 자본주의적 가치관은 아직 이 마을에 스며들지 않았다. 사람들은 가난했지만 결코 서로를 고립시키지 않았고, 힘든 일을 겪는 이웃이 있으면 서로 돕고 아껴주는 일이 자연스러운 것이었다. 누군가가 일상을 꾸려가는 소리, 매일매일의 살림과 생활의 소리를 '층간소음'으로 받아들여 서로를 미워하는 일도 일어날 수 없었다. 조의 가족들도 훌륭하지만, 잘 알지도 못하는 이웃집 소녀 베스에게 자신이 가장 아끼는 피아노를 덜컥 선물하는 로렌스 할아버지 또한 훌륭하다. 이들에게는 '낯선 사람을 향한 한없이 따사로운 사랑'이 틈입할 수 있는 마음의 틈새가 언제든지 열려 있었다.

낯선 사람을 향한 조건 없는 사랑이 너무도 어려워진 시대에, 이 사랑이야말로 내가 꿈꾸던 내 안의 또 다른 신화임을 알 것 같았다. 누군가를 순수한 마음으로 사랑한다는 것, 아무런 조건 없이, 그가 탁월하거나 부자이거나 아름답지 않아도 사랑한다는 것이 너무도 어려운 지금은 '그저 온 마음을 다해 당신을 사랑한다는 것' 자체가 기적처럼 느껴진다. 우리가 아무런 거리낌없이 누군가를 사랑할 수 있다면, '저 사람이 나를 사랑해줘야만 해'라는 조바심조차 내려놓고, 내가 사랑하는 것만으로도 충분하다는 마음으로 누군가를 사랑할 수 있다면, 그것이야말로 자기 안의 신화를 살아내는 힘이 될 수 있을 것이다.

베스는 조처럼 작가가 되지도 못하고 에이미처럼 그림에 소질이 있는 것도 아니고 메그처럼 단란한 가정을 꾸리지도 못하지만, 그들 모두의 신화적 중심이 된다. 아무리 힘들고 어려운 순간에도, 베스는 아무런 불만이 없으며 오히려 환하게 미소 짓는다. 베스는 천사같이 착해서 오히려 비현실적인 느낌을 주는 캐릭터이지만, 인간이 지닌 가장 순수한 내면아이의 환한 본성을 일깨우는 지극히 현실적인 존재이기도 하다. 베스는 우리 모두가 한때 간직하고 있었던 햇빛아이, 즉 내면아이의 밝고 긍정적인 부분을 환기시키는 존재이기 때문이다. 한때 우리도 지니고 있었던 마음이지만 '어른'이 되기 위해 포기해야 했던 그 모든 천진무구함과 해맑은 순수를 간직하고 있는 베스. 그녀는 '가난한 집안의 크리스마스는 너무 싫다'며 투덜거리는 자매들에게 구김살이라곤 전혀 없는 얼굴로 이렇게 말한다. '우리에겐 서로가 있잖아.' 이 평범한 문장이, 베스가 일으킨 그 모든 기적 같은 행복의 씨앗이었다. '무언가'를 욕망하는 것이 아니라 '누군가와 함께 있음' 자체에 감사하는 베스의 순수는 항상 무언가를 욕망하는 다른 사람들을 겸연쩍게 만든다. 아, 내가 너무 많은 걸 원했구나. 내가 너무 많은 걸 가지고 있구나. 그리고 이미 우리는 세상에서 필요로 하는 모든 것을 가졌구나 하는 깨달음을 준다. 아무리 고통스러운 순간에도 우리에게 '서로'가 있음을 잊지 않는 것이야말로, '타인을 지옥'이라 여기는 현대사회에서 우리가 이미 가지고 있으면서도 쓰지 않고 있는 구원의 열쇠가 아닐까.

내 안의 신화를 위해, 낯선 타인의 도움이 필요한 순간

"선물도 없는 크리스마스가 무슨 크리스마스야."

조가 양탄자 위에 드러누워서 투덜거렸다.

"가난한 건 너무 지긋지긋해."

메그는 자신의 낡은 드레스를 내려다보며 한숨지었다.

"흥, 다른 소녀들은 예쁜 것들을 많이 가질 수 있는데 나처럼 가난한 애들에게는 아무것도 없다니 불공평해."

어린 에이미가 상처받은 목소리로 거들었다.

"우리에게는 아버지와 어머니, 또 우리 자매들이 있잖아."

구석진 곳에 앉아 있던 베스가 만족스럽다는 듯이 말했다.

벽난로 불빛에 반사되어 환하게 빛나던 네 자매의 얼굴이 베스의 말에 한층 더 밝아졌다.

—《작은 아씨들》(루이자 메이 올콧, 유수아 옮김, 펭귄클래식코리아, 2011) 중에서

나는 힘들 때마다 이 장면을 떠올린다. 우리에겐 서로가 있으니까, 서로가 있으니까, 결코 쓰러지지 말자고. 세상이 우리를 너무 자주 공격해 걸핏하면 넘어지지만, 그래도 좋으니 제발 계속 쓰러지고 널브러져 절망하고 있지는 말자고, 스스로를 다독인다. 그런데 우리에게 필요한 '서로'는 가족만이 아니다. 때로는 치유의 희망이 낯선 사람들에게서 찾아오기도 한다. 얼굴을 모르는 독자들의 정겨운 손편지를 받는 일은 내게 다른 세계에서 날아온 구원의 메시지처럼 다가온다. 내 책을 통해 위로받았다는 독자들의 고백에 오히려 내가 더 깊이 위로받기도 한다. 심각한 산후우울증을 앓고 있던 독자 K는 젖먹이 아기를 유모차에 태우고 정처 없이 돌아다니다가 책을 읽기 위해 카페에 들어갔다. 언젠가 글을 쓰는 것이 소원이었지만 갓 태어난 아기 때문에 읽고 쓰는 시간 자체를 내기 어려웠던 K는 별 기대 없이 내 책을 읽다가 자신과 나 사이의 공통점을 발견했다고 한다. 읽고 쓰는 것 말고는 다른 아무것도 더 바라지 않는다는 것. 오직 그것만으로도 구원과 기적이 가능하다고 생각하는 내 믿음과 그녀의 간절함이 만났다.

K는 오랜만에 카페에서 나의 책 한 권을 다 읽었고, 그 느낌을 글로 쓸 수 있었다. 실로 오랜만에, 이제 저만치 멀어진 줄로만 알았던 자신의 꿈과 만난 것이다. 젖먹이 아기가 울지 않도록 왼발로는 유모

차를 밀었다가 당겼다가 하면서. 그 순간 K가 살아내야 할 자기 안의 신화는 새롭게 시작된 것이다. K는 그야말로 오랜만에, 책 속에서 '또 다른 나'의 분신을 만난 것이 아닐까. K와 나는 한 번도 실제로 만난 적이 없지만, 그 순간 서로의 가슴속에 있는 '자기 안의 신화'를 통해 간절하게 소통한 것이다. 아기를 유모차에 태우고 카페에서 책을 읽는 그 잠깐의 여유 속에서 K는 자기 안의 신화를, 잃어버린 줄로만 알았던 간절한 꿈을 만나게 됐다. 독자와 작가 사이에 일어나는 이 눈부신 소통이야말로 우리가 '읽고 쓰기'라는 지극히 평범한 일 속에서 매일매일 일구어낼 수 있는 내면의 기적이다. 내가 가장 원하는 일을 바로 지금부터 실현할 수 있는 상태. 그것이 자기 안의 신화를 살아내는 일이다. 작가를 꿈꾸는 사람에게는 '글을 쓰는 나'의 모습이 매일 그려진다는 것 그 자체가 매일 실현해야 할 자기 안의 신화다. K와 나는 서로를 잘 알지 못하지만 그녀의 꿈과 나의 꿈이 같다는 것, 그녀가 글을 쓰기 위해 감내해야 할 고통을 내가 온전히 이해한다는 것, 내가 오늘도 글쓰기를 포기하지 않는 이유를 그녀가 온전히 이해한다는 것만으로도 서로의 소중한 동료가 되었다.

가끔 얼굴을 알 수 없는 그녀를 생각하며 나는 이런 생각에 빠진다. 낯선 타인에 대한 난데없는 사랑이야말로 진정한 치유의 시작이라고.

읽기, 쓰기. 진정으로 이해하고 공감하고 존중하기. 어떤 의심도 없이 서로를 사랑하기. 그것이 우리 시대의 절실한 또 하나의 신화가 아닐까. 읽기와 쓰기도, 진정한 대화를 나누기도, 진심으로 친해지기도 너무 어려운 시대가 되면서 우리는 타인을 온전히 내 마음속으로 들여놓는 일을 두려워하게 되었다. 코로나바이러스 말고도 '우리를 모이지 못하게 만드는 것, 우리를 친하게 만들지 못하는 것'은 존재할 것이다. 관계를 소원하게 하는 것, 낯선 사람은 물론 아주 친한 사람들마저도 '다음에 괜찮아지면, 세상이 좀 잠잠해지면 만나자'라고 말하게 만드는 그 장벽을 사르르 녹이는 것. 그것이 바로 그 어떤 순간에도 사람을 그리워하고 사랑하지 않고서는 살아갈 수 없는 우리의 마음이 아닐까. 친밀감을 향한 멈출 수 없는 갈망, 끝없는 깊이와 타인의 눈치를 보지 않는 진지함, 마음 깊은 곳에서 내가 진정으로 나라고 느끼는 감각. 그것이 내 안의 신화를 살아 내는 최고의 준비운동이 아닐까.

윤이형의 단편소설 〈승혜와 미오〉(《작은마음동호회》, 문학동네, 2019)에는 아무리 사랑해도 닿을 수 없는 것들, 사랑만으로는 온전히 치유할 수 없는 서로의 상처를 안타깝게 응시하는 커플이 등장한다. 승혜와 미오는 서로 사랑하지만 '가족'에 대한 두 사람의 생각은 다르다. 두 사람 다 여성이라는 이유로, 자신들이 함께 사는 커플임을 자연스럽게 보여줄 수 없는 상황이 발생할 때마다 갈등을 피하지 못한다. 승혜는 아이를 원하고 요리와 일상을 함께하는 따스한 가족을 만들어가고 싶지만, 미오는 가족에 대한 원초적 불신을 버리지 못하고 아이도 원하지 않는다.

승혜는 어머니에게 차마 자신이 레즈비언이라고 고백하지 못하지만, 미오는 승혜가 어머니에게 자신의 존재를 철저히 숨기는 것이 못내 섭섭하다. 승혜가 돌보는 아이 이호가 두 사람이 동성애 커플이라는 것을 알게 되자 승혜는 더욱 곤란한 상황에 처한다. "엄마,

근데 누나는 여잔데, 왜 여자 애인이랑 사랑해서 같이 살아?" 이런 질문을 받자 이호의 엄마는 당황한다. "저번에 그 누나 놀이터에 왔었어. 나한테 초코바 줬어. 승혜 누나 애인."

이호 엄마는 잠시 말이 없었지만, 아이가 결코 편견에 사로잡히지 않도록 자신의 상황을 빗대어 이야기해준다. "이호야, 엄마는 매일 회사에서 늦게 오지? (……) 그게 좋은 거야, 나쁜 거야? 엄마는 좋은 엄마야, 나쁜 엄마야?" 아이는 차마 엄마가 나쁜 엄마라고 판단하지 못하고 이렇게 말한다.

"음, 모르겠어. 엄마는 그냥 원래 그렇잖아." "엄마도 모르겠어, 엄마가 좋은 엄만지 나쁜 엄만지. 엄마는 그냥 엄마지. 회사에서 늦게 오지만 그래도 엄마지. 마찬가지야. 세상에는 다른 누나랑 사랑해서 같이 사는 누나도 있는 거야. 그냥 원래 그런 거야. 그건 좋은 거야, 나쁜 거야?" 아이는 잘 모르겠다고 대답한다. "그래, 엄마도 모르겠어. 모르는 건 그냥 모른다고 하면 되는 거야. 아마 그건 우리가 좋다거나 나쁘다고 할 수 있는 일이 아닐 거야. 알았지?" 그래도 왜 누나는 여자를 사랑하는지, 왜 여자와 사랑해서 함께 사는지 궁금해하는 이호에게 엄마는 이렇게 말해준다. "그렇게 궁금하면 네가 누나한테 나중에 다시 물어볼 수도 있지. 오늘은 너무 늦었으니까. 그렇지만 네가 나중에 다시 물었는데도 누나가 대답을 할 준비가 안 돼 있거나, 대답을 전혀 하고 싶지 않을 수도 있어. 그러면 억지로 물어보면 안 되는 거야. 알았어?" 나는 소설 속 이호 엄마의 따스한 음성이 저절로 머릿속에서 그려져 가슴이 먹먹해졌다. 너무 많이 이해하는 척하지 않고,

모든 것을 다 받아줄 것처럼 호들갑을 떨지도 않고, 그냥 있는 그대로의 자신의 마음을 드러내 보이면서도 누구에게도 상처를 주지 않는 그녀의 따스한 화법을 배우고 싶다. 우리가 서로의 모든 것을 다 알고 사랑할 수는 없을지라도, 당신의 마음속에 어떤 슬픔이 고여 있다 하더라도, 당신의 삶을 있는 그대로 존중한다는 것. 바로 그 마음속에 낯선 사람을 내 안에 초대할 수 있는 용기가 살아 숨 쉬고 있다.

이곳에서 짓밟히고, 찢기고, 거부당할지라도

《작은 아씨들》의 또 다른 테마는 '완전한 자립'이다. 서로를 너무 사랑해서 서로에게 의존하는 것이 아니라, 어떻게든 온전히 독립하여 그 누구에게도 기대지 않는 진정한 홀로가 되는 이야기이기도 하다. 그 자립의 신화에 완전히 성공하는 것은 조뿐이지만, 여성이 글을 쓴다는 것 자체가 녹록지 않았던 시절에 조가 그만큼의 독립을 쟁취해낼 수 있다는 것만으로도 이 소설은 기적 같은 자립의 스토리를 보여준다. 조가 자신의 이름을 숨기고(작가 루이자 메이 올콧도 남성적인 이름으로 필명을 썼다) 글을 쓰는 것은 자신에게 찍힌 '여성'이라는 굴레로부터 벗어나기 위한 처절한 자존과 자립의 몸짓이었다. 조 한 사람의 진정한 자립을 위해 엄마와 자매들 모두의 끝없는 우정과 사랑이 필요했고, 조는 가족을 가난에서 구해내고 그 누구에게도 의존하지 않고 살아가기 위해 스스로를 무장해야 했다. 결핍은 그들을 무너뜨리지 못한다. 그들은 모두 서로에게 상처 입은 치유자다.

《작은 아씨들》에서 충분히 건강한 사람, 상처 없는 사람, 완벽한 사람은 없다. 모두가 상처 입은 채로 타인을 도우며 살아간다. 전쟁터에 나간 아버지로 인한 '남성의 부재'는 이들을 더욱 단단하게 하나의 운명공동체로 묶어준다. 결점도 많고 탈도 많은 이 네 자매들이 마침내 서로의 결점마저도 보듬어주고, 트라우마와 콤플렉스마저도 치유하고, 더 큰 사랑으로 성장하는 이야기의 감동은 작품이 나온 지 150여 년이 지난 지금 더욱 크다. 고통과 슬픔조차 서로를 더 많이, 더 깊이 사랑하기 위한 기회가 된다.

게다가 매기, 조, 베스, 에이미는 어머니와 떨어져 있을 때도 많다. 어머니는 평소에 자선사업 때문에 바빠 집을 비울 때가 있었고, 그러다 전쟁터에서 부상당한 아버지의 간호를 위해 떠나자 오직 자매들만 남게 된 상황에서 그들의 돕기는 더욱 빛을 발한다. 네 사람은 베스가 아플 때, 에이미가 빙판에서 스케이트를 타다가 죽을 뻔했을 때, 더 큰 사랑으로 하나되어 서로의 결점을 감싸주고 고통을 위로해준다. 아무것도 부러울 것 없어 보이는 부잣집 아들 로리가 이 가난한 네 자매의 집을 그토록 부러워하는 이유는, 이곳에 늘 사랑이 넘쳐나기 때문이다. 서로에 대한 사랑, 세상에 대한 사랑, 문학과 예술에 대한 사랑으로 넘실거리는 이 집에는 가난이 도저히 무너뜨릴 수 없는 행복이 자리 잡고 있다. 그 행복은 그 무엇도 앗아갈 수 없는, 서로에 대한 깊은 사랑에서 우러나온다.

한편 조에게 끊임없이 '나는 저렇게 살지 말아야지'라는 생각을 하게 만드는 적대적 타자는 바로 마치 숙모할머니다. 그녀가 그들에게 직접적으로 해를 끼치지는 않지만, 끊임없이 '조와 자매들'이 소중하게 여기는 것들을 조롱하고 무시하는 태도 자체가 그들에게는 커다란 상처가 된다. 오로지 돈과 성공, 출세와 명예에 집착하는 마치 숙모할머니는 가난을 견뎌내며 아이들에게 오직 '꿈'을 포기하지 않고 살 것을 가르치는 조의 어머니가 못마땅하기만 하다. 그중에서도 가장 자존심이 세고 소녀가장다운 책임감을 지니고 있는 조는 마치 숙모할머니를 싫어하면서도 급할 때마다 그녀에게 경제적 도움을 부탁해야 한다는 사실이 수치스럽기만 하다. 조가 그 아름다운 머리카락을 잘라내 어머니의 워싱턴행 기차비를 마련한 것도 숙모할머니에게 차비를 빌리기 싫다는 꼿꼿한 자존심 때문이었다. 그런데 얼마 전 조가 숙모할머니와 자신의 관계에 대해 설명하는 부분을 다시 읽다가, 이것이야말로 '고통을 이겨내는 영웅의 자세'임을 깨닫고 무릎을 탁 쳤다. 바로 이 대목이다. 메그가 초라한 드레스 두 벌 가운데 어떤 게 덜 초라해 보이는지 고민하며 자신은 화려한 생활을 할 수 있는 부잣집 딸들이 너무 부럽다고 불평하자, 조는 이렇게 말한다.

> "그런데 우린 그렇게 살 수 없잖아. 그러니 불평하지 말고 우리의 짐을 어깨에 짊어지고 엄마처럼 씩씩하고 즐겁게 걸어가야지. 내겐 마치 숙모할머니가 '바다의 노인' 같은 존재지만, 내가 아무 불평 없이 할머니를 지고 간다면, 할머니가 나를 놓아주거나 내가 신경도 쓰지 않을 만큼 가벼워질 거야."

—《작은 아씨들》(루이자 메이 올콧, 유수아 옮김, 펭귄클래식코리아, 2011) 중에서

신드바드의 등에 업혀 떨어지지 않고 끊임없이 신드바드를 괴롭히던 노인, 바로 그 바다의 노인이 마치 숙모할머니라는 것이다. 그 무시무시한 노인은 신드바드에게 끊임없이 명령을 내리고 호통을 치지만, 그 노인의 존재는 결국 신드바드의 강인함을 증명해주는 것이다. 모든 어려움을 이겨내고 노인으로부터 도망칠 수 있는 그날, 신드바드는 진정한 영웅이 될 것이다. 언젠가는 노인이 잠든 틈을 타 달아날 수도 있을 것이다. 신드바드는 포기하지 않고 자기 안의 신화를 살아내 마침내 평범한 사람이 위대한 이야기의 주인공이 되는 기적을 누렸다. 우리의 조는 신드바드보다 더 눈부신 용기와 지혜로 마침내 작가가 되었다.

'여성이 책을 읽는 것은 오직 현모양처가 되기 위한 수단이 되어야만 한다'고 믿었던 남성들의 틈바구니에서, 조는 마침내 훌륭한 작가가 되었고, 루이자 메이 올콧은 그 누구와도 결혼하지 않고 홀로 그 모든 고통을 감내하며 위대한 작가가 되었다. 읽고 쓴다는 것. 서로를 아무런 조건 없이 사랑하고 존중한다는 것. 그 평범한 몸짓 속에서 진정한 영웅이 될 수 있는 길을 발견하는 것. 그것이 내 안의 멈추지 않는 신화이며, 여전히 내가 글쓰기를 포기하지 않는 이유이기도 하다. 나는 신화 속의 아라크네처럼, 내 몸과 내 삶 안에서 '이야기의 실'을 자아내어 '책'이라는 아름다운 소통의 공간을 창조하고 싶다.

Q12

《작은 아씨들》의 '조'처럼 자기 안의 신화를 찾아
용감하게 떠날 준비가 되었나요?
당신 안의 '조'는 지금 무엇을 원하나요?

13장

중독, 끝없는 의존과 구속의 늪에 빠지다

—각종 유혹의 숲에서 길을 잃은 현대인들

중독, '결핍'을 견디지 못하는 현대인의 아킬레스건

알코올, 도박, 약물, 마약, 카페인, 니코틴, 쇼핑, 온라인 게임 등등. 현대인에게 중독의 대상은 날이 갈수록 다양해지고 강력해지고 있다. 알코올 중독이나 마약 중독은 오래 전부터 심각한 치료 대상이었지만 게임 중독이나 쇼핑 중독 등은 비교적 최근에 심각한 문제로 부상한 것들이다. 게임 중독으로 스스로의 건강을 돌보지 못해 사망하거나 어린 아이를 방치하여 죽게 하는 사고가 생길 정도로 중독은 치명적인 영향력을 발휘하고 있다. 중독의 패턴은 알코올이나 마약이나 게임이나 상관없이 동일하다. 처음에는 '흥미로운 자극'이나 '기분전환용'으로 시작된 것이 나중에는 세상을 바라보는 시선 자체를 바꾸어버린다. 원래는 하나였던 세계가 '지긋지긋하고 답답한 이 현실세계'와 '흥분과 자극이 넘치는 짜릿한 가상세계'로 분리되어버리는 것이다.

인터넷 채팅방에서 만나 인연을 맺은 남녀가 온라인 롤플레잉 게임 '프리우스'에 함께 빠져들었다. 그들은 태어난 지 석 달밖에 되지 않은 딸을 두고 무려 열두 시간 동안 게임을 했고, 게임이 끝나고 돌아와보니 딸은 이미 죽은 뒤였다. 2009년 9월에 일어난 이 충격적인 사건은 온라인게임 중독이 얼마나 무서운 결과를 초래하는지에 대한 사회적 경고가 되었다. 놀라운 것은 이들이 현실세계에서 부부이고 딸을 두었던 것처럼, 가상세계에서도 부부였고 역시 딸도 있었다는 점이다. 그들은 현실세계의 딸보다 가상세계의 딸에게 더 커다란 관심을 쏟아부은 나머지 결국 진짜 딸을 영원히 잃게 됐다.

알코올이나 도박, 스마트폰이나 니코틴 같은 '눈에 보이는 물질'이 중독의 자극이 되는 경우도 많지만, 일 중독, 종교 중독, 걱정 중독, 관계 중독, 스트레스 중독처럼 '질병'의 개념에는 포함되지 않더라도 자신과 주변 사람들에게 커다란 해악을 끼치는 이러한 심리적 성향도 문제가 된다. 미디어는 더 많이 가진 사람들, 더 많이 즐기는 사람들, 더 많이 주목받는 사람들을 24시간 전시함으로써 끊임없이 '내 안의 결핍'을 자극하고 있다. 사람들은 정말 알코올이나 도박을 사랑해서가 아니라 자기 안의 결핍감과 공허감을 견디지 못해 무언가에 중독되어간다. 현대인은 조금이라도 부족한 것, 없어 보이는 것, 아쉬워 보이는 것에 대한 참을성을 잃는다. 이로 인해 무한미디어 시대의 현대인은 '결핍과 함께 살아가는 법'을 잊어버린 것이 아닐까.

임상심리학자 앤 윌슨 섀프는 중독을 더 이상 '개인'의 문제로 남겨두어서는 안 된다고 지적한다. 앤 윌슨 섀프는 자신의 저서《중독 사회》(강수돌 옮김, 이상북스, 2016)에서 이 사회가 바로 각종 자극과 쾌락에 중독된 사회라는 사실을 인정할 때 문제를 해결할 수 있는 실마리가 보일 수 있음을 지적한다. 알코올 중독의 시작이 술을 권하는 사회라면, 그 끝은 자신의 인생과 인간관계 전체의 파탄이다. 중독에 빠지다 보면 좋았던 인간관계까지 결국 부서지게 된다. 중독은 처음에는 '기분 좋은 매혹'으로 시작되었다가 나중에는 '삶과 인간관계의 총체적 파탄'으로 귀결되게 마련이다.

중독에는 어떤 '달콤한 향유'가 있다. 그 안에는 확실히 뭔가 매혹적인 쾌락의 가능성이 존재한다. 그곳에서 사람들은 자신의 마음을 안정시켜줄 무엇, 자신을 보호해줄 도피처를 찾는다. 아기를 유산한 뒤 남편과 갈등을 빚다가 급기야 이혼하게 된 한 여성이 게임 중독에 빠진 이야기는 '중독 안의 향유'에 대해 생각해보게 만든다. 그녀는 모든 것을 잃고 퇴거 소송을 당해 거리에 나앉게 되어서야 비로소 도움을 요청했다. 그녀의 부모는 그녀를 병원에 입원시켰고, 그녀는 심리치료 병동에서 지내며 간신히 중독에서 벗어날 수 있었다. 게임 중독에 빠진 자신을 묘사하는 그녀의 글 속에는 중독의 핵심 메커니즘이 담겨 있다. 그녀는 아이가 유산된 뒤 남편마저 자신을 떠나자 '이 세상에 혼자 남았다'는 고립감을 견디지 못해 게임을 찾았다. 게임은 자신을 보호해줄 공간이었으며, 네모난 모니터 속에서 그녀는 비로소 가치 있는 사람이 된 듯한 착각에 빠졌다. '나를 이해하고 사랑해주는 사람이 단 한 명도 없다'는 절망감이 그녀를 가망 없는 중독의 세계로 내몰았던 것이다.

중독과 의존, 개인의 치료에서 동반자 치유로

중독 치유 과정의 첫 번째 주안점은 그 치유의 대상이 단지 '개인'에 그쳐서는 안 된다는 것이다. 중독 치유는 개인에서 시작되어 가족, 나아가 사회로 확장되어야 한다. 달콤한 유혹이 가득 담긴 광고를 통해 '술 마시는 즐거움'을 예찬하는 미디어는 '단 한 번의 음주운전으로 생명을 잃을 수도 있다'는 공익광고 또한 함께 내보낸다. 미디어는 '유혹'과 '금기'의 이중적 메시지로 대중을 교란시킨다. 모든 중독의 배후에는 미디어와 기업, 광고와 상품의 네트워크가 거미줄처럼 연결되어 있다. 이런 사회 속에서는 사실상 중독의 유혹에서 완전히 벗어나는 것이 불가능하다. 앤 윌슨 섀프는 지난 수년 동안 중독 치유의 무게 중심이 '개인'에서 '가족'으로 이동되고 있음을 이야기한다. 알코올이나 마약에 중독된 한 사람을 치료하는 것만으로는 별다른 효과가 없으며, 온 가족 시스템, 즉 중독 시스템을 치유해야 비로소 그 개인도 제대로 치유될 수 있다는 것이다. 치유의 무게중심을 '개인'에서 '시스템'으로 이동할 때 비로소 중독으로부터의 해방이 가능해진다. 가족 중에 알코올 중독 환자가 있으면 또 다른 일원이 중독에 노출될 위험이 커진다. 이것이 바로 '동반중독증'이다.

중독 치유의 두 번째 주안점은 '투명성'과 '정직성'이다. 상황이 나아지는 것처럼 보이는 데 집중해서는 안 된다. 상황이 나쁘다는 것을 있는 그대로 인정하는 것이 죽을 만큼 수치스럽더라도, 그 나쁜 현실을 인정해야 치유가 시작된다. 이 경우에 선의의 거짓말이나 하얀 거짓말 따위는 아무런 힘을 발휘하지 못한다. 환자를 위한 가족의 거짓말도, 중독자 자신이 스스로를 합리화하기 위해 하는 어떤 거짓말도, 치료에는 독이 된다. 중독 자체가 어떤 자기기만의 요소를 가지고 있다. '이 술을 한 병 마시면 괜찮아지겠지', '한 병쯤이면 괜찮을 거야' '한 번만 해보자. 다시는 그러지 않으면 되잖아.' '이 정도 마시는 건 결코 병이 아니야.' '내가 술 좀 마신다고 누구에게 피해를 주는 건 아니잖아?' 이 모든 것이 자기합리화의 거짓말이라는 것을, 중독자는 사태가 최악의 상황에 다다라서야 깨닫게 된다. 각종 중독 때문에 직장을 잃고, 가족관계를 파탄에 빠뜨리고, 통장 잔고가 바닥나고, 심각한 사고가 일어나 몸과 마음의 건강을 다 잃고 나서야 자신이 망쳐놓은 현실을 깨닫는다. 그런 극단적인 상황으로 가게 만든 최고의 주범이 바로 거짓말이다. 자신을 향한 거짓말, 가족을 향한 거짓말, 자신을 둘러싼 모든 인간관계를 향한 거짓말이 중독자의 주변환경을 황폐화시킨다. 스스로를 거짓말로 단단히 무장했기에 주변 사람이 돕고 싶어도 도울 수 없는 지경에 이른다. 정직함은 치유의 가장 빠른 지름길이며 진정한 자기 자신과 만나는 최고의 길이기도 하다.

중독 치유의 세 번째 주안점, 그것은 중독의 목표가 단지 술이나

마약 같은 중독의 '대상'과 작별하는 것이 아님을 깨닫는 것이다. 즉 중독 치유의 목표는 중독 대상과의 단절이 아니라, '진정한 내 삶을 되찾는 것'이라는, 보다 큰 그림으로 확장되어야 한다. 예컨대 죽을 힘을 다해 술을 끊은 지 1000일이 지나서 순간의 유혹을 이기지 못하고 딱 하루 술을 마셨다면, 그것은 과연 말짱 도루묵일까. '알코올 중독'을 끊는다는 점에서는 실패일지도 모른다. 그 힘겨운 1000일의 기록을 다시 제로로 돌려야 하니까. 하지만 '내 삶을 되찾아가는 보다 크고 깊은 내면의 여정'이라는 관점에서 보면, 1000일 동안 금주했음에도 불구하고 그 한 번의 유혹을 참지 못한 자신의 나약함을 절절한 심정으로 이해하는 것이 결코 '실패'는 아니다. 그것은 자기 자신으로 가는 더 깊은 내면의 길일 수도 있다. 그럼에도 불구하고 결코 치료를 포기하지 않는다는 것이 1000일의 금주를 깬 사건보다 더 중요한 것이다. 중독의 목표를 '외부'에서 구하지 않고 자신의 '내면'에서 보다 구체적인 언어로 표현할 수 있을 때, 환자는 난관 속에서도 더 빨리 아픔을 극복할 수 있는 회복탄력성을 갖게 될 것이다.

중독의 완화, 극복, 해방에 이르기까지

중독에서 벗어난다는 것은 결국 중독의 대상 '이외의 것들'에 더 민감해지는 것이다. 술이나 담배, 마약이나 진통제 같은 것들이 아니라 자기 삶의 소소한 자극들에 더욱 예민한 감각의 촉수를 드리울 수 있게 되는 것이다. 중독의 치명적인 증상 중 하나는 '그 밖의 모든 것들'에 둔감해진다는 것이다. 중독의 부정적인 결과 중 하나는 그것이 폭력과 연결되기 쉽다는 것이다. 알코올 중독을 앓고 있는 사람들은 아내나 아이들을 심하게 구타하고도 늘 몽롱하게 취해 있기 때문에 죄책감조차 제대로 느끼지 못한다. 중독과 폭력은 동전의 양면처럼 서로 바짝 붙어 있다. 예컨대 아버지의 알코올 중독과 아이들에 대한 폭행이 합쳐지면, 그 가족은 이중의 고통으로 고생하게 된다. 가족들은 점점 중독 환자로부터 멀어지고, 폭력에 대한 저항의 용기까지 잃게 되면 결국 삶에 대한 의욕, 구원에 대한 희망까지 상실하게 된다. 행복하다는 것은 '불행한 일이 없는 상태'가 아니다. 단지 불행의 원인을 제거한다고 해서 곧바로 행복해지는 것이 아니기 때문이다. 알코올 중독자가 오늘 잠깐 술을 마시지 않았다고 해서, 오늘 잠깐 아이들을 때리지 않았다고 해서, 뭔가 상태가 호전되거나 증상으로부터 회복된 것은 아니다. 중독의 성향은 언제 어디서 튀어나와 발현될지 알 수 없다.

중독 환자와 함께 살아온 가족들은 '불행'의 확실한 징후를 피하는 데 급급하기 때문에 '행복'이란 '불행이 없는 상태'를 가리키는 것이라 착각하기 쉽다. 남편이 아내를 때리지 않는다고 해서, 술을 마시지 않는다고 해서, 생활비를 잘 준다고 해서 행복한 것은 아니다. 중독 환자 본인의 고통 못지않게 함께 사는 가족의 고충도 크기 때문에, 그들은 일상에 대한 모든 예민한 감각들을 되도록 '마비'시킴으로써 고통에 대한 방어기제를 쌓아올린다. 고통에 대한 방어에 급급하다보니 행복을 느낄 수 있는 예민한 감각 또한 무뎌지게 된다. 중독 치료의 장기적인 목표는 삶에 대한 원초적 감각을 회복하는 것이다. 행복을 느낄 권리, 다시 사랑을 시작할 권리, 삶에 대한 애정을 회복할 권리를 되찾는 것이야말로 중독 치료를 넘어 향해야 할 마음의 이정표다.

어느 정도 중독의 고통에서 해방되었다 할지라도, 진정한 회복의 길은 멀고 험할 수밖에 없다. 간신히 중독의 사슬을 끊어냈는데도, '생각보다 기분이 좋지 않다'고 고백하며 우울감에 시달리는 사람들도 많다. 바로 그때가 제2의 고비다. 《중독자의 내면 심리 들여다보기》(김원·민은주 옮김, 소울메이트, 2016)의 저자 아놀드 루드비히는 이렇게 말한다. 힘든 해독의 과정을 벗어나더라도, 회복의 길은 여전히 험난하다고. 어느 정도 해독의 시련을 견뎌낸 중독자가 극복해야 할 또 하나의 장애물은 바로 막연한 불안감generalized unease이다. 이는 사실 금단증상이 아직 남아 있기 때문에 겪는 불안감인데, 확실한 고통으로 다가오지 않기 때문에 사람들은 막연히 '우울증'이라고 생각하기도 한다. 괜스레 짜증이 심해지고 이유 없이 화를 내는 것도 아직 금단증상이 미세하게 지속되고 있기 때문인데, 본인이 자각하지 못하는 경우가 많다. 몇 개월에서 1년까지 이런 비자각적인 금단증상이 계속되다 보면 '내 인생이 왜 이렇게 되어버렸나' 하고 자책하다가 결국 중독에 다시 빠져들 위험이 있다. 신체적인 요인이 아니라 심리적인 요인이라고 생각하기 때문에 막연한 불안을 계속 겪다가 다시 술이나 마약, 담배나 게임에 손을 대는 사람들이 많다. 이제2의 고비를 넘어섰을 때 중독의 근원적 치료는 가능해진다.

이렇게 치료가 멀고 험한 길처럼 느껴질 때 필요한 것이 바로 '유대감'이다. 더 나아질 수 있다는 희망을 보여주는 사람들, 과거에 심각한 중독으로부터 치유된 사람들과 함께 그룹 활동을 하는 것이 이때 매우 중요한 역할을 한다. 확실한 중독은 아니지만 '중독의 위험지수'가 높은 사람들에게도 바로 이런 유대감이 필요하다. 최악의 순간을 경험한 뒤에서야 치료를 해야겠다고 결심하면 치료기간은 훨씬 길어질 수밖에 없다. 예컨대 술 때문에 심각한 질병에 걸리거나, 술 때문에 치명적인 실수를 저지르거나, 심각한 채무에 시달리거나, 직장을 잃은 다음에 중독 치료를 시작하는 것은 '중독 치유'뿐 아니라 '망가진 삶 전체'를 수리해야 하는 이중의 부담을 떠안는 것이다. 더 늦기 전에 시작해야 한다. 나를 걱정하는 사람을 귀찮아해서는 안 된다. 나를 안쓰러운 눈초리로 바라보는 사람을 증오해서도 안 된다. 바로 그 사람이 나를 도와줄 수 있는 첫 번째 동반자이기 때문이다. 중독 치유의 가장 중요한 또 하나의 키워드는 바로 '도움을 요청할 수 있는 용기'다.

《중독이 나를 힘들게 할 때》(토마스 비엔·비버리 비엔, 이재석 옮김, 2016)의 저자들은 지긋지긋한 중독에서 탈출하는 최고의 비결로 마음챙김 명상을 꼽았다. 마음챙김이란 '현재 순간에 대한 자각(알아차

림)'과 '수용(받아들임)'을 실천하는 열린 마음, 이 시간이 지나가버리면 두 번 다시 오지 않는 지금 이 순간을 한 올 한 올 예민하게 경험하는 것이다. 중독의 본질이 마음의 피난처를 만들어 삶의 고통을 회피하는 것이라면, 마음챙김은 아무리 힘들고 아플지라도 깨어 있는 상태로 삶과 맞닥뜨리는 것이다. 때로는 중독에 빠져드는 것이 이 지루한 일상으로부터 탈출하는 비상구처럼 느껴질 수도 있다. 하지만 일상의 작은 기쁨 속에서 진정한 자신을 찾는 모험의 소중함을 알게 될 때, 그 찬란한 희열은 어떤 중독의 쾌락과도 비견될 수 없을 것이다. 일상의 진정한 기쁨을 되찾을 때, 중독은 스스로 설 자리를 잃을 것이므로. 삶에 대한 꾸밈없는 사랑을 회복할 때, 우리는 더 이상 중독이라는 피난처로 숨을 필요가 없어질 것이므로.

영화 〈돈 워리〉에는 중독에 빠진 사람들의 마음을 어루만져줄 모든 해답이 들어 있다. "자학은 깃털로 해요. 몽둥이가 아니라." 이 문장은 오랫동안 내 가슴속에 남았다. 나를 사랑하지 않는 나에게, 가장 먼저 해야 할 것은 스스로를 향한 용서다. 어떤 중독이 당신을 괴롭힌다면, 당신은 당신의 인생을 스스로 나락으로 몰아넣은 당신 자신을 먼저 용서해야 한다.

Q13

무언가에 중독되어 있나요?

그 중독으로부터 벗어나기 위해 어떤 실천이 필요할까요?

14장

공포증Phobia
— 예측 불가능한 자극에 대한 과도한 두려움

태고부터 가장 강렬한 감정은 공포이며,

그중에서도 가장 강렬한 것은 미지의 대상에 대한 공포이다.

—H. P. 러브크래프트

공포의 양면성: 방어와 파괴

의외로 겁이 많은 전쟁영웅, 나폴레옹의 일화 중 하나다. 나폴레옹의 보좌관이 나폴레옹의 침실을 지나다가 겪은 일이라고 한다. 방 안에서 쿵쾅거리는 소리와 비명 소리가 들려 보좌관이 깜짝 놀라 문을 박차고 들어갔다. 나폴레옹은 온통 땀범벅이 된 채 몸을 덜덜 떨면서, 칼을 들어 커튼을 산산조각 내고 있었다고 한다. 이게 무슨 일이었을까? 어처구니없게도, 커튼 뒤에 고양이가 숨어 있었기 때문이었다. 나폴레옹은 일종의 고양이 공포증을 앓고 있었던 것일까. 이렇듯 겉으로는 용감해 보이는 사람도 실은 아주 작고 약한 존재를 무서워하는 경우가 꽤 있다. 공포증의 종류는 매우 다양해서, 고소공포증이나 폐소공포증처럼 잘 알려진 것들뿐 아니라, 고양이공포증ailurophobia, 물공포증aquaphobia, 거미공포증arachnophobia, 폭풍우공포증astraphobia, 무질서공포증ataxophobia, 비행공포증aviophobia, 박쥐공포증chiroptophobia, 광대공포증coulrophobia등 그야말로 각양각색의 공포증이 있다. 심지어 세균공포증microphobia, 휴대전화없음공포증nomophobia, 방사선공포증radiophobia 같은 현대사회의 문명 발전과 관련된 신종 공포증이 점점 늘어가고 있는 추세다. 인간은 왜 이토록 많은 것들을 무서워하며 살아가야 하는 걸까.

공포가 나쁜 것만은 아니다. 공포는 인류 문명을 존재할 수 있게 한 심리적 근간이기도 했다. 폭풍우와 추위에 대한 공포가 안전한 주택에 대한 갈망을 불러일으켰고, 인간은 다른 어떤 동물들보다 주거 공간에 많은 시간과 노력을 투자하여 경이로운 건축 문화를 발전시켰다. 인간에게 공포라는 예민한 심리적 방어기제가 없었더라면, 인간은 그야말로 겁을 상실한 채 온갖 위험천만한 상황에 자신을 내던져 인류 전체의 생존을 위협했을 것이다. 공포는 위험 앞에서 탐욕을 내려놓게 만들고, 위험하지 않은 상황에서도 위험을 대비하게 만들어 인류 문명을 진화시킨 내적 동력이었다. 이렇듯 공포는 생존의 필수 요건이기도 하지만 한편으로는 일어나지도 않은 일에 대한 과도한 불안과 긴장 때문에 자신의 가능성을 스스로 닫아 버리는 결과를 초래하기도 한다. 특히 최근에 가장 심각한 사회문제가 되고 있는 공포증은 바로 대인관계 전반에 대한 심각한 두려움을 유발시키는 사회공포증이다.

국민건강보험공단은 2016년 사회공포증으로 병원을 찾아간 환자가 1만 7758명으로 2013년 1만 6506명에 비해 무려 7.5% 증가했다고 밝혔다. 흔히 '소셜포비아social-phobia'라고도 말하는 사회공포증(사회불안장애)은 현대인의 자유로운 사회활동을 제약하는 치명적인 위험이다. '사회적 존재'로서 자신의 의미를 찾을 수밖에 없는 인간이 모든 종류의 만남을 두려워하게 되면 삶 전체가 위협받게 된다. 사회공포증으로 인해 스스로 학교를 그만두거나 직장을 그만두는 사람들도 있고, '나에게서 나쁜 냄새가 난다'는 망상에 시달리며 '타인이 나를 증오할 것이다'라는 지레짐작으로 관계 맺기 자체를 포기하는 사람들도 있다.

모든 공포증의 공통점은 '제3자가 볼 때는 전혀 위험하지 않은 상황'에서도 당사자가 과도한 공포심을 느끼며 자극 자체를 피하려고 안간힘 쓰는 것이다. '객관적으로 별다른 문제가 없는 상황'에서 '주관적으로 과잉된 공포'를 느끼는 것이 공포증의 특징이다. 사라 라타의 《포비아》(이효경 옮김, 돋을새김, 2015)에 따르면 공포증에는 크게 세 가지가 있다. 첫째, 특정 물건이나 상황으로 인해 유발되는 특정 공포증specific-phobia이다. 물건, 상황, 경험에 대한 극단적인 공포로서 비행공포증, 폐소공포증 등이 대표적이다. 둘째, 사회공포증이다. 타인에게 놀림을 당한다든지, 따돌림을 당할까 두려워 아예 사회적 관계 맺는 것 자체를 단념하는 경우가 많아 심각한 사회문제가 된다. 모임이나 발표, 데이트나 축제 등 인간사회의 모든 어울림이 사회공포증 환자에게는 극심한 스트레스가 되는 것이다. 셋째, 광장공포증 혹은 공황장애다. 세 번째 유형은 공포증 중에서도 특히 강도가 센 경우가 많다. 공황장애를 앓는 사람들은 자신이 어떤 장소에서 발작을 일으킬지 몰라 심하게 두려워하고, '다시 그때처럼 내가 발작을 일으키면 어쩌나' 하는 걱정 때문에 외출을 포기하기도 한다. 특정 공포증이 물건, 상황, 경험 등을 두려워하는 것과 달리, 공황장애는 발작을 일으키는 것 그 자체를 더 두려워하는 경우가 많다.

무엇이 두려움을 강화시키는가

뇌의 편도체 부분이 '이건 위험해!'라는 공포의 알람을 울린다면, 전전두엽에서는 '괜찮아, 넌 해낼 수 있어. 겁내지 않아도 돼!'라는 이성적 명령을 내린다. 그런데 공포증을 심하게 앓고 있는 사람들은 바로 이 편도체와 전전두엽 사이의 연결고리가 유독 약하다. 건강한 사람들은 본능적으로 위험을 느꼈다가도 '아, 이건 내가 조금만 주의하면 되는구나'라고 스스로를 안심시키지만, 공포증 환자는 계속 뇌 속의 앰뷸런스를 끝없이 울려대는 상황이 오는 것이다. 그렇다면

'겁낼 게 없다, 괜찮을 것이다'라는 이성적 명령을 강화하는 훈련을 통해서 공포증을 완화할 수 있지 않을까. 사라 라타는 불안과 공황 발작으로 고통받는 사람들이 가장 힘들어하는 것 중 하나가 '혹시 내가 미치지 않았을까' 하는 생각 때문이라고 지적한다. 중요한 것은 '나는 절대 미치지 않았다'는 것을 자각하는 것. 즉 공포증은 치료 가능한 것임을 기억하는 일이다.

게다가 진짜 공포증이 아닌 것도 공포증 행세를 하고 있는 경우가 있어 조심해야 한다. 아직 공포증을 실제로 겪고 있는 사람이 아닐지라 하더라도 현대사회에서는 '가짜 공포증'을 조장하는 분위기가 있다. 예를 들어 외국인 혐오증을 가리키는 '제노포비아'라는 단어는 인종에 대한 극도의 차별적인 태도를 가리키는데, 이것은 질병으로서의 공포증이 아니며 오히려 아주 멀쩡하고 정상적인 상태에서 인종을 차별하는 비윤리적 행동일 뿐이다. 많은 종류의 '포비아'는 '공포증'이 아니라 '차별'을 정당화하는 방책일 뿐이다. 호모포비아(동성애공포[혐오]증), 제론토포비아(노인공포[혐오]증), 사이코포비아(정신질병자공포[혐오]증) 모두 공포증(포비아)이라는 꼬리표를 달고 있지만 사실상 '사회적 차별'인 것이다.

그렇다면 공포증을 치유하는 핵심적 원리는 무엇일까. 그것은 지나치게 예민한 감성의 알람을 둔화시키는 것이다. 최근 과학자들은 공포증을 앓고 있는 사람들의 뇌가 '타인의 부정적인 태도'에 훨씬 예민하게 반응한다는 사실을 알아냈다고 한다. 특히 사회공포증을 앓고 있는 사람들은 타인의 아주 사소한 불쾌함의 표현까지도 '저 사람은 나를 싫어한다'라는 표시로 오해하기 쉽다. 긍정적인 신호로 보이지 않는 모든 것들은 부정적인 신호로 보이고, 다른 대상을 향한 부정적 신호조차도 '나를 향한 부정적 신호'로 해석하는 것이 문제다. 사라 라타는 바브라 스트라이잰드의 사례를 든다. 수십 년 동안 팝의 여왕 자리를 지켜왔던 바브라 스트라이잰드가 무려 27년 동안이나 라이브 공연을 기피했던 것도 바로 무대공포증 때문이었다고 한다. 그는 1967년 무려 13만 5000명의 관객이 지켜보는 화려한 무대 위에서 가사를 잊어버린 뒤 진땀을 흘렸고, 그 후 수십 년 동안 무대공포증을 앓았다고 하는데, 그래서 관객의 모습이 훤히 다 보이는 공연장이 아니라 관객의 모습이 거의 보이지 않는 어두운 공연장에서만 노래를 해왔다고 한다. 그녀는 수많은 관객들로 가득 차 있는 공연장에서도 호응을 해주지 않는 몇몇 사람들이 바로 눈에 들어온다고 말하며 자신의 과도한 예민함을 인정한다. 바로 이런 극도의 예민함을 '둔화'시키는 것이 공포증 치료의 첫걸음이다. 공포증 치료법은 크게 두 가지 방향으로 진행된다. 첫 번째는 편도체가 느끼는 두려움을 완화시켜주는 방향. '체계적 둔감화'라는 치료법인데, 그것은 어떤 환경이나 사물에 대한 부정적인 연상을 점차적 긍정적인 연상으로 바꿔주는 것이다. 두 번째는 전전두엽의 이성적인 반응을 강화시키는 방향. '인지행동치료'다. 인지행동치료는 '내가 나의 생각을 통제할 수 있다'는 믿음을 강화시킴으로써 '비합리적인 공포감'에 객관적인 거리를 두게 만들어 두려움을 극복하는 치료법이다.

> 카산드라는 대학 때 미인대회에서 수상한 경력이 있는 아름다운 여성이었다. 그녀는 부족한 게 없는 듯 보였으나 오랜 기간 우울증과 불안증에 시달려왔고 엘리베이터공포증마저 심각했다. 그런데 안타깝게도 남편의 사무실이 마천루 꼭대기에 있었다. 그녀는 남편의 사무실을 딱 한 번 방문했는데, 이때조차 60층을 계단으로 걸어 올라갔다! (……) 카산드라는 엘리베이터공포증을 치료하기 위해 10여 년간 정신분석을 받았다. 그녀를 상담한 정신분석학자는 엘리베이터공포증은 과거의 기억에서 비롯되므로 어린 시절을 돌이키는 길고 집중적인 노력이 필요하다고 설명했다. 그녀는 10여 년간 상담실의 소파에 누워 자신의 어린 시절을 분석했지만, 엘리베이터공포증에서 벗어난 적은 단 한 번도 없었다. 별의별 약제를 다 복용해도 소용이 없었다.
>
> —《패닉에서 벗어나기》(데이비드 번즈, 박지훈 옮김, 끌레마, 2013) 중에서

두려움을 극복하는 길

노출요법exposure therapy은 두려움의 대상과 오히려 친밀해짐으로써 공포를 극복하는 길이다. 고소공포증을 앓는 사람에게는 낮은 디딤

돌에서 엘리베이터로, 고층건물의 옥상으로 조금씩 단계를 높여 두려움의 대상과 거리를 좁힐 수 있도록 하는 것이다. 요즘은 가상현실 환경을 사용한 노출요법이 각광받고 있다. 비행공포증을 앓고 있는 사람을 위해서는 실제 비행기를 체험하게 할 수 없으므로 비행기와 매우 비슷한 환경을 가상으로 만들어 비행기와 조금씩 친해질 수 있도록 훈련시키는 것이다. 아날로그식 노출요법은 고소공포증 환자에게 실제로 높은 곳을 체험하게 해야 하는 부담감이 있고, 그저 환자의 마음속에서만 공포를 경험하게 만드는 상상노출법은 환자의 방어심리 때문에 치료 효과가 적은 것에 비해, 가상현실을 이용한 노출요법은 이 두 가지의 장점을 융합하여 안전하면서도 효과적인 치료를 가능하게 할 것으로 보인다. 노출치료는 이미 고통을 겪고 있는 환자에게 새로운 트라우마를 안겨줄 위험이 있기 때문에 체계적인 계획과 전문가의 도움을 받아 자극의 강도를 조절해야 한다.

나도 오랫동안 발표공포증을 앓았다. 강의를 하는 것이 너무 힘들어서 '이 길을 그만 가야 하는 걸까' 하는 회의도 들었다. 하지만 피할 수 없는 상황일수록 자주 마주치는 정면돌파가 가장 도움이 되었다. '어떻게 하면 다양한 모임에 덜 나갈 수 있을까'를 궁리하다 결국 '작가의 길'을 가야겠다고 결심했는데, 막상 되어보니 방 안에 틀어박혀 글만 써도 될 것이라는 장밋빛 환상은 커다란 오산이었다. 글을 쓰면 쓸수록, 내 글이 독자들에게 더 많이 읽힐수록 강연 요청이 늘어나버렸다. '아뿔싸' 싶었다. 이러려고 글을 쓴 게 아니었는데, 내 작은 내면의 요새에 얌전히 갇혀 있고 싶은 마음이 박살나버렸다. 그런데 작가로서 '독자와의 만남'을 회피하는 것은 불가능했다. 내 글을 읽어주시는 분들에 대한 예의가 아니라는 생각이 들었고, 조금씩 마음을 열기 시작했다. 처음부터 '제가 지금 많이 떨립니다'라고 고백을 하고 시작했더니 두려움이 가라앉았다. 내가 두렵다고 겁을 먹고 있는 것과는 달리 내 무의식 깊은 곳에서는 두려워하지 않는다는 것을 깨달았다. 내 안에는 두려움만 있는 것이 아니라 용기와 자신감, 결국에는 이겨낼 것이라는 희망 찬 예감도 함께 깃들어 있었다.

'강의를 한다'라는 중압감보다는 '청중과 대화를 한다'라는 생각이 도움이 되었다. 별로 웃기지 않은데도 많이 웃어주시는 분들을 보면 더 힘이 나서 준비하지 않은 이야기보따리도 아낌없이 풀어놓기 시작했다. 강의 시작 후 5~6년 동안 사람들의 눈보다는 허공을 바라보고 이야기할 때가 더 많았는데 그 나쁜 습관을 고치기 위해 끊임없이 노력했다. '선생님은 글은 잘 쓰시는데 말씀은 잘 못하시네요'라는 타박까지 들었지만 웃음으로 받아넘겼다. 예전 같으면 엄청난 상처를 받았겠지만, 어느 순간 괜찮아졌다. 내게 상처를 주는 모든 말들에 일일이 대응하기에는, 내게 찾아온 인연과 기회가 너무도 소중했다. 소중한 독자들을 한 사람이라도 더 만나고 싶어졌다. 이제는 도망치지 않는다. 여러 가지 스케줄이 겹쳐서 강의를 못할 때만 빼고, 웬만하면 강의 요청을 받아들이려 애쓴다. 의식적으로 내 강연에 찾아와주신 청중과 눈을 마주치기 시작했고, 내가 눈

을 마주칠 때마다 고개를 끄덕이시는 분, 미소 지어주시는 분들에게 깊은 고마움을 느꼈다. 내가 청중에게 한 발짝 다가가려고 노력할 때마다, 청중도 한 발짝, 때로는 두세 발짝 성큼 다가와준다는 것을 알게 되었다.

이제 강의를 할 때마다 깨닫는다. 실수를 하지 않으면 콤플렉스의 극복도 불가능하다는 것을. 나에게 실수할 기회를 준 모든 인연에게 감사하게 된다. 실수를 통해서 조금씩 공포에 덜 시달리게 되고, 나 자신을 덜 나무라게 되며, 어떤 상황에서도 예전보다는 훨씬 덜 떨게 되었다. 조금씩 실수하며 앞으로 나아가자. 공포에 맞서는 길은 정면돌파가 최고다. 아직도 나는 내게 우호적인 청중 앞에서는 강의를 편안하게 하는 편이지만 무관심한 청중 앞에서는 강연 내내 긴장을 풀지 못하고 쩔쩔매곤 한다. 청중의 반응이 좋을 때는 나도 모르게 완전히 몰입하여 강의하고 있다는 사실을 잊어버린다. 나를 호의적으로 바라보는 청중 앞에서는, 처음 보는 분들이지만 마치 매우 친한 사람과 자연스럽게 대화하듯 강의를 할 수 있다. 이제는 그 거리를 좁히기 위해 애쓰는 중이다. 나에게 호의적이지 않은 청중 앞에서도 경직되거나 주눅들지 않도록. '나는 왜 이렇게 강의에 서툴까' 하고 자책하기보다는 강의할 수 있는 기회 자체를 소중히 여길 수 있도록. 공포로 인해 내가 잃어버릴 것들이 아니라 공포를 극복했을 때 내가 얻을 수 있는 것들을 생각한다. 정면돌파란 항상 두렵지만 설령 실패하더라도 후회가 남지 않아 좋다. 대신 내 실수를 눈감아주고 내 실수조차 사랑해주는, 진정한 친구가 있으면 금상첨화다. 나는 무엇으로도 위로가 되지 않을 때 다음과 같은 글을 읽으며 마음을 다독인다. 화려하고 멋진 말이라서가 아니라, 내 안의 장애물에 맞서는 유일한 길이 바로 이것이라는 깨달음을 소박하게 담고 있어서. 그 자체로 치유적인 속삭임이다. 천천히 음미하며 몇 번이고 소리 내어 읽으면, 점점 더 적게 실수하고, 점점 더 깊게 나 자신의 중심적 에너지와 가까워지는 느낌에 가슴이 벅차오른다.

지혜로 향하는 길이란?
글쎄, 알고 보면 평범하고 간단하다네.
실수하고, 실수하고, 또 다시 실수하는 것,
그렇지만 더 적게, 적게, 더 적게.
ㅡ페이트 히엔

Q14

이해할 수 없는 공포에 사로잡힌 적이 있나요?

공포로부터 벗어나기 위해 어떤 노력이 필요한가요?

15장

분노조절장애, 현대인을 위협하다
—삶을 파괴하는 부정적 에너지

분노가 당신을 삼켜버리기 전에

층간소음으로 인해 급기야 살인사건이 벌어지기도 하고, '묻지 마 살인'이라는 불특정 다수를 향한 범죄가 급증하는 현대사회에서 '분노'는 사회 전체의 숨은 화약고가 되어가고 있다. 분노는 실제로 그 결과가 범죄나 가정파탄으로 이어지기 때문에 위험한 것만은 아니다. 정신 병력을 가지고 있거나 범죄 이력이 있는 사람들뿐 아니라, 겉으로는 아무런 문제가 없어 보이는 사람들에게도 분노는 정신건강을 위협하는 치명적인 요소가 될 수 있다. 항시적인 감정노동 상태에 놓여 있는 서비스직 종사자들, 가정폭력이나 직장 내 괴롭힘을 당하면서도 '가족이라는 이유로', '목구멍이 포도청이라는 이유로' 분노를 제대로 표현하지 못하는 선량한 사람들, 나아가 매일 미디어를 통해 충격적인 뉴스를 들어야 하는 현대인들 모두가 사실 분노조절장애의 위험 속을 걷고 있다고 해도 과언이 아니다. 흔히들 '분노조절장애'라고 부르는 이 정신적 문제의 심리학 용어는 간헐적 폭발 장애intermittent explosive disorder인데, 분노를 건강한 방식으로 표현하지 못하고 폭력적인 방법으로 표출함으로써 자신뿐 아니라 타인에게 해를 끼친다는 점에서 더욱 위험한 결과를 초래한다.

분노조절장애가 위험한 첫 번째 이유는 그것이 상처를 입히기 쉬운 사람이 바로 가장 가까운 사람, 또는 사랑하는 사람일 가능성이 높기 때문이다. 아동학대의 주범이 주로 친부모라는 것도, 존속살해의 빈도수가 높아지는 것도, 바로 그 욱하는 순간 분노가 표출되는 대상이 가장 가까운 사람이라서 그렇다. 두 번째 이유는 분노의 과도한 표출이 그 누구도 아닌 바로 자기 삶의 능률과 행복을 저하시키기 때문이다. 표출함으로써 스트레스를 푸는 것 같고 심지어 승리하는 것처럼 보이지만 실은 실패하고 불행한 것이다. 마지막으로 세 번째 이유는 사회 전체의 관점에서 공동체의 안전을 위협하는 심각한 문제로 치닫을 수 있기 때문이다. 분노조절의 문제는 가정은 물론 직장 내 폭력, 인터넷 악성댓글을 통해 엉뚱한 타인에게 분노를 표출하는 등 다양한 사회문제로 이어질 수 있다.

우리는 화를 내고 뒤늦게 후회할 것이 아니라 화내지 않고 올바르게 승리하는 길을 찾아야 한다. 분노를 건강한 방식으로 표현하지 못하고 폭력적인 방식으로 표출하는 경우, 그 원인은 대개 '나는 부당하게 대우받고 있다'라는 좌절감 혹은 억울함에서 시작된다. 그 공통적인 원인에는 '마음을 털어놓는 대화'의 단절이 가로놓여 있다. 내가 왜 분노하는지, 무엇 때문에 분노하고 어떤 식으로 분노를 표출하는지, 자신의 이야기를 들어주는 사람이 없다는 확신이 분노를 더욱 키운다. 아무도 내 이야기를 제대로 들어주지 않는다는 고립감, 감정을 표현하는 것은 나약한 것이라는 잘못된 믿음, 자신의 고민은 결코 타인으로부터 이해받지 못할 것이라는 예감이 분노한 사람의 마음을 가득 채우고 있다. 또한 그 왜곡된 분노의 핵심에는 '자존감의 결핍'이 자리 잡고 있다. 일찍이 인간을 파괴하는 분노의 감정을 깊이 연구했던 세네카는 이렇게 말했다. 내가 틀리지 않았다는 것, 나는 잘못하지 않았다는 것, 나는 아무것도 잘못한 것이 없는데 부당한 처분을 받고 있다는 생각 때문에 분노는 격심해진다고.

> 다른 격정들은 조금씩 아주 천천히 우리 마음에 스며든다. 하지만 화는 한순간 우리 마음을 장악하고 다른 모든 격정들을 휘하에 거느리고야 만다. 화는 가장 온화한 사랑의 감정까지도 정복해버린다. 화가 나면 진정 사랑했던 사람을 칼로 찔러 죽이고 자신이 죽인 사람의 품에 안겨 죽음을 맞는다. 화는 가장 고집스럽고 경직되어 있는 탐욕이라는 감정마저 무참히 짓밟고 엄청난 부를 순식간에 탕진해버리도록 만든다. 그리고 자기 집과 평생 힘

들여 모은 재산을 스스로 불태우게 만든다.

—《세네카의 화 다스리기》(루키우스 안나이우스 세네카, 정윤희 옮김, 소울메이트, 2014) 중에서

나는 분노한다, 당신이 나를 거부하므로

분노 중에서도 '나에게 소중한 누군가가 나를 완전히 거부했다'는 생각은 극단적인 폭력 사건을 일으키는 치명적인 원인이 된다. 심리학자 가이 윈치는 《아프지 않다는 거짓말》(임지원 옮김, 문학동네, 2015)에서 '거부당하는 느낌'이야말로 폭력의 가장 큰 원인이 된다고 지적한다. 예컨대 청소년의 폭력적 행동의 원인 중에서는 폭력 집단 가입 여부, 가난, 마약 사용보다 '거부당한 경험'이 훨씬 앞쪽에 놓인다고 한다. '당신이 나를 거절하니까, 나는 당신에게 복수하겠다'는 마음은 분노의 도화선이 되곤 한다. 연인이나 부부 사이에서 일어나는 분노는 사실 과도한 기대감에서 비롯되는 경우가 더러 있다. '당신이 나를 항상 최고 우선순위에 놓기를 바라는 마음'이 아주 사소한 상대방의 실수에도 과도한 분노를 유발시키는 것이다. 타인들 속에서 여전히 매력적으로 보이는 배우자에 대한 질투, 또는 배우자가 다른 사람과 연인 관계를 맺을지도 모른다는 두려움은 '우리 관계가 나의 기대만큼 완전하지 않다'는 불안, '나는 당신에게 부족한 사람이다'라는 자존감의 결핍에서 비롯된다. 상대의 결별

선언을 받아들이지 못하는 남성들이 저지르는 폭력은 이미 위험 수위를 넘었다. 남편이 부인을 살해하거나 남자친구가 여자친구를 살해하는 사건의 절반 이상은 상대방의 결별 선언을 들은 이후에 일어난다고 한다.

분노가 우리 정신의 지휘관이 되지 않도록 하기 위해서는, 우선 '그 어떤 경우에라도 분노가 일을 제대로 바로잡는 경우는 없다'라는 것을 받아들여야 한다. 좋은 의도나 정의감에서 비롯된 분노일지라도 사태를 바로잡으려는 노력은 차분한 이성과 정확한 판단력, 건강한 실천에서 비롯되는 것이지 '화'라는 감정 자체에서 도움을 받는 것은 아니다. 간혹 분노를 표현하는 것이 효과가 있는 것처럼 보일지라도, 화를 '옳은 것'이라고 받아들여서는 안 된다. 또한 '화났을 때 당신의 모습이 매력적이다'라는 말도 안 되는 조언에도 귀기울여서는 안 된다. 화가 자신의 용기를 북돋는 조력자라는 식의 자기합리화도 금물이다. 분노를 조절하기 위해서는 우선 '마음속의 방'을 하나 만들어야 한다. 나의 분노를 최대한 객관적으로 파악하고, 관찰하고, 비판할 수 있는 마음의 방을 만들지 않는다면, '걸핏하면 분노하는 자신'을 제3자가 되어 바라볼 기회가 없어진다.

다른 사람이 있을 때도 '나만의 방'에서 나를 바라보는 또 하나의 나를 불러낼 수 있다면, 분노 뿐 아니라 다양한 스트레스를 조절할 수 있는 열쇠를 본인 스스로 쥘 수 있게 된다. 자신의 감정을 관찰하는 데도 훈련이 필요하다. 차분하게 자신의 감정을 종이 위에 써보거나, 분노를 가라앉히는 데 도움이 될 만한 '행복했던 기억'을 떠올리는 마음챙김 명상도 도움이 된다. 이런 방식이 조금 '유치하다'라는 생각이 들어도 그런 마음의 검열관을 멀리하고 '나의 분노를 가라앉히기'라는 과제에 집중해야 한다. 분노는 한 번 시작되면 걷잡을 수 없이 번지는 마음의 재앙이기 때문에 불이 확산되기 전에 처음부터 진압해야 한다. 분노의 불씨가 시작되려 할 때 자신이 가장 좋아하는 음악을 머릿속에서 흥얼거려보거나 천진난만한 갓난아기의 얼굴을 떠올리는 것도 도움이 된다. 우선은 '마음의 방' 속에서 지금 불타오르고 있는 분노와 거리를 두는 제2의 나, 더 합리적이고 더 치유적이며 더 강인한 나를 불러오는 것이 중요하다.

아무리 화가 나도 죄 없는 물건들에 화풀이를 해서는 안 되며, 설사 타인이 내게 잘못을 했더라도 그것을 '화난 모습으로' 갚아서는 안 된다. 세네카는 말한다. 긴 호흡을 유지하며 끈질긴 악덕에 맞서라고. 화는 그저 끔찍한 것일 뿐 두려움의 대상이 될 수 없다고. 우리는 분노가 결국 자기 파괴를 향하는 지름길이 된다는 것을 잊은 채, 사람들은 화의 도움을 받아 어떤 행동을 하고, '나는 아무 잘못이 없고 다른 사람들이 나쁘다'라는 생각에 사로잡히며, 타인의 화를 더 큰 화로 갚곤 한다. 나는 잘못이 없다는 착각에서 화가 시작된다는 것을 모른 채, 우리는 머리끝까지 화가 난 자신의 모습을 마음의 거울에 비춰보지 못한다. 화가 당신의 머리채를 휘두르려 할 때 우선 멈추자. 화가 난 사람에게도 '자기만의 공간'을 주어야 한다. 당신이 생각할 수 있는 시간을 주고 싶다고 이야기하자. 분노의 발화점이 사실 아주 하찮은 곳에서 시작된 것임을 상기해보자. 스스로에게 이야기해보자. 화를 내면서 나를 파괴하고 타인에게 상처를 입히며 살기에는, 인생이 너무 소중하고 아름답다는 것을.

내 안의 분노와 화해하는 길

'남자답게 행동하는 것', '여자답게 행동하는 것'이라는 사회적 가치에도 문제가 있다. 남자답게 행동한다는 것은 눈물도 감정도 숨기는 것이라고 배우는 남성들은 화를 다스리는 법을 배우지 못하고 무조건 참다가, 더 이상 참을 수 없는 순간이 오면 분노를 터뜨리게 된다. '여자답게 행동하는 것'도 여성들에게 스트레스가 된다. 좀 더 조신하게, 숙녀답게 행동할 수 없느냐는 식의 압박은 자신의 자연스러운 감정을 '죄'처럼 취급하게 만든다. 조지 오웰은 말했다. 인간이 가면을 쓰면 가면에 맞게 얼굴이 변한다고. 가면이 내 본성을 변화시키게 놓아두지 말자. 남자답게, 여자답게, 어른답게 행동하기 전에 우선 나 자신답게 살아보는 연습을 해보자. 그러려면 우선 자신의 감정에 솔직해져야 한다. 물론 솔직하다고 해서 그 감정을 폭발시키라는 것은 아니다. '내 감정을 내가 안다고 느끼는 것'이 중요하다는 의미다.

감정을 표현하는 것은 '약한' 것이 아니다. 처음에는 사소한 일로 시작된 분노가 점점 쌓이다 보면 걷잡을 수 없는 폭발력을 가진 감정의 화약고가 되곤 한다. 평소의 감정을 표현하지 못하고 계속 참고, 숨기고, 안으로 가둬두기 때문이다. 의지력을 시험하는 상황에 들기 전에 우선 의지력을 길러두는 훈련이 필요하다. 이런 의지력 훈련에는 '몸'과 '마음'의 거리가 좁혀질 수 있도록, 즉 마음이 올바른 판단에 따라 결심하는 대로 몸도 따라올 수 있도록 훈련하는 것이 중요하다. 감정을 자제하고 공격적인 행동을 삼가는 힘을 키우기 위해서는 우선 평소에 습관적인 충동을 이겨내는 연습을 해야 한다. 이렇게 작은 부분에서 훈련을 해두면, 큰일이 일어났을 때도 그 자제력과 의지력이 도움이 된다. 예를 들어 힘들더라도 등을 기대거나 구부리지 않고 의자에 똑바로 꼿꼿이 앉는 훈련을 하루에 시간을 정해놓고 한다든지, 욕하고 싶은 생각이 들 때마다 참는다든지, 사탕이나 쿠키, 케이크 등 단 것을 섭취하는 것을 피한다든지, 하루에 몇 번씩 힘이 다할 때까지 악력기를 쥐었다 폈다 하는 등의 간단한 훈련을 통해 안 좋은 상황이 다가왔을 때도 자신의 의지를 관철할 수 있는 힘을 기를 수 있다. 가이 윈치는 의지력 강화 훈련으로 가장 좋은 것은 왼손잡이가 오른손만 사용한다든가, 오른손잡이가 왼손만 사용해보는 훈련을 4주 이상 반복하는 것이라고 한다. 예컨대 오른손잡이인 사람들은 매일 아침 8시부터 저녁 6시까지 밥 먹기, 문 열기, 머리 빗기, 요리하기, 교통카드 찍기 등 모든 행동을 왼손으로 해보는 것이다. 이렇

BLUE SUMMER

게 4주 이상 익숙한 충동이나 습관을 '나만의 의지'로 극복하는 훈련을 하면, 다른 일에 있어서도 의지와 행동의 거리를 좁힐 수 있게 된다는 것이다.

약물에 의지하지 않고, 타인의 도움에 호소하지 않고, 자기 치유로 분노를 조절하는 가장 좋은 방법은 마음챙김 명상이다. 마음챙김의 기본은 내 마음을 판단하지 말고, 제어하도 말고, 그저 흘러가는 대로 관찰해보는 것이다. 마치 외계인이 지구에 처음 와서 지구인을 관찰하는 듯, '거리를 두고' 자신의 마음을 바라보는 것이다.

내 경우엔 하루 한두 번 마음챙김 명상 말고도, 작지만 소중한 '인생의 여집합'을 만드는 것이 분노조절에 큰 도움이 되었다. 아무리 바빠도 일주일에 몇 시간 정도는 '내 일과 상관 없는 다른 일'에 몰두해보는 것이다. 나는 그 인생의 여집합으로 악기 배우는 것을 택했다. 몇 년째 첼로를 배우고 있는데, 실력은 별로 늘지 않았지만 마음챙김에 커다란 도움이 되었다. 마음속에서는 아름다운 교향악이 울리는데, 현실에서는 별로 곱지 못한 울퉁불퉁한 소리가 귀를 어지럽히곤 한다. 하지만 바로 그 마음대로 되지 않는 악기를 만지고, 악기를 고치기 위해 마치 병원에 아이를 데려가는 엄마처럼 악기상을 찾고, 그 악기에서 나오는 소리를 듣고, 첼로 선생님과 음악에 대한 이야기를 나누는 동안, 나는 '일과 상관없는 곳'에서 내 마음의 안정을 찾는 법을 배우게 되었다. 무엇보다도 '마음대로 되지 않는 것을 그럼에도 불구하고 사랑하는 법'을 배우게 되었다. 세상에 태어나서 이렇게 '노력해도 되지 않는 것'은 처음이지만, 그래도 첼로가 좋다. 때로는 첼로보다도 '잘되지 않는데도, 아무런 실질적 이득이 없는데도, 그저 무언가를 꾸밈없이 좋아할 수 있는 나 자신'이 좋기도 하다. 전에는 '나는 왜 이러지, 왜 뭔가를 시작해놓고 제대로 끝내지 못하는 것이 습관이 되어버렸지' 하고 스스로 자책하던 내가, 무언가를 그야말로 진득하니, 결과에 얽매이지 않고 좋아하게 되었으니 말이다. 아무리 바빠도 우리에겐 이런 '마음의 여백'이 되는 시간이 필요하다는 것을, 나는 첼로를 통해 배웠다. '무엇이든 노력하면 다 잘될 거야'라는 오만을 내려놓고, 음악 그 자체의 치유적 힘을 느끼기도 한다. 바로 이런 여백의 시간을 통해 우리는 자기치유의 기회를 얻게 된다.

우리는 다른 사람의 평판에 좌지우지되지 않고 공정한 평가를 받을 때까지 기다릴 수 있으며, 그 기다림에 지치지 않을 수 있다. 우리는 우리 안에서 일어나는 분노를 더 나은 방향으로 바꾸어 삶을 변화시키는 창조적인 에너지로 승화시킬 수도 있다. 우리는 분노가 우리 삶을 틀어쥐는 고삐가 되지 않도록, 분노가 내 삶의 지휘자가 되지 않도록, 분노를 일으키는 요인들을 분석하고, 분노를 일으키는 사람들과 대화할 능력이 있다. 이런 믿음을 스스로 확인하는 것만으로도 분노조절의 기회는 늘어날 수 있다. 미움을 받더라도 그 미움에 굴복하여 같은 방식으로 대응하지 않기, 분노에 몸부림치는 사람을 보고도 함께 흥분하지 않기, 분노를 공격적인 행동으로 표현하지 않고 '대체할 수 있는 다른 행동이나 언어'를 개발해내기, 이 모든 것들이 우리 안의 분노를 치유할 수 있는 힘이 된다.

'아침밥'의 놀라운 치유력 — 분노를 치유하는 일상 속 레시피

이 글을 마무리하려는데, 통 잠이 오지 않았다. 휴일에도 쉬지 못하고 며칠 내내 원고를 붙들고 있었기에 이제 그만 쉬고 싶은데도, 새벽 5시 50분이 되도록 한잠도 잘 수가 없었다. 작업실에서 며칠간 쪽잠을 자며 원고 수정 작업을 하고, 오랜만에 집에 돌아와 비로소 편안한 마음으로 잠들고 싶었는데. 불면의 밤이 가장 고통스러울 때가 바로 이런 순간이다. '미치도록 피곤한 몸'과 '자야 한다는 강력한 의지'와 '최적의 수면환경'까지, 완벽한 삼박자가 갖추어졌는데도 단 1분도 잠들 수 없는 것.

온몸 구석구석, 그동안 제대로 보살피지 못했던 통증이 아우성을 쳤기 때문이다. 허리 통증은 365일 앓고 있고, 최근에는 왼쪽 새끼발가락 통증으로 걸을 때마다 다리를 절룩이고 밤에도 깊은 잠을 이루지 못했다. 병원에 가야 하는데, '원고가 완성되면 가야지' 하는 생각으로 몇 주째 버티고 있었다. 게다가 팔은 또 왜 이토록 욱신거리는 것인지. 노트북을 너무 오래 붙들고 있어서일까. 구부정한 자세로 노트북만을 신줏단지처럼 모시고 살아온 몇 달간. 내가 이 책을 쓰고 있다는 사실 자체는 기뻤지만, 몸이 망가져가는 것을 애써 외면하고 있었다. 왜 실로 오랜만에 홀가분하게 잠을 자고 싶은 바로 이 순간에, 나는 한사코 잠들지 못하는가.

급기야 명상 앱을 켜고 숙면을 위한 셀프 힐링 명상을 시작했다. 평소 피곤할 때는 명상을 시작한 지 5분도 안 돼서 잠들곤 했다. 그런데 오늘은 이 방법도 효험이 없었다. 뜬눈으로 밤을 지새우고 오전 6시가 되어서야, 나는 비로소 잠들기를 포기했다. 몸 이곳저곳의 통증 때문만은 아니었다. 마음 깊은 곳에서 '한 페이지를 더 써야 이 책이 마침내 완성된다'라는 메시지가 자꾸만 들려왔기 때문이다. 그것은 어떤 심리학 책에도 나오지 않는 이야기, 나 스스로의 진솔한 삶의 이야기를 써야만 한다는 내 무의식의 아우성 때문이었다. 잠들기를 포기하고 노트북을 켜려는데, 갑자기 엉뚱한 아이디어가 떠올랐다. '이제 더 이상 햇반은 먹기 싫다'라는 아우성이 들렸던 것이다. 바쁘다는 이유로 밥솥을 사용하지 않은 지가 도대체 몇 년째일까. 그런데 마음 깊은 곳의 나는 '집밥을 해 먹지 않는 나'에게 진심으로 분노하고 있었다.

이렇게 오랫동안 통증에 시달리는 것도, 몸이 항상 물먹은 솜처럼 축 늘어지는 것도, 간편한 배달음식에 길들어버린 내 게으른 생활 때문임을 나는 알고 있었다. 애써 그 신호를 무시했다. 김치에 계란프라이 하나라도 좋으니, 집밥을 먹으라고. 내 안의 또 다른 나는 외치고 있었다. 코로나 시국을 핑계로 동네 산책조차 끊어버린 나의 몸이 급격하게 시들어가고 있음을, 애써 외면했다. 바쁘다는 이유로, 글을 써야 한다는 이유로, 가장 원초적인 몸의 요구를 무시하고 있었던 나의 게으름에, 나는 깊이 분노하고 있었던 것이다. 독자의 몸과 마음을 보살필 수 있도록 온 힘을 다해 기도하는 마음으로 글을 쓰고 있었으면서, 정작 내 몸과 마음은 제대로 보살피지 못했던 것이다.

요리는 안 하면서 주방도구 욕심은 많은 나는 몇 달 전 큰맘 먹고 떡하니 주물냄비를 사놓았다. 둔탁하면서도 푸근한 주물냄비의 둥그스름한 디자인이 너무 마음에 들어 뚜껑과 본체를 여러 번 쓰다듬었다. 마치 아기의 머리카락을 쓰다듬기라도 하듯, 사랑스럽게. 그 새카만 주물냄비를 바라만 봐도 왠지 기분이 좋아졌다. 원초적 모성을 되찾은 느낌, 우리 엄마의 집밥을 상상 속에서라도 양껏 먹은 것 같은 즐거운 착시가 일어났기 때문이다. 그 아름다운 주물냄비에 고작 라면만 끓여먹던 나는, 처음으로 쌀을 씻어 '가마솥밥'에 도전하고 있다. 게다가 이 밥이 제대로 될는지 모르겠다. 냄비밥도 처음, 가마솥밥도 처음, 심지어 렌틸콩이 들어간 12곡 잡곡쌀로 밥을 짓는 것도 처음이다. 그런데 쌀을 씻어 물에 불려놓는 그 간단한 과정을 시작하는 순간, 이미 기분이 좋아졌다. 잠을 전혀 못 잤어도 피로가 싹 풀리는 느낌이었다. 드디어 내가 다시 내 몸을 돌보기 시작했으니까.

가마솥밥이 다 되면, 가족과 함께 실로 오랜만에 '집에서 만든 아침밥'을 먹고 동네 한 바퀴 산책도 나가야겠다. 아참, 병원에도 가야지. '몸이 이렇게 망가질 때까지 도대체 어떻게 견뎠느냐'는 의사선생님의 질책 어린 시선을 당당하게 받아낼 자신은 없지만. 그래도 다시 뜨거운 내 삶 속으로 들어가기 위해, 밥을 지어 먹고, 산책을 하고, 병원에 가고, 바쁘다며 신경 쓰지 못했던 소중한 사람들을 돌봐야겠다. 쌀을 씻어 물에 불리는 이 평범한 시간이 이토록 행복할 수 있다니. 내 몸과 내 마음을 살뜰하게 돌보는 이 소박한 생활의 감각이 내 안의 분노를 잠재울 수 있다니. 벌써 온몸의 통증이 사르르 가라앉는 느낌이다.

소박한 일상의 감각을 되찾는 것. 손가락 사이로 만져지는 쌀 한 톨의 촉각, 부엌 전체로 고소하게 퍼지는 쌀밥의 내음, 창밖으로 펼쳐지는 찬란한 여명의 시간, 드르륵드르륵 오랜만에 열심히 돌아가는 세탁기 소리, 그리고 조금 있으면 마시게 될 따스한 커피 한 모금이 혀끝에 닿는 감촉까지. 바로 이런 일상의 소박한 감각을 되찾는 것이야말로 우리 안의 분노와 스트레스를 치유하는 첫걸음이 된다. 바쁘다는 핑계로, 우울하다는 핑계로, 자신의 몸과 마음을 돌보는 일을 소홀히 한 우리 모두에게 '이른 아침, 부엌에서 아침밥 해 먹기'라는 작은 미션을 권하고 싶다. 저 멀리 아스라이, 내게서 점점 멀어졌던 평범한 삶의 감각을 바로 이 온몸의 세포 하나하나로 느껴보는 시간. 그 생생한 촉각의 경험 속에서 우리가 잃어버린 삶의 눈부신 가능성은 다시 시작될 것이다.

Q15

내 안에 아직 해소되지 않는 분노가 있나요?
그 분노를 어떻게 승화시킬 수 있을까요?

에필로그

행복이 두려운 당신에게

어두운 것들이 멋있어 보였다.

슬프고 기이하고 그늘지고 그래서 더욱 아름다운 것들.

그러나 세상은 내가 꿈꾸던 것보다 훨씬 밝고, 환하고, 따사로웠다.

눈물겹도록 아름답고 슬프도록 환했다.

그늘지고 어둡고 아파서 아름다운 것들도 있지만

밝음 그 자체로 아름다운 것들이 있었다.

앞니가 하나도 없어 더욱 사랑스러운 아기의 미소처럼.

온몸으로 햇살을 받아내며 하늘을 이고 서 있는 아름드리나무처럼.

이제 그만 집에 들어가라고 해도 자꾸만 내 곁에 조금이라도 더 있겠다는 듯 떨어지지 않는 우리 엄마처럼.

그저 밝고 환해서 아름다운 것들이 있다.

이제 나는 스스로에게 속삭인다.

행복을 두려워하지 마.
환한 미소를 두려워하지 마.
이제 나의 결핍을 미워하지 않는다.
결핍 속에서도 희망을 본다.
불안 속에서도 사랑을 본다.
절망 속에서도 기쁨을 본다.
슬픔과 불안으로 빼곡히 차 있어
그 누구도 내 안에 들일 빈자리가 없었던 나.
이제는 나에게 한없이 너른 마음의 빈자리가 생겼다.
누구라도 와서 아주 오래 편히 쉬다가 가도 좋을
한없이 너른 공원의 벤치 같은
마음의 빈자리가.

이 환한 여백의 힘은 어디서 왔을까.
그건 바로 심리학과 문학이 내게 가르쳐준 것들의 힘이다.
그것들이 가르쳐주기만 했다면 덜 재미있었겠지만
나는 미친 듯이 배우고자 했고, 미친 듯이 뭔가 새로운 문장으로 해석하려 했고, 마침내 나만의 문장으로 융 심리학을 그려낼 수 있는 책을 쓰고 싶었다.

이제 나는 마침내 당신에게 속삭인다.
오래 아프고 깊이 외로웠던 당신에게.

밝음을, 따사로움을, 쏟아지는 햇살의 아름다움을 두려워하지 말기를.

당신이 행복할 자격이 있음을 이야기하고 싶었다.

미치도록 행복할 자격이 넘치고 또 넘치는 당신에게.

내 간절한 메시지가 당신에게 부디 닿기를.

심리학을 통해 나는 매일매일 밝아지고 있다.

나의 사랑과 희망과 행복의 비밀을 가득 담은 이 책을

아직 충분히 행복할 준비가 되어 있지 않은 당신에게 바친다.

2020년 가을의 길목에서,

아주 오랜만에 파도치는 바다의 환한 미소를 바라본 날

정여울

Last Question

이 책을 읽으며 자기 안의 그림자와 대면할 수 있었나요?
그 그림자와 화해하는 과정을 글로 남겨보세요.

상처조차 아름다운 당신에게

1판 1쇄 발행 2020년 10월 21일

지은이 · 정여울
펴낸이 · 주연선

총괄이사 · 이진희
책임편집 · 김서해
편집 · 백다흠 박연빈
표지 및 본문디자인 · 김지수
마케팅 · 장병수 김진겸 이선행 강원모
관리 · 김두만 유효정 박초희

(주)은행나무
04035 서울특별시 마포구 양화로11길 54
전화 · 02)3143-0651~3 | 팩스 · 02)3143-0654
신고번호 · 제1997-000168호(1997. 12. 12)
www.ehbook.co.kr
ehbook@ehbook.co.kr

잘못된 책은 바꿔드립니다.

ISBN 979-11-91071-13-9 03810